NF文庫
ノンフィクション

新装版

横須賀海軍航空隊始末記

医務科員の見た海軍航空のメッカ

潮書房光人新社

横須賀海軍航空隊始末記――目次

第四章　戦友逝く

第五章　決戦に備えて

写真提供／各関係者・雑誌「丸」編集部

横須賀海軍航空隊始末記

——医務科員の見た海軍航空のメッカ

第一章　海軍航空の中枢へ

北村少尉、零戦に死す

午前十一時すぎ、緊急指令の前ぶれであるガーガーという重苦しいブザーの音につづいて、病室廊下のスピーカーから、第一声がひびいた。その声も、なにか非常にあわて気味だ。

「第一救助隊用意！」

そらきた、飛行事故だ。よしッ——とばかり、

「おれは救助隊で行ってくるから、長谷川、あとを頼むぞ」と、事務室付の長谷川平治上等衛生兵にいいおいて、つぎの指令を待つ。第一声につづいて、第二声が間をおかずに、

「第一救助隊は第二飛行隊指揮所前に急げ！」

マイクを通して、現場のあわただしい雰囲気が伝わってくる。本部当直室は大分あわてているようだ。

その日の当直下士官であった私は、白衣を小脇にかかえて事務室をとびだすと、玄関に出た。玄関では当直衛生兵二名が、すでに救急治療箱をはこび出して、救急車の到着するのを待っている。外科担当の長沢明軍医大尉も白衣を小脇にして、軍医官室から玄関に走ってき

た。

急ブレーキの音をきしませながら玄関前に停まった救急車に、四人はいっせいに飛び乗る。救急車は飛行場へと突っ走った。車内はつりさげた担架が、やかましくきしんで、耳ざわりである。

第二飛行隊指揮所に到着するや、待ちかねていた搭乗員が駆けつけてきて、

「あの零戦が……」と滑走路を指さした。滑走路から事故機の零式戦闘機が、搭乗員や整備員たちの手で、かたわらの芝生の上に押し出されているところであった。プロペラは大きく曲がり、風防は破れ、左翼をぐっと大地に突っ込んだ姿である。

ここ横須賀航空隊の滑走路では、多数の零戦が、目下、離着陸の真っ最中であり、上空には零戦が乱舞している。事故機を一刻も早く滑走路から出さなければ二重、三重の事故につながりかねない。芝生上に引き出された零戦は、生きる力を失ったもののように、左に大きく傾いていた。

救急車の停まるのももどかしく、私は救急車から飛びおりると、片膝をついたような格好で左に傾いている零戦の翼から、機体にのぼった。風防はメチャメチャにふっ飛び、搭乗員は操縦桿のうえにつッ伏している。飛行服には、少尉の袖章がつけてあった。若い少尉、これから幾春秋にとむ青年士官の痛ましい姿であった。

私は搭乗員の背後から両脇に手を入れて持ち上げると、周囲の整備員たちに手伝ってもらいながら、零戦からおろして担架に横たえた。

搭乗員の飛行帽はズタズタに破れ、ボロぎれ同然となって、鮮血で染め上げられていた。

頭部が眼窩の線から上半分が、どこかにふっ飛び、両眼は完全につぶれ、脳漿や漿液が噴出する血液とともに、首に巻いた純白な絹のマフラーを真っ赤に染めている。

長沢軍医大尉は担架上の搭乗員を診《み》ながら、「これは酷い……」とつぶやき、言葉をついだ。

「とにかく、病室へもどってからにしよう。それから、頭がどこかに飛んでいるはずだが……」

衛生兵が死体を救急車に収容するのを見ながら、私はまわりの整備兵たちに、頭の部分を探し出すようにたのんだ。そのとき、つとかたわらに寄ってきた整備の下士官が、

大破した零戦。横空では事故は多発し、
北村少尉も、犠牲者となってしまった。

「衛生兵曹、あれはどうします」と言いながら、滑走路を指さした。滑走路上には、一面に花びらを撒き散らしたように、ピンクの小片が咲いている。灰色の滑走路にまきちらしたピンクの桜、それは哀しいまでにきれいだった。

——アッ、これは脳漿だ……。

「みんなアー、早くこの脳味噌を集めてェー」

とっさにそう叫ぶと、私は滑走路に飛び出していった。一面に散らばって

いる脳漿を指先でつまんでみると、ピンクの小片はちょうど搗《つ》きたての餅のように、軟らかくて粘着力があり、舗装面にピッタリと貼りついて、なかなかとりにくかった。

「集めたら、これに入れて下さい」

私は衛生兵の差し出した膿盆を周囲に示した。しかし、整備兵たちは素手で脳漿にふれるのがはばかられるのか、能率はきわめて悪かった。

そのとき、見張りに立っていた搭乗員が、大声で叫んだ。

「来たぞー！　みんな滑走路から出ろー、早く、はやく！」

滑走路にうずくまって脳味噌をあつめていた七、八名が、パーッと横っ飛びに滑走路から芝生に飛び出した。滑走路に零戦が入ってきたのだ。零戦の着陸だった。零戦はみるみる大きくなって、大鷲となって眼前をサーッと過ぎていった。

ヒャー、くわばらくわばら、事故の二の舞いは御免だ……いつも見なれたスマートな零戦であるが、このときばかりは獰猛な大鷲の姿だった。

飛行機は下方にたいする視野がせまく、とくに小型機は大型機にくらべて狭い。それに着陸のときには、機体そのものが前部を斜めに上げているので、下の滑走路の事情などはまったくわからない。

弱冠二十四歳の搭乗員、北村晴雄少尉を犠牲にしたこの飛行事故の原因は、何であったろう。――北村少尉の操縦する零戦の離陸した瞬間、おなじ滑走路に着陸のために入ってきた零戦と衝突し、着陸機は北村少尉機の後背部から、のしかかるような格好になったらしい。

そのため、着陸機のプロペラで離陸機の風防をいっきょに粉砕し、それとともに、操縦の北村少尉の頭を一撃、微塵にくだいて飛ばしてしまった。悲惨ともなんとも形容しがたい痛ましい事故だった。

飛行隊指揮所のあやまった離着陸指示のために起きた事故なのか。それとも、着陸機か離陸機のどちらかが、指揮所の指令を誤認したために発生した事故なのか。そのあたりの事情は知るべくもないが、的確な指令と確認がおこなわれていれば、防ぎえたのではないだろうか。わずかなミスが、あたら若い少尉の生命を散らしてしまった。

嵐に散ったピンクの桜の花びらは、ほとんど集めることができたが、問題の頭部はどこに飛ばされてしまったのか。手空きの搭乗員や整備員たちが、草の根を分けても、といって探索していたが、探し出すことができなかった。やはり細片となって、遠くまで飛んでしまったのであろう。

ひとまず捜査を打ち切って、われわれ救助隊は病室にもどったが、このころの——というのは昭和十八年秋であるが——手術室は、本来の目的である手術の回数よりも、事故による死体検案と死体処置の場に使用されることが多くなっていた。

ミッドウェーの手痛い敗戦によって、歴戦練達の優秀な搭乗員を多数うしない、アワをくった海軍省などが大慌てになって、いまさらのように多数の搭乗員獲得にやっきの努力をかさねても、それこそ一朝一夕にできるものではない。

そこで現在の搭乗員たちにたいして、もろもろの問題が荷重されてくる。必然的に搭乗員たちの疲労の蓄積、飛行業務の過重となってあらわれ、それにくわえて機材の粗製、機体の乱造、航空燃料の粗悪化、新搭乗員の練度の問題など、幾多の悪条件のもとでは、飛行事故はますます多発するであろう。

病室において死体検案と処置をおえた北村少尉の遺体は、死体検案書とともに、彼が分隊士として勤務していた戦闘機分隊に帰っていった。分隊では夕方までには市営火葬場に送って、荼毗にふすという。

翌日の午後になって、戦闘機分隊の搭乗員二人が、小さな木箱を持って病室にやってきた。中には、きのう飛行場でいくら探しても見つからなかった北村少尉の頭部が入っているという。戦闘機分隊の搭乗員たちが飛行作業の合い間に探していたところ、飛行場のはるか西隅の草むらの中で見つけたという。これから火葬場にいって焼いてきたいので、診断書をもらいたいということであった。

私は木箱をうけとって、中を見た。頭髪をつけた頭頂部を、ちょうど鋭利な刃物で横にスパッと一断したような、いわゆる頭の鉢が入っていた。

「これは、御苦労さまでした。よく探してくれましたね……」

そう言ったものの、さてどうしよう。死体検案書をもう一通出すとなると、北村少尉を二度も火葬したことになるが、それはおかしい。但し書きで補充すれば問題はないだろうか。飛行事故の場合は、今後もこうした事例が起きるであろう。そのためにも、こうしたときの対策を考えておくことが必要と思われた。

そのとき、隣りに立って、搭乗員とのやりとりを見ていた甲板下士官の竹内竹千代衛生兵曹が、いとも簡単に言った。

「事務室長、私にまかせて下さい。ていねいに焼いてきましょう」

それは有難い、そうしてもらえば助かる、と思いながら、私は搭乗員たちに了解をもとめたうえで、

「甲板下士官、丁重にお願いしますよ」といって、その木箱を竹内兵曹に渡した。

彼は甲板係の衛生兵をつれて、ガソリン少量を持つと、海岸線に出ていった。防波堤の下にいって焼いてくるという。

それから三十分もたたないうちに、竹内兵曹は帰って来た。そこで、さっそく私は、それを戦闘機分隊にとどけさせた。分隊ではただちに北村少尉の遺骨の箱に、その頭骨を追納したのである。

飛行機——この無限の可能性を秘める翼は、いったいどこまで開発され、発達していくのだろう。その成果のかげには、幾多の尊い犠牲が強いられなければならないのか。

とくに横須賀航空隊のように、飛行実験部門と実戦部門を両有する航空隊には、つねに事故は付き物といった感じである。海軍航空の成果は、幾多の尊い搭乗員の屍の上にきずかれたものではないだろうか。

人智がはやく、この過酷な犠牲をもとめている宇宙の悪神どもを凌駕してもらいたい——

私は北村晴雄少尉の死に、そう思わずにはいられなかった。

これは、七月の長雨のあと、八月からは皮肉にも旱天ばかりがつづき、残暑のきびしい昭和十八年九月のある日のことである。私は横須賀海軍航空隊（横空）に籍をおく医務科員として、多発する飛行事故に遭遇するわけだが、まずは話を私と横空との出合いからはじめな

ければならない。

あこがれの隊門

昭和十八年三月五日の昼すぎ、海軍衛生兵長の私は横須賀軍港の辺見波止場に立って、間もなく入港してくるはずの横須賀航空隊の公用ランチを、いまか、いまかと待っていた。三月の空はまだ小寒く、港内の海面を渡ってくる風は、冷たく肌をさした。第一種軍装、第二種軍装などをはじめ、各種の身の回り品いっさいを詰めこんだキャンバス製の衣嚢を前に置くと、これに手を添えながら、けたたましくリベットを打つ音を立てている海軍工廠のドックや、入港して錨をおろしている駆逐艦や潜水艦を所在なく眺めていた。

私は二月の末に横須賀海軍病院練習部（のち海軍衛生学校に改編）の第四十三期高等科練習生の教程を卒業して、横須賀海軍航空隊に勤務の辞令をうけたが、卒業式の当日は、伝染病棟に入院中であった。そして、この日、五日にやっと退院し、新任地に向かうために、この辺見の波止場に立っていたのである。

総員二十五名の高等科練習生は卒業式の終了とともに、それぞれ新任地へと散らばっていったが、ひとり病床に残った私は遅くなってしまって、鬼の横空といわれている横須賀航空隊に、大きな希望と多少の不安をもっての出発だった。

航空隊のランチを待っていると、停泊中の駆逐艦の陰から一隻のカッターが、きれいにオールを揃えて、するすると桟橋に近づいてくるのが見えた。カッターはたちまち桟橋に横づけとなり、四十年配のガッチリとした体軀の中佐が、マントをひるがえしながら上がってきた。

駆逐艦長の上陸だな……と思いながら、私は姿勢を正すと、中佐に注目して挙手の敬礼をした。白手袋をさっと挙げて答礼を返した中佐は、鼻下の口髭にちょっと手をやると、視線をはずして振り返り、カッターを見たので、私もそれにつられてカッターを眺めた。七、八名の第一種軍装を着用した水兵たちが、それぞれに珍しい荷物を手に、あるいは肩にして、カッターから上がってくる。

まず、巨大な象牙を一本ずつ肩にした二人の水兵、つぎの二人は極楽鳥の剝製を一羽ずつ胸にかかえているが、いずれもむき出しのままである。後につづく三人の水兵は、なにやら重そうな木箱をさげ、最後に上がってくる水兵は、南方原住民の弓矢と盾を肩にしていた。

ハハー、南方帰りの艦長の土産品ということか……と見ていたが、しかし、なにしろ豪華な代物ばかりだった。八名の水兵は波止場で隊列をととのえると、中佐を先頭にして軍港衛兵の捧げ銃の礼をうけながら、辺見波止場の衛門から市街へと出ていった。

連合軍の反攻はいよいよ本格的となってきて、南方の第一線は崩れはじめているというのに、勤務地によってはまだまだ平穏なところがあるんだな、環境によってさまざまな勤務があるものだと思った。

それにしても、あのような豪華な土産品は、これから艦長の自宅に運び込まれていくのだろうか。それとも、海軍省や鎮守府あたりの高官たちへの土産品となるのだろうか。下司の勘ぐりではないが、この大戦下に艦長がこんなことでよいものだろうか、という思いが頭をかすめた。

私はふたたび航空隊のランチの入ってくる方向に視線を向け、ひたすらランチの姿を待ちうけながら、先ほど退院してきた海軍病院伝染病棟の入院生活を思い出して、思わず苦笑した。

——あの赤痢発病は、皮肉といえば皮肉だった。

二月のはじめ、高等科の卒業試験も終わり、あとは恒例の辻堂演習をすませると、いよいよ待望の卒業というときのことであった。

とにかく卒業試験が終わったので、幾分のんびりとした気分で練習生たちは、卒業の日まで、自分の希望する海軍病院内の部科、とくに衛生関係の主要部門である病理試験室、レントゲン室、薬剤部などに出向いて、気ままな実験や実習をすることが許されていた。

私は同期の僚友である金子健市衛生兵長と二人で、病理試験室にこもって、まるまる一日たっぷりと赤痢菌の染色、顕微鏡検査、培養などをして過ごしたのであった。

それから数日後、高等科と普通科の合同による恒例の辻堂野外演習が、三日間にわたって行なわれた。辻堂海岸一帯の海軍演習場は寒風がふき荒れ、二月の汐風は冷たく強く、練習生たちを大いに悩ませた。

辻堂の民家に宿泊し、枯野原や砂浜での演習は、夕食後も夜間演習となって、夜の十時すぎにやっと終わった。

演習参加の二日目ごろから、微熱のあるのに私は気がついたが、これは夜間演習でカゼでも引いたためだろうと軽く考えていた。

最終日の三日目には、全員を紅白の二軍に分けて、辻堂から鎌倉までの約二十キロを、退却軍と追撃軍の想定のもとに、駆け足につぐ駆け足で、ひた走りに走りぬけると、由比ヶ浜で両軍が合流して隊伍をととのえ、鎌倉の鶴岡八幡宮に参拝する。そして、ふたたび海岸に出て団平船に乗りこんだ後、横須賀の海軍病院練習部に帰るスケジュールであった。

その駆け足の途中で、すでに高熱のため私はグロッキーとなり、その後はどのようにして鎌倉までたどり着くことができたのか、記憶もさだかでなかった。しかし、まだこの時点では、カゼによる熱としか考えていなかった。

第43期高等科練習生。辻堂演習、鎌倉大仏前で。著者は赤痢で、青息吐息の行軍だった。

由比海岸で同僚の紅葉徹夫衛生兵長から、先日いっしょに赤痢菌実験をやった金子兵長が、すでに高熱のために倒れて、落伍者をひろうために駆け足の最後尾について走っているトラックに収容され、とうに海軍病院に帰ったということを知らされて、さては二人とも赤痢にやられたか？　と悪い予感がした。

団平船はようやく横須賀軍港に入り、ふたたび隊伍を組んで海軍病院の門を入ったころは、まったく気息奄奄、やっとたどり着いたという有様だった。

練習部の宿舎に入り、脚絆をといて一休みする間もなく、猛烈な下痢感と不快な下腹痛におそわれ、あわててトイレに駆け込むやいなや、白磁の便器を染める血便……それにつづく裏急後重の症状で、トイレに釘づけとなってしまった。

完全に赤痢の症状である。

『ヤラレター』という気落ちが、どっと湧いてきた。便器の鮮紅色と蒼白に変わっていく顔色、この対照の妙などと、シャレている場合ではないが、人間というものは精神的な衝撃をうけると、とたんに弱くなるものだということを感じた。

しばらくして、やっとの思いでトイレを出た。出合いがしらに、トイレに入ってくる金子兵長とぱったり顔を合わせた。彼の顔は蒼白く憔悴して、いつもの快活な姿はまったくない。すでに、今朝から何回目かのトイレ訪問だという。

「神田、おれは赤痢になったらしい……」と、はなはだ弱々しい。

「おれもそうだ。どうもこの前の実習で、二人とも感染したようだよ。すぐ入院しよう」

二人はそろって教官室に出向き、高等科の菊地徳治専任教員に病状を説明して許可をえると、大急ぎで伝染病棟に直行した。さあそれからというもの、高等科練習生の宿舎は、消毒作業でテンヤワンヤの騒ぎとなった。

伝染病棟でさっそく二人の診察にあたった部員の軍医大尉は、笑みをうかべて、

「高等科練習生が実習で赤痢になるなんて、あまり聞いたことがないなー」などと冷やかしながら、テキパキと診察と処置をしていった。そのあと二人は、大部屋のベッドに二人なら

んで収容されたのである。

当時の細菌性赤痢の治療法は、まず絶食、つづいて大量のヒマシ油投与によって、徹底的な腸管内の清掃からはじめられた。絶食を三、四日つづけ、その間は体力の消耗状況をみながら、ときにはリンゲルやブドウ糖などの注射で体力をたもった。そして四、五日目から、ごく薄い流動食となり、重湯となり、常食となるのであった。その間、毎日、検便がおこなわれて、菌が検出されなくなった時点から一週間は、退院できなかった。もちろん、法定伝染病である。

金子兵長も私も、入院当日から翌日、翌々日と、ただ昏々たる眠りですごした。赤痢発病による体力の消耗と、辻堂演習の疲労が一度にどっとかさなったためであった。

入院後三日目がすぎるころとなると、熱はさがって病状がいちじるしく回復するとともに、気力も回復してくる。さあそうなると、絶食四日間の効果は、猛烈な飢餓感となって襲ってくる。寝ても醒めても頭にあるのは、ただただ食い物、食い物で一杯だった。隣りのベッドの金子兵長との話題も、飢餓感と食い物のことで終始し、考えれば卑しい限りである。飢餓感を眠りにまぎらわせようとすると、夢がまた食い物の夢ばかりという始末である。

だから、定例の伝染部長の戸田軍医中佐の回診のさいに、聞いてみた。

「部長、食事はいつからですか」

「明日の朝から流動食になるな」

この返事に、エッ！　明日の朝から？　そんな殺生なことを……と思いながら、少しねばってみる。

「腹が減ってどうにもならないのです。今日はまだダメなんですか」

「それはよくなった証拠だが、食事はまだダメだ。まあ、明日の朝まで我慢しなさい」

そう言いおいて、部長はつぎの患者にうつっていった。

仕方がない。残念だが、今日も絶食か……私は金子兵長と顔を見合わせて落胆した。二人の心は、もうすっかり餓鬼となってしまった。

夕方になって、定時検温に若い看護婦がまわってきた。二十歳くらいの優しそうな美人看護婦である。彼女は二人のベッドの間に立って話しかけながら、体温計を渡した。二人を高等科生の衛生兵長と知っているので、遠慮がちながら親近感を示している。聞くと、今晩の当直看護婦だという。

そうだ、このチャンスを逃す手はない。この機会を逃したら、もう今日はチャンスがない――さっそく二人は、申し合わせたように食べ物をねだりはじめた。

「とにかく、腹が減ってどうにもならない。なんでもいいから食い物をくれ」

「食べ物なんてダメです。絶対にダメです。明日の朝から食事が出ますから、それまで我慢して下さい」

かたくなに拒絶する看護婦。それを粘りにねばってゴリ押しし、最後には脅迫まがいの態度で食物をねだった。二人とも、無理を承知のうえでのゴネ押しである。

とうとう根負けしたのか、若い看護婦は、最後にはこのヤンチャ坊主二人には負けたワ……といった様子で、看護帽の頭をかるく下げると、軽いウインクとともに、

「巡検のあとでね」といって、二人のかたわらを離れていった。

さあ、その日の暮れるのが、待ち遠しいことであった。一日千秋とはこんなことであろうか。早く夜にならないか、本当にあの看護婦、なにか食い物を持って来てくれるだろうか、などという思いが迫ってくる。

夜の八時すぎに巡検となり、当直先任下士官に先導された当直士官が病棟を通過していった。間もなく消灯となって、巡検は終わった。やがて、小さな足音とともに彼女が入って来た。二人のベッドの間に立つと小声で、

「再検温をしますから」

そう言いながら二人の毛布の中に、ていねいに紙でつつんだ物を渡すと、そのままそっと出ていった。

やはり、彼女は持って来てくれたのである。毛布を頭からかぶって紙包みを開けてみると、カステラだった。二人は餓鬼のように、そのカステラにむしゃぶりついたものである。

いやもう嬉しかったこと、その美味かったことは、終生忘れることはできないだろう。

五日目から食事にありつくようになると、体力の回復は早く、たちまち普通の身体にもどってきた。しかし、赤痢は毎日の検便中に赤痢菌が検出されなくなっても一週間は、退院することができない。

金子兵長は発病が早かったためか、早く退院することができたが、私はおくれて、今日になってしまったのである。

——あの若い看護婦は、なんという名前だったろうか……。

そんな追想にふけっていると、はるか追浜方面から白波を蹴たててこちらに向かって来る

ランチが見えてきた。待ちに待った航空隊のランチである。

ランチはたちまちのうちにぐんぐんと大きく迫り、やがて波止場に入ってくると、チンチンというエンジン停止の信号とともに、桟橋に横づけとなった。

まず、水兵服に白脚絆姿のキリリとした公用使が上陸してきた。私はランチに近づいて、艇指揮に乗艇の許可を得たうえで、衣嚢を肩に乗り込んだ。ランチは桟橋をはなれると、ふたたび航空隊を目ざして白波をきっていった。

冷たい海風をきって、波頭を白く泡だてながら、ランチはぐんぐんとその速度を上げていく。いままで私が立っていた辺見波止場は、すぐに後ろに小さくなっていった。

いよいよ天下にその名をしられる栄光の横須賀航空隊に、このランチは向かっているのだ、と思うと緊張してくる。

やがてランチは、航空技術廠の岸壁を横に見ながら横須賀航空隊の入江にすべりこむと、水上機用のカタパルト台の下をすぎて、航空隊の桟橋についた。

医務科分隊の素顔

横須賀航空隊の本部庁舎は、鉄筋コンクリート三階建ての古い建物であったが、広場を前にした堂々たるものだった。ランチからおりた私は、さっそく本部当直室に入って転入者の報告をすませると、当直室の衛兵に医務科の場所をたずねた。

当直室の衛兵伍長をつとめている兵科の上等兵曹が表に出てきて、庁舎前の広場の北に、松を植えこんだ小さな土堤の内側に見える平屋建ての建物を指さしながら、あの建物が病室になっていると教えてくれた。

病室というのは、一般的な呼び方であって、公的には病舎というのが正しい。

この海軍部内の病室は、各艦船や陸上部隊の編成、組織の規模などによって、いちじるしく大小の相違があり、横須賀航空隊のような大規模な部隊になると、総合病院的な機能と組織をそなえている。

潜水艦や小艦艇などでは、衛生兵一人の配置というところもあり、その衛生兵が看護長として、小病室を管理しているという大きな差があった。

病室を運営管理して医療をおこない、隊員の保健衛生の向上をはかって、健康管理をつねに高い水準にたもちながら、有事にそなえるのが医務科の任務であった。

木村徳太郎衛曹長。カゲの実力者といえる先任下士を務めた。

さて、私はおしえられた病室へと、庁舎前の広場を横切って入っていった。病室の周囲に張られた芝生はまだ黄色に枯れているが、それをおぎなうように黒松の緑があった。玄関前の小さな築山に大きな蘇鉄が一株、青あおとしてクジャクの尾のような葉を、大きく四方にのばしている。

正面玄関に入っていくと、ひかえていた当直衛生兵があわてて出てくると、私の衣嚢をうけとった。当直兵は衛生兵長の階級章と高等科卒業をしめす袖章を見て、しゃちほこ張っている。見上げると玄関の上部には白木の小板が打ちつけてあり、それに第一病舎、取得年月日……とあって、大正年代の初期に建てられたものであることを示していた。

当直兵の案内で事務室に入り、看護長の安藤栄吾衛生中尉、分隊士の高根沢清吉衛生兵曹長、先任下士官の木村徳太郎上等衛生兵曹に転勤の挨拶をすませ、それから高根沢分隊士にともなわれて、軍医長室に報告にいった。鼻下に口髭をたくわえた学者肌の軍医長・種田庸雄軍医大佐は、

「大いに期待している。しっかりやってくれ」と言葉をかけてくれた。

ついで軍医官室で分隊長や軍医官たちに報告をすますと、ふたたび事務室にもどって、次席下士官の木村好男上等衛生兵曹から、横須賀航空隊について説明をうけるとともに、いろいろな資料を渡された。

横須賀海軍航空隊は、明治四十五年に航空技術の開発のため、海軍航空技術研究会が創立され、それにともなって横須賀市追浜の鉈切地区に海軍航空研究所が建設されたことによってはじめられた。

この追浜の鉈切という地名は、建久四年(一一九三)に源範頼が、兄の頼朝にたいして叛意ありと疑われ、追討軍をさしむけられたさい、範頼はこの海岸にのがれてきた。範頼に恩顧をうけた地侍や漁民たちが鉈まで持ち出して、範頼に加勢し、鎌倉勢を迎えて戦った古事から、この地名が起こったといわれている。

航空隊の周囲の丘陵、夏島の山腹や、鉈切山の中腹から山裾にかけて、ところどころに鎌倉時代の〃ヤグラ〃が現存している。内部には供養塔、または墓標と思われる鎌倉から室町期にかけての石造の五輪塔が、安置されているのを見ることもある。

しかしまた、この鉈切という地名の発生は、まったく別のものであって、このあたりの海は非常に静かであり、しかも漁撈に都合のよい追い風がふき、外洋の波浪の影響をうけることが少ない、いわゆる「灘切」ではなかったか。それがいつとはなしに範頼伝説がもちこまれるとともに、鉈切と変化したものではないかとも考えられる。

さて、大正五年には鉈切海岸から付近一帯の海辺、とくに明治の元勲・伊藤博文が金子堅太郎や伊東巳代治らとともに、夏島の別邸にこもって、大日本帝国憲法（明治憲法）の草案を作成したというその夏島の海岸一帯にかけて、大規模な工事をおこない、風光明媚な海域をうめたて、帝国海軍としてははじめての航空隊が創設され、横須賀海軍航空隊はここに産声《うぶごえ》をあげたのであった。

この工事のさい、海岸線一帯からおびただしい人骨が発掘され、建久年間の戦いにおける両軍の戦死者たちを葬ったものだろうと言われていたという。

昭和十八年の夏には、工作科でこの付近に防空壕を掘っていたところ、一体の人骨を掘り出したという通報が、医務科にもたらされてきた。

さっそく佐野忠正軍医大尉につづいて、私も検分にいった。

すでに黒褐色に変化した古い人骨が海岸線に足をむけて、一メートルぐらいの地下にあった。検案する必要もないということになったが、私が奇異に感じたのは、眉間にクルミ大の穴がポッカリと口をあけていたことであった。これは、範頼方の武士で、戦い死んだものではなかったろうかと、そのとき思った。

また、夏島海岸の飛行機格納庫の前には、伊藤博文別邸を記念して、「大日本帝国憲法草案之地」という碑が建てられていた。

それはともかく、ついで海軍航空隊令が発布され、『海軍航空隊は、これを横須賀軍港におき、なお必要に応じて他の軍港、要港およびその他の要所におく。海軍航空隊はその所在の地名を冠す』と定められた。

さらに、『横須賀海軍航空隊は、将校、機関科将校に航空術に関する事項を教授し、かつその改良進歩をはかるところとする』と規定されていた。

つづいて昭和五年には、『横須賀航空隊は航空術に関する高等教育、飛行機および航空兵器の実験研究機関』と、海軍航空隊令が改正されて、実験研究の機関となり、海軍航空のメッカとも言うべきところとなった。

さらに、昭和七年、海軍航空廠令が発布され、『航空兵器の設計および実験、航空岳器およびその材料の研究、審査ならびにこれに関する諸種の技術的試験をつかさどるほか、必要に応じて航空兵器の造修、購買などをつかさどる』と定められた。

それにともない、横須賀航空隊と塀ひとつを境として、隣接地に海軍航空廠が設置された。そこに、航空隊と航空廠二者一体の研究作業をもって、いちじるしい成果をあげてきた。そのため海軍航空は飛躍的に伸長して、驚異的な発展をとげていった。

航空廠は後年、海軍航空技術廠と改編され、職員三万名に達する大きな機構となったのである。

大正五年の創設とともに、初代司令として、当時、英国海軍航空の実情を視察して帰国したばかりの山内四郎海軍大佐が就任した。そして、二代司令＝原田正作大佐、三代＝吉田清風大佐、以下、田尻唯二大佐、市川四郎大佐、井上四郎大佐、市川大治郎中佐、和田秀穂大佐、原五郎大佐、山田忠治大佐、大西次郎大佐、杉山俊亮大佐、三竝貞三大佐、桑原虎雄大佐とうけつがれ、十五代＝戸塚道太郎大佐、十六代＝上野敬三大佐とつづいた。

そして、太平洋戦争の戦局とともに、大艦巨砲第一主義の海軍首脳部も、相つぐ敵航空兵力の攻勢に、遅ればせながら航空戦力の充実、増強に重点をおいたためか、これまで大佐が就任していた横須賀航空隊司令を、中将または少将の司令官に昇格し、昭和十七年十一月に、第一機動部隊参謀長であった草鹿龍之介少将を横須賀航空隊司令官としたのであった。

副長は大佐、飛行、整備、医務、主計など各科長、内務主任などは、大佐もしくは中佐がその任に当たっていた。さらに、その下部組織である各分隊の分隊長は、少佐または古参の大尉であった。

さて、航空隊は平時編成二万名といわれているが、私が着任したころは戦時編成で、練習生教程の兵員たちは他の練習航空隊にうつり、高等飛行技術に関する選修科学生の研究部門、実戦即応体勢の実施部門、さらに隣接の航空技術廠とのタイアップによる試作機の実験研究飛行および航空兵器の実験部門に分かれていて、その実数は一万四、五千名であるという。

海軍航空の中核部隊であるだけに、その編成も大航空隊で、相像以上のスケールを持っていた。その一部門の実験部門をのぞいても、ゆうに一航空戦隊をしのぐほどの海軍部内最大の航空戦力だった。

すなわち、昭和十八、十九年ごろには、戦闘機約百機、夜間戦闘機約十機、艦上爆撃機約四十機、艦上攻撃機約四十機、陸上攻撃機約五十機、輸送機約二十五機、水上偵察機約十機、飛行艇六機の合計約二百八十機が配備されていた。

さらに、実験中の試作機や、実験段階をすぎて生産体勢に入ったものも数多く、局地戦闘機として雷電、紫電、紫電改、艦上戦闘機としては烈風、双発戦闘機の天雷、夜間戦闘機の月光、双発爆撃機の銀河などがあった。

ともあれ、横須賀航空隊は太平洋戦争とともに最新鋭機を駆使して、遠近の各地に分遣隊を派遣するとともに、本隊においては試作機、航空兵器の開発研究、実験、高等飛行戦術の研究など、実施部隊と実験部隊との両翼をそなえていた。

このような特殊な性格をもった航空隊であるため、各科、各分隊とも、海軍部内の優秀な士官、兵員を配置していた感が強く、とくに搭乗員たちは俊秀がそろっていた。

恩賜の短剣や恩賜の銀時計組が、ザラにいたものである。もちろん、飛行練度においても、その技術は高く、なになに飛行隊の神様などと、畏敬の念をもってたたえられる百戦練磨の士などもいた。各飛行分隊の先任下士官クラスで、飛行時間はゆうに一千時間以上の記録を持っているという。

この優れた人材と、最新鋭機三百機を擁する横須賀航空隊は、司令官・草鹿龍之介少将のもとに、一致団結、連日、切磋琢磨して、太平洋戦争最後の勝利は、われらの航空隊にありとの信念にもえて、大車輪の活躍をしていたのである。

さて、海軍部内各部の医務科の編成は、その艦船や部隊の規模によって、組織は大いに変わってくる。とくに横須賀航空隊のような特殊な任務を持ち、かつ大部隊である航空隊は、その組織も人員も大規模であった。

横須賀航空隊は、海軍航空の中核部隊として精鋭をほこった。写真は敗戦と共にプロペラをもぎとられた航空機群。一式陸攻や月光、彩雲、彗星などにまじり、新鋭機・天雷の姿がある。

軍医長は軍医大佐もしくは中佐、医務科分隊は一コ分隊編成で、分隊長には軍医少佐か古参大尉、看護長には衛生大尉または衛生中尉が任命されていた。軍医官（大・中・少尉）七、八名と衛生准士官（衛生兵曹長）一名は分隊士となっている。その下に衛生下士官六、七名と、衛生兵六、七十名、さらに嘱託歯科医一名の総員七、八十名をもって編成されていた。

その後、戦局の悪化とともに、増員また増員がくりかえされ、昭和二十年の初頭には、衛生少佐が隊付として、歯科医中尉が一名、さらに針灸マッサージ師が軍属の伎倆士として入ってきた。

さらに、二十年の春には大学の医学部を繰り上げ卒業した若い医師の卵が、軍医科見習尉官という新しい戦時特令によって、十五名が航空隊に入ってきた。航空隊で実地教育による軍医官の養成を、ということである。

終戦時には、百数十名に達する陣容となった。なおその間に、新設航空隊の編成は横須賀航空隊において行なわれることが多かった関係から、それら新設部隊の医務科員が同居するときは、百五十名前後に達する大世帯となることもあった。しかし、それらの仮勤務者たちは編成が終了するとともに、それぞれ外地に、または内地へと出ていった。外地に出ていった新設部隊は、医務科員もふくめてほとんどの者が、ふたたび内地の土を踏むことができなかった。

ともあれ、医務科は軍医長の指揮監督のもとに、軍医官たちはおのおの各専攻の分野によって、各科の診療責任者として各科を担当した。衛生士官の看護長は、軍医長および医務科分隊長を補佐して、衛生下士官や衛生兵を統括するとともに、病室の管理運営にあたる。分隊士としての衛生兵曹長は、おもに衛生兵の人事を担当するとともに、看護長を補佐するのが主要な任務であった。

下士官たちのうち、先任下士官は特別な配置として隊内における陰の実力を保有していた。他の下士官たちは、それぞれ各診療部門や事務室、調剤室、病理試験室の室長として保守管理の責任者となり、担当軍医官を補佐して助手となるのであった。

その他、下士官一名は医務科の甲板下士官となり、輩下に甲板係の衛生兵二名をもっていて、病室内外の整備や災害予防など、あれこれの雑用を一手に引き受けていた。

横須賀航空隊の病室は、木造平屋建ての第一病棟と第二病棟が、東西に長く並立して建てられ、さらにその奥に小さな付属棟があって、そこは隔離病室と病理試験室となっていた。

三棟は中央をつらぬく渡り廊下で、それぞれ結ばれている。
第一病棟は事務室、軍医官室、軍医長室から外科、内科、手術室、歯科室、耳鼻咽喉科、レントゲン室、物療室から調剤室、患者用個室と外科患者を収容する二十のベッドをそなえた大部屋からサンルームなどがあった。
第二病棟には、兵員室をはじめとして浴室や物品倉庫とともに、内科患者を収容するための二十のベッドをそなえた大部屋があった。

さて、私は着任したその日、看護長の安藤衛生中尉から、事務室長兼手術室長として勤務するように命令をうけた。手術室長は外科室長が兼務するのが普通だが、私は横須賀鎮守府第一期特別講習生として、横須賀海軍病院における六ヵ月間の手術講習をおえているので、特命による手術室長だという。

事務室を出た私は、甲板係衛生兵の協力をえて、第一種軍装から白の事業服に着替えて衣嚢の整理をすませた後、病室内の各診療室や試験室など、甲板係の案内ですみずみまで念入りに見て歩きながら、勤務中の軍医官や室長の下士官に挨拶してまわった。

幸いなことに、レントゲン室長は海軍病院勤務時代の知人で先輩の中村武徳衛生兵曹であり、病理試験室長は普通科同期の同僚・森竹雄衛生兵長だった。

ちなみに、中村兵曹はその後、五〇三航空隊に転出し、昭和十九年七月八日、サイパン島において戦死した。

また、森兵長は私とともに五月に下士官となり、その一年後、第四十五期の高等科を卒業して、航空母艦「翔鶴」に転勤した。そして、「翔鶴」が沈没して漂流中を救助され、九死に一生を得たものの、「翔鶴」海没を隠蔽するための処置として、いちじ香港に逼塞させられていた。

その後、分散して内地へ帰還する途中、サントス丸に乗っていた森兵曹は、敵潜水艦の雷撃をうけて海没した乗船とともに、昭和十九年十一月二十五日に戦死した。

第一救助隊用意！

横須賀航空隊における第二日を迎えた。

さあいよいよ今日から仕事だ、と思うと緊張してくる。課業整列をおえ事務室に入ると、前任者の関口金作衛生兵曹から事務の引き継ぎをうけたが、中に多くの未決書類があるのには、内心いささか閉口した。

それでも、口に出して前任者を非難するわけにもいかないので、私は黙って引き継ぎをうけた。

その未決書類のほとんどは、飛行事故による殉職者の死体検案記録の類だった。死亡診断書や死体検案書は海軍罫紙半葉一枚でことたりるものだが、死体検案記録となると、飛行事故であっても一般変死者と同様に、詳細な検案記録をつくらなければならない。したがって、検案記録は全葉の海軍罫紙七、八枚に達する長文となる。

殉職者の死体検案書ならびに死体検案記録は、故人の叙勲、遺族扶助などの手続きに必要不可欠のものだから、慎重に、また迅速にしなければならない。それに、検案記録などは長文のうえ、最低八通は必要となるので、海軍罫紙にカーボン紙をはさんで書き上げても、一度に四、五通をとるのが限度だから、謄写版をつかって印刷していた。

なお、飛行事故にかぎって、死体検案記録は昭和十九年の中ごろから廃止され、死体検案書のみでよいということに法改正された。それは、戦局の急迫とともに、いかに飛行事故が多発するようになったかを示すものであろう。

さて、引き継いだ未決書類の中に、半紙に足関節から切断した左足ひとつがポツンとえがいてあり、事故月日と氏名を記入してあるものがあった。前任者の関口兵曹にたずねてみると、すでに一ヵ月くらい前の飛行事故による殉職者の足で、飛行実験中に乗機が空中分解したために、海上に墜落した。第一救助隊が救助に向かったが、すでに姿はなく、収容してきたのはこの足だけで、他はすべて海没してしまったものだという。

「早急に死体検案記録をつくらねばならないから、死体検案書を参考にしてやってくれ」

関口兵曹はそういいながら、すでに発行ずみの死体検案書を、膨大な重要書類綴りの中からとり出して見せた。傷病名欄に目をやると、『全身粉砕』となっていた。

『全身粉砕』――なるほど、正鵠を射た傷病名は他にないであろう。

渡された書類の綴込みを見てみると、過去数年間にわたって発行した死亡診断書、死体検案書ならびにその死体検案記録や、一般診断書の医務科の保存書類であった。しかも、その九十パーセントは、飛行事故による死体検案書および同検案記録が占めていた。

はじめて目にした海軍航空隊の想像を超えた血みどろな記録を、まざまざと見せつけられた想いで、思わず、大変な航空隊に来たぞ！　これらの文書作成が事務室長の主要な任務だ、しっかりやらなければならない——と痛感した。

医務科で発行するこれらの文書は、すべて軍医長名をもって出すのであったが、臨床や検案にあたった軍医官の口述を、助手の衛生兵が速記し、これを担当の軍医官がふたたび点検して事務室にまわされてくる。事務室長は、これを組み立てて案とし、清書のうえ、上司の承認をえてから最終的に軍医長の決裁をうけ、あらためて公文書の作成を行なうものだったから、けっこう時間がかかった。

飛行事故といえば、これにたいする救助作業が、航空隊医務科の重要な任務だった。とくに横須賀航空隊は、苛烈な実戦訓練と、試作機などによる実験飛行が行なわれているので、事故発生の危険性がきわめて大きかった。

いったん事故が発生するや、有為な人材——将来は海軍航空を背負うことになるであろうと嘱望されている者であろうが、歴戦勲功の士であろうが、瞬時にしてその生命を奪われてしまう。

天空を支配する神は、人間が空を飛ぶことを忌みきらうためか、殉職という犠牲者の提供をもとめて止まないのである。

飛行事故の発生とともに、いかに最善を尽くして搭乗員を救出するかが、航空機設計と作製のうえで重要な課題であろうと考えるが、事実はそれ以前の問題、たとえばもっと飛行速度を、もっと兵装を、などという課題が重点となっている日本の軍用機においては、ほとんどのものが人命救出、安全、緊急脱出などの工夫は、二の次、三の次となっていたのではないだろうか。

そのために、いったん事故が起こると、よほど幸運にめぐまれないかぎり、搭乗員の生還は困難である、という弱点を持っていた。

昭和18年、種田軍医長（前列右）をかこむ医務科准士官以上の面面。私服の佐藤歯科医の右前列に長沢大尉、佐野大尉、軍医長の右に茂呂大尉、後列左より3人目（略帽）が、高根沢衛曹長。

横須賀航空隊では、この飛行事故にそなえて、事故発生とともに救助隊を編成し、事故現場に派遣して搭乗員の救出作業にあたっていた。

救助作業は事故の状況によって、第一救助隊、もしくは第二救助隊を編成したが、第一、第二の両救助隊の同時編成が多かった。

第一救助隊は医務科員のみで構成され、本部当直室からの指令、『第一救助隊用意！』の号令とともに、当直軍医官一名、当直衛生下士官一名、当直衛生兵二名がただちに救助隊員となり、救急車で待機する。

救急車は大型車で、内部に固定式になった担架四コと移動担架二コをそなえ、ほかに普通座席数コがあった。

救助隊はつぎの指令で、指示された事故現場へと急行していくのであったが、海上事故の場合は、航空隊の桟橋から、ランチで海上に出ていった。

第二救助隊は、整備科や工作科などをもって編成される。事故機の処分や収容、火災が発生したときの消防作業が任務となっていた。隊長は主に整備科の士官がこれにあたり、兵員約十五名をもって構成し、遭難状況によっては、機関科や主計科などからも編成員として加わることがあった。

救助隊の出動は、第一、第二救助隊の協同作業が多く、当直将校の出動命令によって現場に急行する。まず搭乗員の救出にあたるが、事故につきものである火災発生のさいの消火作業や、搭乗員の救出が困難なときには、機体の破壊によって救出作業を促進したり、火災にともなう付近の山林や原野への類焼防止など、多岐にわたっていた。

これらはほとんどが陸上事故の場合であって、海上事故の場合は、貪欲な海そのものが機体をきれいに処理してくれるので、ランチによる第一救助隊の出動のみでことたりて、特別な事情でもないかぎり、第二救助隊の出動を必要としなかった。

この貪欲きわまりない海は、第一救助隊が現場に到着したときには、すでに飛行機も搭乗員も、すべてのものをその巨大な腹中に納めてしまうと、不気味な腹をのたりのたりと波立たせながら、満足げに舌なめずりしていることが多かった。

三月の下旬になって、伯爵の龍田徳彦少尉が航空隊に赴任してきた。彼は京都の久邇宮家から臣籍に降下して、龍田家をたてたばかりである。兵学校を卒業した後、士官候補生として勤務中、虫垂炎となり練習艦で手術をうけたが、まだ治癒していないので、さっそく病院に治療をうけにくるという。

私は安藤看護長に呼ばれて、龍田少尉を出迎えるように言われた。看護長はさらに竹内甲板下士官を呼んで、新しい診察衣四着をそろえさせたのである。

真新しい糊のきいた診察衣をきた四人の医務科員、種田軍医長、外科担当の長沢軍医大尉、安藤看護長、それに手術室長の私が、病室の玄関に並んで龍田少尉を迎えた。

彼は小柄で華奢な感じの美青年少尉で、さすがに氏も育ちもちがう優雅さが、おのずからそなわっているように感じられた。手術創はほぼ治癒していたが、わずかに小さな肉芽がのこっていて、分泌液がのこる程度のものだった。その後、龍田少尉は三、四日のガーゼ交換で完治したのであった。

一式陸攻よ眠れ

四月に入ると、航空隊勤務についてすでに一ヵ月あまりとなり、心身ともに馴染んで、余裕のある勤務となってきた。春の大地の息吹きが匂い、間近な春が感じられてくる。

南方戦線はいよいよ連合軍の反攻が本格的となり、緒戦にきずいた南方の要衝は、つぎつぎと敵の手に落ちはじめている。

しかし、それはあくまでも一過性のもので、最後の勝利はわれらにあり、ここにわが横須賀航空隊あり、というのが、いつわらない気持であった。

早朝から隊内にひびく各種新鋭機の離着陸の爆音、遠雷のように聞こえてくる夏島北西の山腹で行なわれている風洞実験の轟音なども耳馴れてきて、苦にならない。いや、むしろ爆音のない日曜日や祝日の航空隊は、なぜか心寂しい感じですらあった。

そんなある日の午後、突如として、『第一、第二救助隊用意！』、つづいて、『第一、第二救助隊本部前に整列！』と、あわただしい号令が、隊内放送となって流れてきた。

サーッと隊内に緊張した空気がみなぎる。病室からはただちに、当直軍医官はじめ四名が救急車に乗り込み、本部前にフッ飛んでいった。

私はただちに本部当直室に電話を入れた。

――一式陸上攻撃機が野島の山中に墜落し、目下、炎上中である！

という。この一式陸攻という双発で万年筆型の攻撃機は、〝一式ライター〟という仇名をもっており、その由来は、被弾や些細な事故でも、すぐにパッと火がつくことからきているという。

野島は追浜海岸の北端にあって、昔は離島であったが、いまは埋め立てられて陸続きとなっており、島はほとんど雑木と野草でおおわれていた。

ともあれ、私は本部当直室の情報をもって、外科室へ急いだ。幸いにもその日の診察はすべて終わっていて、すでに外科室長の指示によって、負傷者の収容準備をはじめているところだった。

長沢軍医大尉に事故の概要を説明するとともに、外科室だけでは手ぜまだから、私は手術室を開放して、両方に患者を収容することにした。つづいて手術器具の消毒、包帯材料の整備などでいそがしい衛生兵たちに、一式陸攻は炎上中というから火傷も酷いだろうと思われるので、その準備も指示した。そして、もしも死体収容の場合には、手術台や治療台はすべて部屋の隅にあつめて、タイルの床の上に遺体を並べるように言いおいて、ふたたび事務室に引き返して、救急車の到着を待ちうけていた。

しばらくして、当直室から電話がきた。現地からの連絡が入ったという。それは、はなはだ悲観的なもので、待機中のわれわれの心を暗くするものだった。

『一式陸攻の火勢はつよく、目下、けんめいな消火作業をおこなっている。残念なことには、生存者の見込みは絶望的である』

アア……これでは外科室、手術室ともに、死体検案場となるであろう。さっそく外科室にいき、模様がえをすませると、ふたたび待機する。

やがて救急車がもどってくると、病室の玄関前に停まった。待ちかねていた衛生兵たちが救急車をかこむと、後部のドアを開くのももどかしく車内に入った。車内にこもる殉職搭乗員の被服と肉の焼ける特異な臭いが鼻をつく。救急車で運ばれてきた遺体は六体、さらに後便のトラックで三体がおっつけ運ばれてくるという。

九名の一式陸攻の搭乗員たちの遺体は、まったくの黒焦げとなっていて、顔面や両手などはなんとも形容できないほどに炭化しており、一式陸攻炎上の火勢の強さが想像されるものであった。航空隊勤務とはいいながら、転勤そうそうの痛ましく悲惨な状態に、生死の危険に直面している搭乗員たちの心労と、これを超越した生死一如の境地とは、いったい何であろうという思いに私はうたれた。

軍医官が分担して、一人ひとりの死体検案がはじめられた。助手についた衛生兵が、軍医官の口述を一言一句ちがわないよう正確に記録していく。

「診するに……」からはじまる身体各部の検案は長文となり、かつ専門用語で難解なものが多いから、新兵教育などでみっちり衛生兵教育をうけた者でないと、この記述はできない。このころのように、召集兵の速成教育できた衛生兵では、軍医官の口述についていけず、役にたたない。

やがて、殉職者の所属する飛行分隊から、上司や同僚の搭乗員たちが病室に駆けつけてくる。事故機の搭乗者名簿と照合して、遺体の個々の氏名を確認しはじめたものの、墜落時の損傷と、火災の傷害がかさなったために、遺体の損傷はあまりに酷く、個人の識別はきわめて困難なものであった。

歯科治療のあとや技工歯の状況、胸腹部の手術痕や特徴などをもとにして、ようやく氏名を確認することができた。

軍医官たちの死体検案の終了したところで、私はその関係書類を一括して事務室に引き上げた。そして、飛行分隊から遺体の処置が終わりしだい、市営火葬場において荼毗にふしたいという申し出があるので、とりあえず九名の死体検案書を書き上げた。持ちまわりで上司の承認をえると、軍医長印を捺印して飛行分隊に渡した。

残るのは膨大な量の死体検案記録の作成であるが、これは後日でよい。しかし、頭の痛いことではあったが、なにごとも勉強である。

市営火葬場で荼毗にふされた殉職者の遺骨は、ふたたび航空隊にもどり、格納庫の一隅にもうけられた斎壇に安置される。そして、朝に夕に航空隊員たちの手厚い礼拝と香華につつまれながら、海軍葬儀の日を待つのであった。

悲しみにみちた海軍葬儀は、隊内の大型格納庫を斎場として、おごそかに執り行なわれる。司令官や皇族士官をはじめとして、各科長一同と各科分隊の代表者が参列する。礼拝と弔辞がつづき、儀杖隊の栄誉礼と弔銃斉射、鎮魂の儀などがしめやかにおこなわれていく。

〽海往かば水漬く屍……

悲嘆にみちた葬送の儀式をもって葬儀は終わる。殉職者の遺骨はここで遺族の手に渡され、肉身のあたたかな胸に抱かれると、隊員たちの見送る中を、懐かしい緑の山河にかこまれた故郷へと、無言の帰還をしていくのであった。

ところで、横須賀航空隊の南側にある丘陵上には、松と桜にかこまれた横空神社があった。丘陵の向こうはすぐに航空技術廠となり、神社の前方には横須賀湾がひろがって、横須賀軍港から猿島を眺めわたすことができる。

この横空神社には、横須賀航空隊において殉職した幾多の搭乗員たちの英霊が合祀されている。例年、春の祭典には、前年の祭典以後の殉職者を合祀しているが、その合祀者の総数は、残念ながら知ることができなかった。

丘陵の下から石段を登っていくと、石段の周囲にたちならぶ桜は爛漫と咲きほこって、訪れる人びとを迎え、石段を登りつめて神の前に出ると、そこには昭和十六年四月十七日、零式戦闘機の実験飛行中に東京湾の上空で、試作機が空中分解を起こしたために殉職した下川万兵衛少佐の胸像が、海を見下ろすように建てられていた。

第二章　衛生兵曹の気概

新品下士官の真情

五月一日は、朝から快晴の日和《ひより》であった。今日は進級が発令になる日とあって、該当者はすでに内示をうけているものの、そわそわにやにやと落ちつかない。医務科では、すでに先任下士官の木村徳太郎上等衛生兵曹が准士官に昇任して衛生兵曹長となり、転出していた。

森と私は下士官に、その他、進級年限に達した衛生兵たちが、それぞれ衛生兵長、衛生上等兵、衛生一等兵などに進級する。戦時下の昭和十八年ともなれば、進級年限に達した兵員は、ほとんどの者が進級することができた。しかし、四、五年前までは、進級年限に達していながら、進級から振り落とされる兵員も少なからずあった。

これらの兵員は『お茶引き』といわれ、ともすればステバチとなって、若年兵をいたぶる。また、上司に対しては反抗的な態度をとって仕事をさぼる、などという形となってくるので、周囲からは『あいつはジャクッている』と言われ、特異な眼で見られるようになる。

しかし、戦時となると、人員増強の必要性から、准士官昇任者をのぞいて下士官、兵の進級もれはほとんどなくなり、このお茶引き兵は見えなくなった。

進級する衛生兵たちは朝の八時から病室内で、分隊長の佐野忠正軍医大尉、看護長の安藤栄吾衛生中尉、分隊士の高根沢清吉衛生兵曹長の立ち会いのもとで、すでに転出した種田軍医大佐の後任の軍医長である浜崎静雄軍医中佐から、それぞれ進級を伝達される。

下士官に昇任する私と森は、おなじく八時から本部庁舎前において、司令官の草鹿龍之介少将より辞令の伝達をうけるのであった。

第一種軍装に着替えると、私は本部庁舎の号令台前に出ていった。定刻五分前に全員の集合がおわった。本日の下士官昇任者は二千名であるという。これは、搭乗員の飛行兵長たちの二等飛行兵曹昇任者が、九十パーセントを占めているからである。

辞令の伝達は、まず兵科からはじまり、それから飛行、整備、機関、工作などと進み、やっと衛生になった。

海軍衛生兵長　神田恭一

同　森　竹雄

海軍二等衛生兵曹に任ずる。

二千名の辞令の伝達は、さすがに大変なことであった。衛生のつぎは主計となって、ようやくこの長い辞令伝達式は終わった。

病室にもどると、私と森はそろって軍医長以下の上司に報告をすませ、さあ待ちかねた衣裳替えとばかりに、身の回りの整理にかかった。

まずは甲板係衛生兵を呼んで、長年身につけていた兵服、マルチンのジョンベラと呼んでいる紺の第一種軍装、夏用の白の第二種軍装など各二着ずつ、ひさしがないためにかぶりにくい軍帽から兵員用軍靴などすべてを、主計科の衣糧品倉庫に返納し、ひきかえに下士官用の軍装一揃えと交換してきてもらう。

開襟の兵服から一転して詰襟《つめえり》の紺の第一種軍装、白の第二種軍装、軍帽と白線の入った略帽、襟カラー、海軍バンド、下士官用短靴など、一通りそろったところでチストに納める。白の事業服用の帽子も白線入りとなって、夕方までには一通り下士官としての格好がととのった。

任務はそのままで、私は事務室長兼手術室長、森兵曹は病理試験室長をつづけることとなった。


ふりかえってみれば、海軍に入籍以来、きょう下士官に任官するまで、アッという間の四年間であった。

――昭和十四年六月一日のその日、横須賀の空は、しとしとと霧雨のそぼふる重苦しい日だった。朝早く横須賀市内の指定旅館を出た新入団者たちは、海軍工廠のけたたましいリベットの音を耳に、左手の小高い丘の上にある、芝生に映えるシャレた鎮守府を眺めながら、足ばやにいかめしい稲南門《とうなんもん》を入り、海兵団への道を急いだ。

稲南門から海兵団につづく広い道路の両側は、海軍病院をはじめ海軍の諸施設ですべて占められていた。すでに入団者たちの緊張はいちだんと高まり、いよいよ今日から身を投ずる未知の世界に、心細さもひとしお加わっている。

海兵団の受付を終わり、身体検査がすむと、ふんどしからはじめて、一切のものを海軍のお仕着せにかえて、新兵一丁あがりということになる。かぶりなれないひさしのない軍帽、着たことのない水兵服、その襟元につける襟飾りという名のリボンの折り方、結び方のむずかしいのに閉口してしまう。なにかチグハグな感じだが、これから六ヵ月間の新兵教育に入るのである。新兵教育中は四等兵で、袖章がまったくないところから、〝カラス〟などと呼ばれていた。

新入団者約三千名、そのうち私の入った看護科は九十名であった。この九十名を六教班に編成し、さらに一ヵ月後に入ってくる三十名の二教班をくわえて、最終的には百二十名の八教班の編成となった。

看護科の分隊長は柿原暁軍医大尉、分隊士は呉座《ご》終子《ざしゅうし》看護特務中尉、先任教員は合田主税看護兵曹、その他、福島七郎、佐藤義雄、杉山裕、氏家正二、沢田福一、八子繁雄、梶野正吉の各看護兵曹が教班長として各教班をうけもち、これに砲術教員として兵科の阿部兵曹が配属されていた。

この六月一日の昼食は入団を祝う祝膳で、赤飯に小鯛の尾頭つきなど、けっこうな料理が出た。海軍もなかなか気がきくんじゃないか、などと思っていると、三日後におこなわれた入団式のすんだころから、いよいよ本格的な教育に入っていった。

二十四時間にわたる厳重な監督のもとに、実社会とまったく隔絶した環境におき、徹底した軍隊教育である。それぞれの娑婆っ気を完全にぬぐいさって、個性を抹殺したまったくの画一教育をおこなうとともに、実科の基礎教育をみっちりと仕込むのである。さらに精神教育と称して、各種のシゴキもはじまる。

私は入団一週間めごろから、つくづく嫌気がさしてきて、なんとかここから抜け出すことはできないだろうか、こんなアホらしい環境から……という思いがつのった。

とにかく、これが海兵団生活一ヵ月、ひきつづいて海軍病院五ヵ月、あわせて六ヵ月の間、二十四時間監視のもとでおこなわれるのだから、新兵たちは否や応もなく、逞しい兵士へと変わっていく。

私の入団した昭和十四年当時は、日華事変はすでに長期化して泥沼に足をつっこんだ状態となり、対米関係もギクシャクして、なにか日一日と悪くなっている時代であった。四等看護兵教育の六ヵ月がおわったところで三等看護兵となり、ひきつづいて、またまた六ヵ月間の普通科練習生がはじまり、やっと終わったと思うと、つぎは手術介補講習生として、作山吉雄、品川次郎、それに私が指名されて、六ヵ月の教育をうけることという。……やれやれ、である。

幕引きのいない舞台に上がっている陸軍は、軍備拡張と、危機意識をあおることで、国内の良識をまぎらわしていた。

いっぽう海軍は、ずるずると陸軍に引っ張られながら、国際間の緊張を反映して、ただひたすらに、あの有名な明治三十八年の日露戦争終焉にともなう連合艦隊解散にさいして出された、当時の連合艦隊司令長官・東郷平八郎大将の訓辞である『百発百中の砲一門は百発一中の砲百門に勝る』を信条に、訓練につぐ訓練の明け暮れであった。

しかし、訓練という名の陰にかくれて、なかば公然とシゴキが行なわれていた。なかには、シゴキで兵士は強くなるものだ、という誤った考え方もあった。

その訓練につぐ訓練の成果も、のちの太平洋戦争におけるわが海軍の艦砲射撃の成績は真にお寒いものであった、という皮肉な結果に終わったという。

日米開戦とともに、海軍は将兵の増員また増員という方針に変更したのであったが、昭和十四年当時は、まだまだ少数精鋭主義が基本となっていた。

海軍省の報道課長・平出英雄大佐が、われに無敵の艦艇五百、これに拠る海鷲四千あり……などと、大いにブチ上げていたのもこのころであった。

海軍部内、とくに艦船は、専門的な技量が要求されるところから、長期服役の名人芸の域に達する職人的な下級士官や下士官が、その主力とならざるを得なかった。そのためには、必然的に志願兵による兵力の充実が望まれるのである。陸軍のように、徴兵を主力として短期現役で、国民に密着している軍隊を構成することはむずかしかった。

その当時、海軍は旧態依然としたところが多く、進級についてもはなはだ遅く、兵員の不満が多かった。

普通なら、海兵団に入ってから満四年となるその一ヵ月前の五月一日に、下士官に任用されるわけだが、戦前は

徹底した基礎教育には閉口ぎみだった。写真は昭和16年、陸戦訓練の際の著者。

総員の七十パーセントくらいの任官で、あとの三十パーセントはいわゆる『お茶引き』となり、半年後または一年後を待たなければならなかった。

善行章という山形のマークを満三年ごとに一本、階級章の上部につけることになっていたが、この善行章をつけても、まだ二等兵（のち上等兵と改正）のままという兵員もあり、その兵員は〝楽長《がくちょう》〟などと軽侮の眼で見られていた。この楽長という語源は、軍楽隊の楽長の制服が赤ラシャ地で、袖に金線の山形が五本ついていたことからだ、という。

それとは逆に、善行章のつかないうちに一等兵（のち兵長と改正）に進級した者は、〝お提灯〟と敬称をもって呼ばれていた。お提灯の語源は、山形のつかない袖に、早くも兵の最上級をしめす階級章のついたことをうらやんだものだという。

とくに、下士官から准士官（各科の兵曹長）への昇任はなかなかむずかしくて、善行章を三本、四本とつけた下士官はざらにいた。ときには〝洗濯板〟といわれる善行章を五本もつけた下士官もいた。しかし、下士官の中には、分隊の先任下士官をしている方が、居心地がよい、といって准士官への昇任を拒否して、下士官のままで長い間いる者もあったという。

昭和十四年、艦務実習のために、私は停泊中の軍艦「陸奥」に三日間ほど乗艦したことがあった。そのとき、「陸奥」の相撲部員たちの中に、大きな軍服の袖に善行章五本をつけた下士官が何人かいた。彼らは勤務年数がすでに十八年を超える者もいるが、善行章は五本以上つけてはいけないということで、五本のままだということであった。

さて、待望の下士官となった私と森兵曹は、翌日の五月二日から初任下士官教育をうけることになった。

戦前は任官者の数の少ないこともあって、准士官と下士官の初任教育は、すべて海兵団で集合教育がおこなわれたものであった。しかし、戦時下の実施部隊や艦隊勤務者は、それぞれ原隊で初任教育をやるようになり、横空では初任下士官二千名の集合教育を実施するという。

教育期間は一ヵ月、それも午前中は各科の実務につき、午後一時から午後四時までの三時間、大講堂でみっちりと詰め込み教育がおこなわれる。

教官には、各科の科長や飛行隊の隊長などが任命され、教育課目は多岐にわたる。一般教養からはじまって、国際情勢、今次大戦の意義、航空機の現状と将来の動向、予知せざる飛行機の未来性など、有益でありまた示唆にとんだもので、いろいろと啓発されるところが多かった。

教官の一人であった飛行隊長・国定謙男少佐の講義は、わが国の飛行機生産能力と搭乗員養成上の諸問題という題で、延々と、力強い口調でおこなわれた。舌端火をふくような熱弁は、海軍首脳部にいぜんとして大艦巨砲主義者が跋扈している現状にふれていった。この国定少佐の鋭い舌鋒による首脳部批判とも思われる言葉は、つよく胸に焼きついた。

「海軍省や軍令部などの頑迷固陋の石頭どもは、明治時代の大艦巨砲主義の夢をいまだに遵守して、無用の長物であるヤマトタケゾウなどという戦艦を造った。これに要した巨額の予算を、飛行機の生産と改良、搭乗員の大量養成などにあてたならば、現在の戦況は大きく変化していたであろう。ヤマトタケゾウで戦局が好転するのであれば、瀬戸内海やトラック島などで錨をおろしていなくて、どしどしと第一線に出して、戦闘に参加させればよいのだ……」

当時、「大和」と「武蔵」の二戦艦は、トラック島に停泊して動かず、敵潜水艦の魚雷攻撃をおそれて、防潜網をがっちりと張りめぐらしていた。部内では、両艦をヤマトタケゾウとか、大和ホテル、武蔵ホテルなどと、かんばしからぬこともいわれていた。

そして、その後の戦局は、航空戦力によって大きく左右されるようになり、大艦巨砲はいたずらに敵機の餌食となっていったのである。

それはともかく、一ヵ月にわたる午前＝実務、午後＝講義という変則であわただしい初任下士官教育も、終わりに近づいた。その総括は、修了試験をもって成果を判定することになる。教科書もプリントもない講座に、欠席時間の有無は大きくひびき、試験の結果に判然とあらわれてくる。飛行科や整備科などの受講者は、飛行作業の関係から、欠席せざるを得ない場合があるのはやむを得ないが、その間の講義の聞き落としはいたかった。

勤務をやりくりして、私はとにかく無欠席で教育期間を過ごすことができた。そんなことが幸いしたものか、初任下士官教育の成績順位は、二千分の一であったことを知らされた。

海軍では、すべての教育課程について、試験をもって、その卒業や修業を締めくくっていたので、その課程中に欠席や居眠りなどで、講義を聞きもらすと、そこに大きな穴があくので、まったくウカウカできなかった。

話は古くなるが、入団から半年間の新兵教育中は、座学だけでなく、中間に種々の教程、とくにカッターや砲術があるので、その後の講義には、ついウツラウツラと居眠りが出てしまう。

階段教室だから、中央の教壇に立っている教官の目にすぐ入ってしまう。つかつかと教壇から下りてきた教官の手が、新兵たちの机の上に立っている各自の氏名を書いた三角札に伸びるや、気持よげに船を漕いでいる新兵の頭に、火花が散ることとなる。

だから、しまいには目をひらいたまま眠るようになってしまう。

とにかく居眠りが最大の敵であるところから、居眠りの防止にはみんな苦慮したものであった。そのうちに、だれともなく居眠り防止のため、木綿針を隠し持つようになった。どうにも我慢ができなくなったときに、大腿部をズブリと刺せばよい。木綿針は事業服の襟裏に隠しておけば危険がない、ということで、いつしか全員が、これをやるようになった。

カッター訓練のあとの講義や、ポカポカ陽気の日の午後の講義などが終わって、教室から出てくるとケシ粒ほどの血痕が、白いズボンに無数に滲み出していたものであった。

海軍に入って四年もすぎてくると、外見ではなかなかわからなかった諸般の実情がわかってくる。

じつに優れた点であったのは、徹底した教育をおこなうことだった。これは実務について職人芸以上の名人芸に達する技量を、特務士官や下士官に持たせようという配慮からであろう。

すこし話はそれるが、衛生下士官としてみた海軍の人事制度など、感じていたことについてふれておきたい。

少数精鋭主義の海軍には、兵員の絶対数がはなはだ少なく、控えの兵力がなかった。これは大きな弱点であった。大きな改革が必要ではないかと痛感した。

太平洋戦争による前線の拡大と、思わぬ敗戦つづきで、大量の将兵を消耗し、急遽、大量増員を計画してみても、陸軍の増員に押されて意のごとくならない。ついには、陸海軍の間で兵員の争奪戦となってきていた。

しかし、兵役未経験の国民兵たちを召集して、軍服をきせ、不動の姿勢と挙手の敬礼だけというようなドロナワ教育をして、実施部隊に配置しても、すぐには使いものにならない。

そんな現状からか、遅まきながら海軍の諸制度も、少しずつ改善されてはいた。

昭和十七年夏の制度改正で、従来の機関、特務、予備などの士官の冠称を廃したり、下士官の一、二、三等兵曹を上、一、二等兵曹にあらため、兵の一、二、三、四等兵を陸軍なみに兵長、上、一、二等兵にし、看護を衛生とあらためたりした。しかし、まだ効き目がないと思ったのか、つぎには下士官への任用の期間を六ヵ月短縮して、満三年六ヵ月にするとか、従来、海軍ではまったく考慮されていなかった下士官候補者制度をもうけたりして、躍起となって人員の補充をはかるための修正をおこなった。

しかし、そんな人事対策も、時すでに遅く、結局は彌縫策《びほうさく》となんら変わることはなかった。

少数精鋭主義で先手必勝をとなえてきた海軍であったが、人事対策はもとより、すべてが後手後手となってしまったのではなかったろうか。

もともと日本海軍の諸制度、様式などは、すべて明治六年に、イギリス海軍からもたらされたもので、十八、九世紀における大英帝国海軍の時代物の制度を、そのまま踏襲したものだけに、いろいろと矛盾するところが多かった。
十八、九世紀のイギリス海軍は、士官は上流階層の出身者に限られ、下級士官や下士官、兵たちは、陸上における食いつめ者、文字も書けない無頼の徒を強制的にかりあつめて構成されていた。上級士官は艦上において乗員の生殺与奪の権をにぎり、鞭によって兵員を動かしているような、古い陳腐な制度を創立まもない日本海軍にもちこんで、十年一日、改革されることもなく経過してきたために、士官と下士官、兵との間に、とりかえしのつかない断層をつくり出してしまった。この断層は、陰に陽に日本海軍を毒していたものである。
海軍士官の信条、ゼントルマンでスマート、貴族性などということは、外見ばかりよくて脆弱な、粘りも根性もない弱腰の海軍士官となり、艦橋などに勤務する彼らは、兵員との連係のうすい浮き上がった存在となったのではなかったろうか。

ゼントルマンでスマートといえば、井上成美大将は人格識見ともにすぐれた人として評価されている。しかし、軍人はあくまで軍人であらなければならない。軍人は戦いに勝ってこそ評価されるものであろう。機動部隊の司令長官として戦闘に敗れ、陸に上がって海軍兵学校の校長となるや、すでに敗戦を見越して生徒に、英語とデモクラシーを教えた軍人とは、いったい何であろう。戦争にそなえての軍人となり、多年、研究研鑽をつみながら、高位高禄をはんできたのではなかったろうか。

また、米内海軍大臣や山本海軍次官とともに、井上大将は太平洋戦争に反対だった、といわれる。それならば、身体を張っても絶対反対をとなえて、開戦を阻止することができなかったのだろうか。

ともあれ、兵学校出身にあらずんば海軍軍人にあらず、というような気風が海軍を毒していた。

ところが、航空関係の搭乗士官たちだけには、こういったみような特権意識というものはまったくなかった。むしろ海軍の弊害となっていた縦横の断層をとりはらい、赤裸々な人間性にあふれていた、と思っている。

その変化をもたらした根本となったものは、何であろう。それは、環境にあったのではないだろうか。

航空隊の士官たちは緊張と連係プレーを必要とする勤務において、過酷な空中戦闘において、指揮官として、また隊長機として列機をひきい、つねに最前線に立つ。だから、あくなき闘魂と沈着、果断と冷静な判断、空中における変転万化、瞬時に変化する戦況に対応して、効果ある攻撃と列機の安全など、その要求される分野は広く、生死一如、決断、部下搭乗員との一蓮托生の境地などがしいられた。

したがって、貴族性などをかなぐり捨てざるを得なかった。そんなところから、彼ら搭乗士官の気風はきていたのではないだろうか。

巨艦「武蔵」に想う

五月の二十七日は、横須賀航空隊に転勤してはじめての海軍記念日であった。明治三十八年のこの日、東郷平八郎海軍大将のひきいる連合艦隊が、ロシア帝国のバルチック艦隊を対馬海峡にむかえ、潰滅的な大打撃をあたえて勝利をおさめたのである。それと並んで大山巌陸軍大将がひきいる満州軍が、奉天入城をおこなった同年の三月十日を陸軍記念日として、国の二大記念日となっていた。

すでに、南方第一線の戦況は押されに押されていたが、まだ内地では祝日を祝う余裕があった。

横空では飛行作業はなく、朝食は赤飯で祝い、八時から総員集合のうえ記念式が行なわれて、その後、半舷外出となる。

総員集合五分前、本部庁舎前に集合した各分隊のうち、飛行隊の各分隊を見て私は驚いた。士官や下士官たちの金鵄勲章佩用者の多いことである。いずれも満州事変から日華事変における勲功者であった。

午前八時、司令官の草鹿龍之介少将が壇上に立ち、記念式がはじめられた。当直将校の号令によって皇居遥拝、国歌斉唱が終わる。その後、草鹿司令官の訓辞がおこなわれた。

肩幅ひろくガッチリとした体軀で、頭が大きく、無想流居合術の達人であるという司令官は、昭和十六年十二月八日の開戦劈頭、第一航空艦隊参謀長として、ハワイ空襲にのぞんだときの体験を述べたが、その中にはつぎの言葉があった。

「(ハワイ作戦は)獅子《しし》奔敵《ほんてき》の術である。獅子奔敵とは獅子は敵を斃すためには渾身の力で敵を一撃すると、さっと身をかわして退るものである」

これを聞きながら私は、当時の参謀長としてハワイ空襲にさいし一撃をくわえたのみで、機動部隊を引き揚げたことにたいする草鹿司令官の言い訳、弁解が多分にふくまれているのではないか、と感じた。

獅子は一撃のもとに敵が斃れないと見るや、ふたたび攻撃体勢をととのえて、二撃、三撃をくわえ、徹底的に敵の息の根をとめるものである。奔敵とは、つぎの攻撃にうつる体勢づくりのために、身をかわして退るのではないか。

ハワイ空襲にさいして一撃でひきさがり、最重要攻撃目標であった敵の空母二隻を逸してしまった。そのためにこの二隻の空母が、その後の米軍反攻の足がかりとなり、ひいてはこれが緒戦の勝利におごり慢心したわが海軍に、潰滅的な打撃となってあらわれた。

昭和十七年六月五日のミッドウェー海戦にも、そのまま南雲司令長官がひきいる機動部隊の参謀長としてのぞみながら、大敗を喫したことに対しての弁明も入っていたのではなかったろうか。

号令台に立って海軍記念日にさいしての訓辞を行なっている草鹿司令官の胸中には、昭和十六年十二月八日の機動部隊旗艦「赤城」艦上において勝利の報告を聞いたときの喜びと、昭和十七年六月五日のミッドウェー海戦において、敵艦載機の攻撃をうけて炎上する「赤城」の艦橋で、司令長官・南雲忠一中将とともに思わぬ敗戦に、茫然と立ち尽くしたときのことが、悲喜こもごもに交錯していたのではなかろうか。

そのころ、連合艦隊司令長官の山本五十六大将が、四月十八日、南方戦線ブーゲンビル島において戦死し、後任の司令長官として古賀峯一大将が、横浜航空隊の二式大艇で赴任していった——という噂がひそかに隊内に流れた。

エッ、それは、本当の話か？と思う間もなく、ほとんど同時に山本長官戦死の報と古賀新長官の就任が報道された。隊内の動揺は……と思って見ていたが、そんな気配はまったくなかった。

すでに艦隊決戦のときではない、航空決戦がすべてを決するのだ。この大戦では、連合艦隊司令長官の戦死も避けることはできない、という感じだったのであろう。

――山本司令長官は、米空軍の張った網の中に飛び込んでしまったらしい。どうも海軍上層部は、この大戦を甘くみているのではないだろうか。早急に認識をあらためないと、大変なことになりはしないか。

そんなことを思ったが、この三月末にも、連合艦隊司令部は、司令長官の昼食時におこなっていた軍楽隊の演奏を、三月末で中止することとなった、と、さも大きな美談でもあるような、新聞報道を読んだことがあった。前線将兵や実施部隊の者たちから見ると、なあんだ、まだそんなことをやっていたのか、という感じをあたえただけであった。

六月のある日の朝、本部庁舎の見張番兵から電話がきた。

「神田兵曹、軍港に『武蔵』が入港しています」

さっそく航空隊の桟橋のところまで出ていって、戦艦「武蔵」を見る。まず、常識やぶりの巨大さに度肝をぬかれた。まさに、浮かべる鋼鉄の巨城、不沈艦というべきか、要塞というべきか。

三連装九門の主砲、四十六センチの巨砲は、海上を威圧して遠く太平洋の空をにらんでいる。るいるいと艦橋の周囲につみかさねたように装備されている高角砲塔の群れが、日光をうけて黒く輝いていた。後部甲板には、水上機用のカタパルト二基があるという。

わが国の造艦技術の最高の粋を集中した成果が、いまここにある……まさに不沈艦「武蔵」の勇姿で、心づよかった。

全長二百六十三メートル、幅三十九メートル、排水量六万四千トン、主砲四十六センチ砲三連装三基の九門、水上偵察機七機の搭載がその概要であった。

しかし、これで飛行機にたいして、絶対に不敗と言い切れるのだろうか。開戦二日目のあのマレー沖において、イギリス海軍のほこるプリンス・オブ・ウエールズとレパルスを、海軍航空隊の手によって海底ふかく葬り去ったことを忘れてはならない。

聞くところによると、「武蔵」の主砲は九十度の仰角が可能で、飛行機の来襲にたいしては、これに三式弾という特殊砲弾を装塡、襲いかかる敵機群に発射して、これを潰滅することができるということだった。

しばらく海岸に立って、「武蔵」の巨影を眺めながら、そんなことを考えていると、初任下士官教育のさいに聞いた『保守頑迷で救いがたい大艦巨砲主義の石頭ども』という国定少佐の言葉がよみがえってきた。

このときの「武蔵」の横須賀への入港は、前連合艦隊司令長官・山本五十六大将の遺骨送還のために、内地に帰還してきたのだという。

六月二十四日は、朝から飛行止めだという。飛行作業のない航空隊はさびしい。飛行機のかもしだす爆音のなかの明け暮れが習性となっている航空隊では、あらゆる隊内機能が爆音

戦艦「武蔵」——著者は横須賀軍港に入港してきた「武蔵」を再三、見かけた。巨大さに驚くとともに、想いは複雑だった。

のリズムに乗って、リズミカルに働いているのであった。それにしても、祝祭日以外の飛行止めとはなんだろう。

昼ごろであった。見張所の番兵に立っている荒木水兵長から電話がきた。先日、「武蔵」の入港を知らせてきたのも彼である。

「神田兵曹、『武蔵』に天皇旗が上がっています」

なるほどそうか、天皇が「武蔵」に行幸されているのだ。そのための飛行止めであった。さっそく海岸に出ていって、はるか「武蔵」のマストにキラキラと輝く天皇旗を見た。

その後も戦艦「武蔵」は、再三、横須賀に入港してきた。その任務はほとんどが輸送艦としてのものであった。

ある日、海軍病院に出張するため、私が公用ランチで辺見の波止場についたときのこと、多数の陸軍部隊が夏物の軍服に背嚢を背負い、地下足袋をはいて、陸続と「武蔵」に乗艦するのに出合った。

すでに輸送船の航行は危険きわまるものとなっ

ているから、戦艦「武蔵」が陸軍部隊の輸送に当たるのだということだった。南方戦線におもむく陸軍部隊将兵たちの足どりは、心なしか重そうだった。あのときの陸軍将兵たちのうち、何人が故国の土を踏むことができたのであろう。その重い足どりは、あとあとまで脳裏に焼きついて離れなかった。

九九艦爆に祈りを

昭和十八年の梅雨は長くつづき、来る日、来る日がしとしとと降る、小雨つづきの多湿でうっとうしい天気であった。

七月上旬のある日、空は雲が低くたちこめ、そぼ降る小雨は今朝もやみそうでない。午前八時に本部庁舎前に整列した第一、第二救助隊約二十名は、雨具に身をかためて大型救急車一台と、幌つきのトラック一台に分乗すると、隊門をあとに一路、横須賀市郊外の峻険、鷹取山に向かった。

この合同救助隊が出動する目的は、行方不明中の艦上爆撃機が発見されたので、その搭乗員の遺体収容と遭難機の処理のためであった。

一ヵ月ほど前の六月上旬、飛行実験中の九九式艦上爆撃機が、鶴見、佐藤の両飛行兵曹搭乗のまま、その消息をプッツリと絶ってしまった。航空隊では遭難事故の想定のもとに、海に陸にとけんめいの捜索活動をつづけていた。しかし、その行方は杳としてわからなかった。たまたま鷹取山の北嶺に足を踏み入れた一市民が、原生林を踏みわけて山深く入り、やっと鷹取山の北嶺の頂上に出た。ホッと一息つきながら、眼下にひろがる山野の風景を眺めていたところ、眼下の断崖はるか下方の青葉のなかに、日の丸の標識が見えかくれしていた。変なことだ、自分の目が悪くなったんじゃないかと思ったが、よく見ると、たしかに飛行機だ。飛行機が墜ちているのだ。

肝をつぶした発見者が下山とともに警察にとどけたのがきっかけとなって、一ヵ月ぶりに、行方不明の艦爆を発見することができたのである。

通報をうけた横空では、ただちに第一、第二救助隊を編成して、搭乗員の遺体収容に出動することとなった。しかし、当日は朝から雨がふり、また連日の雨つづきだから、断崖絶壁の遭難現場での遺体収容作業は困難ではないか、晴天の日を待つべきだ、という意見もあった。

だが、事故機に搭乗して殉職した鶴見、佐藤両飛行兵曹の分隊長である山田春雄大尉から、強い要請がおこなわれた。

「遭難機の位置が判明した現在、雨で遺体収容を延期するなどという申し訳ないことはできないから、なんとしても早急に収容してやりたい」

さらに、山田大尉は、第二救助隊長も自分がつとめたい、ということであったので、雨天決行となり、希望どおり山田大尉が第二救助隊長となった。

救助隊を乗せた二台の車は、追浜の街並みから郊外に出て、いつの間にか霧雨となってきた空の下をまっしぐらに走り、耕地をぬけて農道を走りながら、やがて目ざす鷹取山の山麓に到着した。

車はここからは進むことができない小道となってしまったので、二台の車はここで待機し、運転員二名と整備兵二名は、携帯用のテントを張って救助隊の仮本部をつくるなどの作業をしながら、救助隊のもどるのを待つこととなった。

車から降りた隊員たちは、田圃のひろがる狭い農道を、雨にぬれた雑草をふみわけながら、脚絆と靴をグショグショにして進んでいった。霧雨と濃霧につつまれた鷹取山は、その山容もさだかでない。

しばらくして農道は終点となり、いよいよ山岳となった。これから北嶺の山頂に登るのだが、峻険で名にしおう鷹取山の北嶺である。北嶺はその急斜面の山容を盾とし、原生林を矛として、人の近づくのをかたくなに拒否していた。けもの道さえ見当たらない。

兵員たちがさっそく手に手に鋸、鎌、鍬、などをふるって、雑木や雑草などを切りはらい、狭い小さな急坂の仮設道路を、一歩、一歩と、山頂めざしてつくっていく。幸いなことに、いまは霧雨もやっと上がってきた。

兵員たちの苦心してつくっている仮設道路は、雨のために泥濘と化していくので、隊員たちは足をとられては転がっている。彼らは交代に鎌や鍬をふるい、雑木にすがり、アリの一群が山をのぼるような姿で、はい進んでいった。

滑り転がり、泥まみれになりながらはい進むこと一時間、へとへとになりながら、ようやく北嶺の山頂にたどりついた。先ほどまでの濃霧は、いまは晴れてきたが、空はいぜんとして暗く、太陽はまったく見えない。

山頂に二本の赤松が太い樹幹を誇っていた。いずれも樹齢七、八十年には達しているだろう。だが、二本の松の先端は無惨に折れて、折れ口が生なましく空を刺しているのが眼に入った。そうとう大きな衝撃によって折られたものだ。落雷などによるものではない。おそらく、艦爆が激突したためのものであろう。

山頂は案外ひろく、平坦で樹木は少なかった。視野はよくひらけ、南面は大きな断崖となって、はるか下の谷は、原生林の密林となっている。

断崖上に立って下の谷をのぞいて見ると、切り立った断崖から二十メートルくらい下ったところから原生林が茂って、はるか下の谷底までつづいている。その原生林の青葉のなかに、機首を前に向け、いままさに離陸寸前といった姿の艦爆が見えた。隊員はみな、これは大変な作業になる、と声をのむ。なにか下から異様な臭気がするような気がしてくる。

救助隊員は山頂で、へとへとになった身体の休憩かたがた弁当を開いて、簡単な昼食をすませると、さっそく遺体の収容作業にとりかかることになった。

殉職搭乗員の分隊長で、救助隊長をつとめている山田大尉が、作業開始にあたって、まず二人の搭乗員の霊にたいし、これから収容作業にかかることを告げ、慰霊をしてきたい——といって、命綱を腰にしっかり結びつけると、兵員たちにそれを託して断崖をそろそろと降りていった。

谷から吹き上げてくる風は、異様な臭気をともなって隊員たちの鼻をつく。やがて命綱の引き揚げ合図とともに、慰霊をすませた山田大尉が両眼を赤くして上がってきた。

さあ、いよいよわれわれ医務科の出番である。秋葉正雄軍医少尉と私は、命綱を腰につけると、整備員たちに綱を託して、断崖をおりた。

黒い肌の断崖には、ところどころに小さな灌木が、がっちりと岩肌にしがみついて根を張っているので、これを手がかりとして慎重に降りていく。機体に近づくにしたがって、分厚くつくった即製のガーゼマスクも、役にたたないすさまじい臭気で、とたんに吐き気がむかむかと込み上げてくる。約十六、七メートル降りたところで、遭難機は目前にきた。私は手をのばすと、尾翼にまず取りついた。

この場所からはるか下の谷底までは、広葉樹の原生林がつづいている。その樹間を、クズ、山ブドウ、アケビなどの蔓が、縦横に伸びるにまかせて樹木をおおい、大きな網棚を張りめぐらしている。九九艦爆はその網棚に機首を前にして、フワッとのっかっていた。

機体が正常な格好であったからまだいいが、これが逆様《さかさま》にでもなっていたら、どこから手をつけてよいやら大変なことであり、収容作業はきわめて困難なことになっただろう。

飛行機の前後の座席には、搭乗員が前こごみに座っているのが見える。こちらから「オーイ」と声をかければ、振り返って、「ヤアー」と返事が返ってくるのではないか、と錯覚を起こしそうな姿であった。

谷間は静寂そのもので、鳥の鳴く声もない。秋葉軍医少尉と私は、予備のロープを尾翼に結ぶと、そのロープをかたわらの栗の木にしっかり固定して、機体が作業中に転落しないように予防策を講じた。

こんなチャチなロープでは、じっさい、なんの役にも立たない。ただ気安めにすぎない、と思いながらである。

それでは――と、二人はふたたび静かに飛行機の尾翼にとりつくと、そろそろとその上に這いあがってみた。

とたんに、蔓の網棚は飛行機をのせたままグーッとさがった。下は千仭の谷、思わず、冷や汗が背を流れる。しかし、蔓の網はめったに切れるようなものではない。太いところは腕ほどもありそうな頑丈な蔓が、縦横に交叉しているので安心だった。ただ、機体が不安定にグラグラと揺れ動くので、この馬の背のような艦爆の上での作業は、一人の方がやりやすい。

九九艦爆。昭和18年７月、遭難した艦爆の収容のため鷹取山に向かった。搭乗員の無惨な姿に著者は祈らずにおれなかった。

「秋葉少尉、ここは二人では危ないですから、私が一人でやりましょう、秋葉少尉は上にもどってください……それから、だれか兵隊にロープを二本おろしてくるように言ってください」

「いや、君が一人では大変だよ」

秋葉軍医少尉はいったん拒んだが、実際にはこの機体上での作業を二人で、ということは、まったく不可能なのは明らかだった。

「神田兵曹、では頼むよ。無理をしないで気をつけてやってくれ」

やむなくそう言って、秋葉少尉は命綱の引き揚げ合図を上に送った。そしてふたたび、

「無理しないでな……」と声をかけてから、断崖上に引き揚げられていった。

さて、一人になると急に心細さが身に迫ってきた。周囲の深閑とした静寂も、かえって気味が悪い。しかし、こんなことをしていても仕方がない。とにかく遺体の状況を見たうえで収容対策を考えようと、機体の後背部から馬乗りにまたがり、両手を支えとして、機体の前方にそろりそろりとにじり寄っていった。

やっと後部座席にたどりついて、破損のひどい風防をひらいた。そして遺体の後ろ姿に、声なき声でつげた。

「長い間、こんな山中で御苦労さまでした。これから収容にかかります……」

もうこのころになると、鼻もきかなくなって、悪臭もなにも感じなくなっていた。携帯してきた手術用のゴム手袋をつけ、腕を伸ばして座席の前部に頭をつけている偵察員の佐藤一飛曹の飛行帽に手をかけて、グイと引いた。

頭はなんの抵抗もなく、ガクッと顔面を上に向けた。私は思わず頭部から手をはなしそうになった。飛行帽のなかから白瓜のような骸骨が、黒く空洞となった眼で、クワッと空を見上げた。佐藤一飛曹の変わり果てた顔である。軟骨の欠けた鼻腔の奥に、うごめいているのは無数のウジであった。

飛行帽の頭を静かにもとの位置にもどし、座席の後部に馬乗りになって、両足を安定させたところで、こんどは佐藤一飛曹の背部からジャケットに両手をかけて、持ちあげてみた。びくともしない。あがらないはずだ、座席にバンドで固定しているのだった。

そこで、ポケットから大型の海軍ナイフを取り出して、バンドを切断した。この海軍のナイフは、そのころあまり見かけたことはないが、むかしの水兵はこれを白い組紐で首から下げていて、艦などから海に転落した場合に、衣服を切りさいて泳いだものだという。いまは工作科の倉庫などに、備品としていちおうは揃えられており、断崖を降りるときに工作班の兵員が、「これを持っていって下さい」と渡してくれたものであった。

この海軍ナイフが、この困難な場所での収容作業に非常に役立ったわけだが、そのときは軽い気持で、せっかくだから借りて行こうぐらいに考えて、ポケットに入れたものだった。しかし、なかなか気のきいた工作兵がいたものである。

「ロープを持って来ました」

背後に声がしたので振り向くと、若い整備兵が、さきほど秋葉軍医少尉に依頼したロープを二本もって、命綱で降りてきていた。

「やあ、ありがとう、ロープの端をこちらに渡してくれ。ロープの先に遺体を結びつけるから、君は上にもどって、おれから合図を送ったら、みんなで気をつけて引き揚げてくれ」

「ハイッ、わかりました」

整備兵は答えながら、遺体の方をこわごわと見ていた。そして、ふたたび上に引き揚げられていった。私は若い整備兵の熱い眼差しを背に感じながら、ふたたび遺体に近寄っていった。

遺体は梅雨どきの高温と多湿、とくにこの年の梅雨は雨つづきだった関係から、腐敗と膨張がすごく、これをウジが苛《さい》なんで、飛行服の襟元まで湧き上がるように盛り上がっては、また引き込んでゆく真っ白な幾万とも知れないウジまたウジであった。

私はここで一つの発見をした。ウジは光線を嫌う習性があることだ。明るくすると、たがいに下に下にと潜り込み、なんとか自分の姿を隠そうとする。

ともあれ、ふたたび佐藤一飛曹の遺体のジャケットに手をかけて持ちあげてみたが、簡単に座席から出せるような状態ではなかった。とにかく、大変な重量である。

これは大変だぞ……。しばらく立ち往生のすえ考えたのは――飛行服の内部はおそらく大量なウジと雨、それから体の漿液で一杯になっている。これを除くことができれば、大変な減量となるはずだ。効果があるかないか、とにかくやって見てからだ。

そこで私は、ユラリユラリと揺れ動く不安定な機体と蔓に足がかりをもとめると、座席に大きく上半身をのり出し、遺体の霊に詫びながら、背部から下方にいっぱいに手を伸ばすと、飛行服の右脇を腰のあたりから腋の下にかけて、海軍のナイフをふるってサーッと大きく切りさいた。

とたんに、どっと噴き出すウジの大群と漿液と水、これが下方の樹木の葉を打って、滝のような音を立てながら、ドドーッと谷底ふかく落ちていった。つづけて左脇をおなじように切りさいた。ウジが霰のふるように白い粒をまきちらし、残りの漿液がいっしょに木の葉を打ちながら、谷底ふかく消えていった。

さて、これでよし。少しは変わってきただろうと、ふたたび遺体に手をかけてみた。軽くなった、軽くなった。よし、これなら大丈夫……。

佐藤一飛曹の飛行服のベルトにロープをしっかり結びつけると、私は断崖上に引き揚げの合図を送った。緩んでいたロープがピーンと張ってきて、遺体があがりはじめた。途中で座席の縁にひっかかったので、手を伸ばしてはずしてやると、遺体はスッと座席からぬけて、周囲にウジをまきちらしながら引き揚げられていった。

ひとり終わった。よしつぎだ。残るのは操縦員の鶴見芳雄上飛曹である。しかし、操縦席はぐっと前に突き出している。

蔓の葉の間にすかして見る谷は暗く、谷底は不気味に無限の深さを示しているようである。私は前部座席に、ふたたび馬乗りのまま、にじり寄っていった。蔓の網棚は思ったほど揺れることもなく、機体の沈みも少なかった。やはり、佐藤一飛曹の遺体が引き揚げられたためであろう。

操縦席の鶴見上飛曹も佐藤兵曹と同様に、頭を前の計器板につけていた。飛行帽に手をかけてあおむけると、白骨と化した顔面は前額部が大きく割れていて、無惨な姿であった。内部の脳漿と血液が流れ出して、前の計器類にびっしりとこびりついている。この前額部の大きな割れは、飛行機の墜落時に大きな力で前の計器板に打ちつけたものか。それとも、断崖上の赤松に衝突したときのものであろうか。

とにかく、この前額部の割れ方は凄いものだ。この傷の状況から推測すると、二人の搭乗員はおそらく即死したものであろう。痛ましいことである。

鶴見上飛曹の遺体も、腐敗と膨張とウジの蚕食で、すでに見る影もない。私はふたたび海軍ナイフをふるって、減量作業をくりかえさなければならなかった。馴れも手伝って、鶴見上飛曹の引き揚げ作業はスムースにやることができた。

引き揚げられていく鶴見上飛曹の遺体を見送りながら、こんなことに馴れてはいけない、これはあくまで窮余の一策であって、死者への冒瀆である。しかし、これより他に手はなかった。英霊よ許し給え……と、私は思わず祈っていた。

まもなく命綱で崖上に引き揚げてもらうと、待ちうけていた山田大尉や秋葉軍医少尉から、「やあ、御苦労さん」とねぎらいの声がかけられた。

昇汞水で手をていねいに消毒すると、私は草原に腰をおろして煙草に火をつけた。肩の荷をおろしたような、ホッとした気分であった。

この後、九九艦爆は整備班の手によって処理され、それがすむとこの断崖上の作業はひとまず終了する。

さてつぎは、二人の遺体の搬出だが、これには崖上で、樅の巨木から大きな枝を何本も切り落として、これで死体を一体ずつ簀巻につつみ、前後を紡錘状にしばると、曳き綱と控え綱をつけて、整備兵たちが仮設道路をひきおろしていった。山麓から農道に出たところで、簀巻の包みに棒を渡して応急担架とし、仮設テントの基地へはこんでいった。

テント内で秋葉軍医少尉による死体検案がおこなわれ、私は死体検案記録の下書きをつくっていった。死体をつつんでいた飛行服から軍服などは汚染がすごいので、すべてガソリンをかけて、その場で焼却してしまった。

遺体は薄いクレゾール石鹸液を大量につかって、消毒と清拭したが、さて裸体で納棺もできないが……と思っていると、山田大尉の発案で、遭難機から持ってきた防水キャンバスに入っているパラシュートを出して、それにつつもうということになった。

さっそく同僚の手によって、遺体は純白の絹でつつまれ、ていねいに納棺されていった。

私は白絹できれいにつつまれた遺体を見ながら、山田大尉の部下にたいする心情は、搭乗員同志として階級を超えたかたいキズナで結ばれているんだな、と思いながら感動していた。山田大尉の手によって棺の蓋が慣例のとおりに釘で封されたので、救急車に棺をのせた。

やれやれと空を見上げると、すでに夕暮れ近くになっているのに、はじめて気がついた。

横須賀航空隊への帰路についた車上の救助隊員たちは、なにに思いをめぐらすのか、ほとんど沈黙して語らず、やがて車が航空隊の門を入ったときには、日はすでにとっぷりと暮れていた。

第三章　戦勢傾くなかで

志願兵徴募の旅

艦船部隊は各艦ごとに、陸上部隊は各隊ごとに、尉官クラスの甲板士官が、それぞれ一名いて、軍紀風紀の取り締まりから、防災対策兵員の指導などをおこなっていた。その下部機構として、各科には甲板下士官がいた。甲板下士官は普通二名の兵員を、甲板係として部下に持っていた。

当時、横須賀航空隊の隣りには、新設の練習航空隊である追浜航空隊が建設中だった。そのため、追浜空の医務科員のすべてが、横空の病室に同居していた。横空の軍医長であった浜崎静雄軍医中佐は艦船部隊の軍医長として転任し、後任の軍医長・鈴木慶一郎軍医中佐は、追浜空の軍医長も兼務していた。

そんな関係から、病室には、二人の甲板下士官がいた。一人は横空の竹内竹千代一等衛生兵曹、もう一人は追浜空の成田平五郎一等衛生兵曹である。

竹内一衛曹は応召の下士官で四十歳に近く、昭和のはじめに現役五年をおえた後、公立病院に勤務していたという。身長、体重ともなみはずれて大きく、豪快な人だった。病室内外

昭和18年、横空医務科員。追浜空などのように新設部隊が同居したり、また戦局と共に増員もされていったので、総員150名におよぶこともあった。

の保守や管理、物品出納、軍医官や衛生士官たちの身の回りの世話、若い衛生兵たちの指導などには、うってつけである。

彼はあるとき、内科の入室患者である予備学生たちが数名、あまりにふざけて騒がしいので、患者室に入っていって、厳重に注意をうながした。だが、彼らは相手が下士官と見てか、なかなか止めない。そこで、一喝して黙らせておいてから言った。

「軍人勅諭五ヵ条を言ってみなさい」

「軍人勅諭五ヵ条だって。それが暗唱できるくらいなら、海軍なんかに入りはしない」

この経緯《いきさつ》を聞いた私は、質問する方も、返答する方も、お互いに五分と五分の勝負だと思った。

成田一衛曹もおなじく応召の下士官で、年齢もほとんど竹内一衛曹とおなじくらいだった。鼻下に美髭をたくわえた気さくな人で、その経歴もまた変わっていた。五年間の兵役をおえた後、医学専門学校に学んで医師となり、捕鯨母船や外国航路の汽船のドクターをしていたという。

ある日、私は成田一衛曹と雑談中に、

「成田兵曹はなんで軍医にならないんです」

医専卒業の医師だから、書類申請をすれば、軍医少尉に任用されるのであった。

「それは秘密、秘密。軍医長からも言われたことがあったが、固く辞退しましたよ。軍医少尉になったところで、さっそく小艦船や離島など、小さい部隊に出されるのは、眼に見えているでしょう。航空隊に下士官でおいてもらうのが、なによりさ」と言って笑いながら、

「神田兵曹、ここから僕を追い出さないでよ……」

これには、私もいっしょになって笑ってしまったものである。

昭和十八年十月一日、私は外科室長兼手術室長となった。やれやれこれから実務が……と思っていると、十月の中旬から十一月末にかけての約四十五日間、海軍志願兵徴募軍医官付の衛生兵曹として、神奈川県下の市町村をめぐることとなった。

徴募官は鎮守府の応召らしい老大佐で、徴募官付主計兵曹として、一等主計兵曹をともなっていた。徴募軍医官は横須賀航空隊の長沢明軍医大尉、徴募軍医官付の衛生兵曹は私、衛生兵は山口定夫衛生兵長で、合計五名の編成だった。

神奈川県下の主要な市町村をつぎからつぎへとまわり、中、小学校の講堂などを試験場として採用試験をしたのだが、津久井郡の山村では、村役場が試験場に当てられたこともある。

志願兵の採用試験は、まず学科試験、つぎに身体検査をおこない、その日のうちに合格者を

決定しては、つぎの試験場へと移っていく。

ところで、採用試験といえば、私はこれまでにも二度ほど各地の市町村をめぐったことがある。

昭和十六年の十二月には、太平洋戦争が開戦されて間もない十一日から、栃木県下の海軍甲種飛行予科練習生（予科練）の採用試験に、徴募軍医官付の衛生兵としてしたがった。陸軍色ゆたかな宇都宮市を手はじめに、二週間ほど各市の中学校をおとずれたが、子福者の多い栃木県下だけのことはあって、採用者は多かった。そのときの若者たちは、すでに土浦航空隊において、将来の海軍航空の中堅を夢みて育ちつつある。

その宇都宮では、いまだに忘れえないことがある。

白木屋別館に宿泊したが、深夜になって、私はふと遠くからかすかに聞こえてくる、予科練の歌に目をさました。歌声は遠くから湧きあがり、盛りあがってきた。強く大きく宿の前をすぎると、ふたたび潮のひくように遠くなり、やがて消えていったが、それは中学生の夜間軍事教練の隊伍だった。それにしても、すでに午前零時をまわっていた。

〽若い血潮の予科練の……

その中学生たちの燃えあがる血潮の叫びは、まだありありと耳に残っている。

昭和十七年の春には、群馬県下における海軍志願兵の採用試験に、徴募軍医官・大道広軍医大尉のもと、徴募軍医官付の衛生兵として、高崎市からはじめて約四十五日間、各地をまわった。

一ヵ月半近くも旅まわりをしていると、いろいろなことが出てくる。高崎に入った二日目の夜は、県の社寺兵事課の招宴があり、徴募関係者全員が出席した。その宴の途中、私はトイレに立ち、もとの部屋にもどろうとして、部屋を間違えてしまったのである。

襖をあけて足を踏みいれた酔眼朦朧の眼に映ったのは、ずらりと並んだ三、四十人の大宴会であった。十数名の芸妓が宴席の中に舞っている。

「おやッ、この部屋はちがう……間違いました、失礼しました」

あわてて引きさがろうとすると、主催者らしい人が走りよってきて、海軍さん待ってください、毎日、ご苦労様です。お願いですからこの席で一杯だけ召し上がってください、と引き止められた。

私も若かった。あくまでも部屋を間違えたことを詫びて、その部屋を出ればよいのに、引っ張られるままにその宴席に入っていった。拍手が起こり、床の間を背負っていた五十年配の堂々とした紳士が、席をあけて私の席をつくり、さあこちらへと座らせた。

これは困った、困ったことになってしまった。面食らってしまって、心底おだやかではない。さあ、どうぞと差された盃三、四杯をうけて、立ち上がろうとすると、

「向こうの県庁の席の方には、海軍さんを三十分でよいから当方にお貸し下さい、と話してありますので、どうぞごゆっくり」

すかさず主催者が言った。

酔いと若さにまぎらわして、四十人からの宴席に床の間を背にして座っては見たものの、これが士官服ならともかく、兵服では様《さま》にならない。新しい膳も仕度されて、そのうちに宴席にとけこんでしまった私は、もとの部屋に帰るのも忘れていたのであった。いまでもその

ときのことを考えると、冷や汗が出てくる。

　さて、今回の神奈川県下の採用試験であるが、めぐりめぐって川崎市の川崎中学で二日間の試験をおえれば、長かった試験巡行もこれで終わり、やっと懐かしの航空隊に帰れるということになった。

　工業都市川崎の空は暗く、軍需工場でもあろうか、遠く海岸方面から空にひろがる石炭の噴煙――だが、街はなんとなく活気がない。駅前の老舗旅館の吉野屋にも、宿泊客はほとんどなく、われわれ徴募関係者のみであった。

　私と山口兵長は宿の女将と女中に見送られて、朝早くまだ静かな街に出ると、今日の試験場である川崎中学校に向かった。今日と明日で、全部の予定が終了すると思うと、心なしか足どりも軽くなる。

　川崎の街は早朝のためか、まだ行き交う人もまばらだった。ふと、前方から三十人ばかりの集団が、こちらに向かって来るのに気がついた。なにか変な集団だなと思いながら、近よってくるのを見ながら歩いていく。

　だんだん近づいて来た。この人たちはなんだろう。変わった部隊だ。小銃を肩にした陸軍の上等兵が先導しているが、後続の部隊は四列縦隊に整然と隊伍を組んでいるものの、なにかおかしい。無帽のうえ、手ぶらである。

　外人部隊だ……ようやく、ああ、これがうわさの捕虜部隊か、と気がついたが、一様にカーキ色のシャツとズボンのサッパリとした服装である。脚絆はなく、そろってズック靴を履いているのが、近づくにしたがってよく見えてきた。そのとき、とつぜん先導の上等兵が、大声を張り上げて捕虜部隊に号令をかけた。

「歩調とれッ——頭《かしら》ー右ッ!」

捕虜部隊はなかなか規律正しく、一斉に歩調をただし、さっと注目の敬礼をした。捕虜部隊をものめずらし気に見ながら歩いていた私は、まさか敬礼されるなどとは考えていなかったので、あわてて答礼をおこなった。

部隊の最後尾を、二等兵が木銃を肩に膝を高だかと上げて、通りすぎた。ふたたび上等兵の号令が聞こえた。

「なおれー歩調やめー!」

捕虜部隊は川崎駅へと向かっていった。彼らは駅の構内で、連日、荷役作業に従事しているのだという。厳しい荷役作業をしている捕虜たちの姿を、かいま見た街の婦人たちが、まあーお可哀相《かわいそう》に……と言ったとか、キャラメルを分けてやったとか。それを咎めた当局から、敵の捕虜に対してお可哀相とは何事だ!と厳重なお叱りがあった——と、大きく新聞で報道されていたのを、私は思い出した。

新聞のいう当局とは、憲兵隊か、警察か、そのあたりの事情はわからないが、お互いに人間同士、人情に変わりはない。そんなことまで目くじらを立てる必要があるだろうか。

戦争はまだまだつづくであろうが、これからあの捕虜部隊はどうなっていくのだろう。戦いが長くつづけば、それにつれて彼らの環境も大きく変わっていくであろうが、それは悪くなるばかりではないだろうか?

そんなことを考えながら、私は山口衛長とともに、川崎中学校の門を入っていった。そこでは、すでに主計兵曹が試験の準備をはじめていた。

海軍の採用試験は、すべて学科試験をさきにおこない、学科試験の合格者のみを、つぎの身体検査にうつす。身体検査の結果をまって、当日の合格者を発表するとともに、徴募官から各人に合格証書が交付されて試験は終了する。

採用試験の担当者たちには試験がおわった後、当日の事務書類や、統計資料の作成などがあった。それでも、それらのすべてが、ほとんど午後の二時ごろには終わる。そのあと、つぎの試験場に向けて出発し、その日のうちに翌日の試験場の下見と準備をしてから、指定の旅館に入る。たまには同一の試験場で二日、三日とつづけることもあり、そんなときには早ばやと旅館に引き上げたり、名勝旧跡の見学などに過ごすのであった。

さて、川崎中学校での二日目の試験である。一日の受験者はあらかじめ主計科の手で六十名ほどにしぼってあるので、混雑することはない。

このころは、兵員を大量に採用する必要から、戦時特令によって戦前の採用基準とはちがい、学科も身体検査の規格も、ぐっと引き下げてあった。とにかく、陸軍主宰の徴兵検査の向こうを張って、若い兵員の大量獲得をねらっていたのである。

それでも、学科試験で二十ないし三十パーセントの不合格者が出るので、身体検査に残るのは、四十名前後となるのが普通だった。

当日の受験者で、学科試験は抜群の成績、身体は少し小柄だったが、身体検査も難なく通った中学生があった。やがて全員の身体検査がおわり、合格者の決定と発表の段階になった。

その間に、点検のためにしばらく休憩があった。そのとき、

「神田兵曹、ちょっと来てくれ」

徴募軍医官の長沢軍医大尉がきて、私の肩をたたきながら別室にさそった。

長沢軍医大尉は、一枚の受験票を示しながら、

「神田兵曹、この小林という中学生だが、朝鮮籍なんだ。どうしたことか、受け付けてしまったらしい。徴募官からの要請で、身体検査で不合格にするしかないので、なんとか君から それを話してくれないか」

なるほど、いままで気がつかなかったが、本籍が朝鮮慶尚南道となっている。その後、昭和二十年の春からは、志願兵として朝鮮本籍者を採用するようになるが、当時は受け付けていなかった。やむなく私は、これはむずかしい問題だと思いながら、身体検査票をうけとると、受験生のところへいった。

「小林君、君は非常に残念なことだが、軍医官の診断によって軽い胸部疾患のあることがわかって、不合格となった。学科の成績は非常に優秀だったのに、残念だ。まあ、気を落とさずに、身体を鍛えなさい」

非情な宣告をしたものだ。私の顔を真剣な眼ざしで見つめていた彼の両眼が、みるみる大粒の涙であふれてきたと思うと、声を上げて泣き出してしまった。場内は一瞬、しゅんと静まりかえって、いっせいに小林少年に注目している。私は小林受験生の肩に右手をおきながら、

「さあ元気を出して」と気を引き立てようとしたが、彼は顔をきっと上げると、強い調子で、

「私は、どこも悪いところはありません。不合格なのは、私の本籍が朝鮮のためですか」

この受験生の核心をついた質問には困った。真摯な態度の受験生にたいする同情と、いまだに依然として残る民族的差別などに、私は矛盾を感ぜずにはいられなかった。

「そんなことで不合格にするものか。早く身体をなおして、つぎの機会を待ちなさい」

そうは言ったものの、これで受験生を充分に納得させる返事になっていないのは、私自身がよくわかっていた。

この受験生は、受験願書を提出する時点ですでに、朝鮮が本籍であることに少なからぬ危惧をいだきながら、願書を出したものであろう。それがスンナリと受理されたのみか、試験日の通知をうけとり、心から喜んだ彼は、勇躍して今日の試験にのぞんだものであろう。試験の成績は充分に手応えのあるものだった、と内心、大いに喜んでいたのに違いない。

願書受付の段階であれば、これほどこの受験生の心を傷つけることはなかったであろう。この利発そのものといった小林少年にあたえた心の痛手は、後のちまでも、大きな傷跡となって残っていくであろうと思われた。なにか、いいしれない気の重さを、私は感ぜずにはいられなかった。

とにかく、ようやく四十五日間の神奈川県下の旅まわりも、終わりということになった。

これだけ長くつづくと、いささか飽きてくる。

徴募官付の越川主計兵曹と最後の打ち合わせをすませてから、温厚な老大佐の徴募官に別れの挨拶にいった。徴募官もやれやれといった表情でいたが、われわれを迎えるとにこやかに、

「長い間、よくやってくれました。ご苦労さま……」

長沢軍医大尉は東京の自宅にすぐ帰る、ということなので、明日、ふたたび横空で会うことを約束して別れた。

山口衛長とともに吉野屋旅館にもどると、美人の女中さんが化粧も新たに、打ち水ですがすがしく清められた玄関に出迎えてくれた。さっそく部屋に入って、山口衛長に指示しながら、四十五日間の総受験者数、不合格者数、疾病別内訳表などを作成し、統計書類や報告書類などを仕上げた。

除倦覚醒剤ヒロポン

一ヵ月半ぶりの横須賀航空隊であった。緊迫してきた戦局を反映してのことか、徴募試験旅行から帰ってみると、隊員の異動が多くおこなわれているのに驚いた。前線部隊の将兵の消耗にたいする補充と、新設部隊の編成などのためである。

司令官の草鹿龍之介少将は南西方面航空戦隊参謀長として転任し、後任の司令官は第二十五航空戦隊司令官であった山田定義少将が赴任してきた。

徴募帰りの秋のある夜、私は久しぶりに病室の当直下士官を勤めていた。本部当直将校の巡検をうけるのは、当直下士官の任務であった。やがて巡検となり、本部衛兵伍長の先導で当直将校の吉野大尉が病室に入ってきた。入口に当直衛生兵二人をしたがえて出迎えると、敬礼をうけた吉野大尉は、答礼しながら、『おやっ、久し振りだな。君はまだいたのか』というような顔をして、私を見た。

私は巡検の先導をして、慣例どおりに病室内を案内してまわった。

「衛生兵曹、今日は広瀬中佐にならって、病室の便所を見せてもらおうか」

吉野大尉の要望で、私は便所へ入っていった。

「ウム、さすがに病室の便所はきれいになっている。このごろは飛行事故が多いから大変だろう」

「はあ、飛行事故は痛ましいことが多いですから」

そう答えながら、私は便所を出ていく当直将校の後を追った。当直将校はまだなにか言いたいようだったが、巡路は終わり、敬礼をうけながら病室を出ていった。

海軍部内には、士官と下士官兵との間に画然たる区別があって、縦の連帯が少なかった。そのなかで飛行科、医務科、主計科などは、上下の連帯がつよく、横の連繋も密で、きわめてうまくいっていると思えた。私は、今夜の当直将校は搭乗員だけに、きわめてザックバランで、人間性に富んでいる……ああいうタイプの士官なら、部下もよくついて行くことだろう、と思った。

巡検後は急患もなくて、平穏ぶじな夜となった。夜の十一時ちかく、今晩の当直衛生兵である鈴木良雄衛生兵長と須田春一一等衛生兵がやってきた。

「当直下士官、これから飛行隊指揮所へ注射にいってきます」

「指揮所へ注射に？　何の注射にいくんだ」

長い出張の間には、いろいろと新しい任務や、作業も出ているらしい。さっそく勉強しておかなければならない。知らなかったとは言えないので、耳学問である。

「説明してくれ。おれはよく知らないんだ」

「はい、これは内科の仕事なんです。こんど新しく疲労回復の薬として、除倦覚醒剤が搭乗員用として航空隊にきました。疲労がポンと回復して、眠気もなくなり、目がよく見えるようになるというので、〝ヒロポン〟という名がついています。毎晩十一時に飛行隊指揮所にいって、待機中の夜間搭乗員たちに注射してきます。翌朝、その結果をデータ用紙に記入してもらうと、内科に持ちかえって集計しています」

なるほど、よい薬ができたものだ。搭乗員たちは疲れている。とくに夜間飛行などの場合は、想像以上の疲労があるらしい。このヒロポンがあれば、搭乗員たちは大いに救われるというものだ。しかし、なかなかよい薬が出たものだ。

搭乗員たちへのヒロポン注射は、すでに一週間近くつづけられていて、搭乗員たちの注射後の感想はきわめて好評である、ということだった。

その後、このヒロポン注射は、いつの間にか取り止めとなっていた。いかなる理由によるものか、私は知らなかったが、おそらくヒロポンは、戦時下のことだから、機密保持のために動物実験などの基本的な研究もあまりされないまま、横須賀航空隊に持ってきて、試験的に使用されたものではないだろうか。

のちのち、この除倦覚醒剤ヒロポンは、いろいろと有害な副作用をもたらすものとして排除され、害毒視されるようになったが、すでにこのときの搭乗員への試用中に、有害作用のあることが判明したために、使用中止の措置がとられたものと思われる。

海軍の夕食は早く、夏時間で五時、冬期は四時ごろだった。これは、外出者が夕食をすませて外出する関係だろう。とにかく夕食が早いものだから、夜の巡検が終わるころともなると、空腹感におそわれてくる。そこで巡検後の、「巡検終わり、タバコ盆出せ」の号令とともに、若年兵を烹炊所に走らせて、肉や肴の調達をさせてくるのが常であった。

昭和18年秋、森竹雄兵曹（前列メガネ）退隊にあたって。前列左から額賀上衛、吉永衛長、池田衛長。後列左より、竹内甲板下士官、著者、山口衛長、長谷川衛長、上坂上衛と並んでいる。

アルコール類は手持ちが充分にあるので、酒にはことかかなかった。病室ではレントゲン室や病理試験室が、格好の秘密会場となった。この食糧調達をギンバイと呼んでいたが、これは食物にうるさくつきまとうところから来ているという。海軍部内どこへいっても行なわれていた、かくれた慣習だった。

このギンバイについて、おもしろい出来事が起こった。ある晩、病理試験室の若い衛生兵が、古参兵からギンバイを言いつけられて、烹炊所へと出ていった。彼は新兵教育を終わってきたばかりで、ギンバイの要領がわからなかった。

いちおう先輩に要領をおしえられてはいたものの、『病室から来た』といえば、かたい主計兵でも、かならずドアを開けてくれる、医務科と主計科はもともと仲がよいから心配するな、と言われていた。そんな先任たちの言葉にはげまされて、簡単なことと思いながら、烹炊所のドアを叩いたものであった。

だが、その晩の相手は手ごわかった。当直にあたっていた主計科の先任兵長は、ついこのあいだ経理学校の練習生を卒業して、入隊してきたばかりだった。まだ日が浅いから、衛生兵たちとの交誼もなく、おまけに彼はなかなか剛直の兵長らしく、

「医務科がなんだ。ダメだ、帰れ、帰れ！」と、素っ気なく衛生兵を追いかえしてしまった。

さて、追いかえされた衛生兵は、先輩の言葉とちがう烹炊所の仕打ちに、病室の先輩たちに自分の無能さをさらけ出すことになったのは残念だ、うらめしいのはあの主計兵長だ、などと考えながら、ガックリと気落ちして、空しく手ぶらで病室にもどってきた。

一方、すでに酒を用意して、使いの持ち帰るはずの肉などを調理しようと、待ちかまえていた病室の連中も、負け犬同様の姿で空手のまま帰ってきた衛生兵を見て、一同ガッカリした。そのつぎには、むかむかと腹が立ってくる。ありあわせの菓子などをつまんで酒を飲んでみても、はなはだつまらない。だんだんと怒りがエキサイトしてくる。

〝医務科がなんだ、病室がなんだ〟などと、タワ言をいう主計兵は許しておけん。これで当方が引っ込んでしまったら、今後のギンバイになにかと支障が出てくる。よし、向こうがそのつもりなら、当方にも考えがある。なんとしても彼らの鼻をあかして、返礼をしてやらなければならん。

さっそく病理試験室は、烹炊所の主計科員にたいする報復対策室となった感じである。試験室長の森竹雄兵曹は、ハタと膝をうつと、

「そうだ。烹炊所の総員検便をやってやろう」といって、スタイリストで温厚な彼にしてはめずらしく、眼鏡をはずしてガラスを拭いながら、ニヤリと笑った。

居合わせた衛生兵たちも、それぞれ、検便にかぎると、顔をくずして笑い合っていた。衆議は一決して、明日は烹炊所の連中を、検便で充分にいたぶってやろうではないか、ということになった。それにしても理不尽なことだが、食い物の恨みはこわい。

この烹炊所員の検便というのは、平時は毎月一回、定期的に行なうのが常であった。ところが、いまは戦時中のことであり、航空隊の衛生状況はきわめて良好だから、烹炊所員の検便もほとんど省略していたのである。

さて、久しぶりに烹炊所員の総員検便を行なって、あの無礼な主計兵長を……と思うと、気もそぞろに、病理試験室の衛生兵たちは胸をおどらせながら、大変な張り切りようであった。

翌朝はさっそく主計科に烹炊所員の名簿の提出を求めるとともに、つづいて午後一時から病室において、烹炊所員全員の検便を実施すると通告したのである。

総員検便の通知をうけた烹炊所では、なんでいまごろ思い出したように検便なんかするんだろう、おかしいじゃないか、と思ったが、まあ仕方がないと観念した。

海軍の検便は直接検便だから、検査実施となると、医務科員を仇敵のように睨みつけた後で尻を突き出したものである。

さて、午後一時から烹炊所の主計兵たちは、つぎつぎと病室にくると、病理試験室の廊下で名簿と照合された後、事業服のズボンを下げると後ろ向きになり、両手を床につくと丸々とした尻を突き出して、ガラス棒による直接採便をうけた。意地の悪い衛生兵は、大きなガーゼマスクの中でニヤリと笑いながら、不必要なまでもガラス棒を肛門ふかく挿しこんで、主計兵の反応を楽しんでいる者もいた。

ところが、狙いの的である佐藤主計兵長は、公用にかこつけて採便に出てこない。さっそく烹炊所に電話を入れて、欠席者は時間は不定でもよいから、かならず今日中に病室にくるようにと念を押す。

そこまで督促されると、くだんの主計兵長も出てこないわけにはいかない。やがて不承不承にやっと出てきた。佐藤主計兵長は、待ちかまえた衛生兵の手によって、とくに念入りな検便をうけると、苦い渋い顔で立ち去っていった。

さらに翌日には、追い討ちをかけるようにして、病室から烹炊所の先任下士官のところへ電話で、

「検便の培養の結果、佐藤主計兵長のシャーレに異常コロニーの発生が見られるので、再検査をする。ただちに病室にくるようにしてもらいたい」

この電話をうけた烹炊所の先任下士官は、これはおかしい、なにか裏があると、佐藤主計兵長を呼んで事情を聞いたところ、衛生兵のギンバイ追い返しの騒ぎがあったことを知った。原因はそれだと知った烹炊所からは、さっそく和議の申し入れが病室にもたらされ、一切を水に流してお互いに仲よくやっていこうということになったのである。

ギンバイを追いはらった返礼が、検便であったという臭い話である。

さて、酒にはことかかないと先に記したが、酒といえば、病室の調剤室には戦時中ながら、まだ救急用のブランデーが常備されていた。海軍医務制規のうえでは、コニャックが名称となっていた。

しかし、このコニャックは救急用にはあまり使用されることはなく、大部分が下士官たちの飲み物となってしまったようである。

ある晩のこと、下士官連中がたまには洋酒がほしいなどと贅沢なことを言い出して、長谷川平次上等衛生兵を呼んで、コニャックを持ってくるようにいった。彼は威勢よく返事とともに出ていった。

長谷川上衛は、コンニャクを何に使うのだろう、コンニャクは烹炊所にしかない、どれ一走りいってもらってこよう、と合点して烹炊所にいくと、コンニャクを三丁ばかりもらいたいと、顔見知りの主計兵に頼みこんだ。

コンニャクを何にするんだ、といぶかる主計兵は、それでも新聞紙につつむと、濡れているから気をつけて、と言いながら渡してくれたのである。

一方、こちらの下士官たちは、軽い返事とともに出ていった長谷川上衛が、なかなかコニャックを持ってこない。調剤室の先任兵長が不在かなにかでわからないのだろうか、遅いじゃないか、などと思いながら待つことしばし。やがて、長谷川上衛が汗をかきかき部屋に入ってきた。しかし、その手にはコニャックの瓶はなく、腹をふくらませた事業服の上衣を押さえていた。

部屋に入るや、下士官たちの待ちかねた視線は、いっせいに彼に集注する。

「コンニャクをもらって来ました」

長谷川上衛は、事業服の上衣の中から新聞紙の包みをとり出したのである。はじめ呆気にとられていた下士官連中も、長谷川上衛が包みをといてコンニャクを三丁とり出して机の上においたのを見て、笑いの渦となった。

「おいおい長谷川、コンニャクじゃないんだ。コニャックだよ。調剤室にいって、吉田衛長にもらって来ればよいんだ」と、笑いながらだれかが言った。

これは、言いつける方が悪かったのだ。はじめから調剤室にいってコニャックを持って来い、と言えばよかったのだ。

長谷川上衛はコニャックをコンニャクと頭から思い込んだものだから、コンニャクを何につかうんだと不審顔の主計兵に頭を下げて、三丁もらって来たのである。

墜落炎上事故の夜

昭和十八年の十二月二十四日には、明治六年に発布された徴兵令が改正され、満二十歳をもって徴兵適齢とされていたものを、満十九歳に引き下げられた。兵員の損耗をおぎなうための緊急措置であろうが、世の中は敗戦つづきで、何かにつけてゆとりがなくなってきた。

そして昭和十九年に入り、太平洋戦争は満二年を経過、連合軍の反攻は日一日と本格的になってきた。戦争はこれから一体どうなっていくのであろう。

とにかく緊迫した各地の戦況は悲観的なものばかりで、前線はじりじりと後退につぐ後退、艦船はあらゆる海域において海没につぐ海没という尊い犠牲をしいられている。

終戦後、横空に残された一式陸攻。同機は炎上しやすく、昭和19年2月末の事故でも、搭乗員全員が火傷を負って殉職した。

二月の二十一日には、総理大臣兼陸軍大臣の東條英機大将が、こんどはさらに参謀総長を兼務した。それに、東條大将の副官などと陰口をいわれている海軍大臣の嶋田繁太郎大将が、軍令部総長を兼務する、という発表である。

これには驚いた。これでは一つとして完全な仕事はできなくなり、万事が幕僚まかせとなって、自分はハンコを押すだけのロボットになるだけではないのか。陸海軍とも他に人材がないということか。こんなことで、この大戦が勝てると思っているのだろうか。この二人がわれわれの戦争指導者だと考えると、心が重かった。

横須賀航空隊における飛行作業は、ますます多種多様となり、二十四時間態勢の搭乗員たちの心労は、はかり知れない。そのためか、飛行事故は日をかさねるごとに多くなってきた。

二月の末、寒さきびしい夜の十時すぎのことであった。巡検も終わり、やれやれ今日もこれで終わりだとばかりに、みんなでくつろいでいると、例によって嫌な予感のする拡声器のブザーの音。つづいて、

「第一、第二救助隊用意！」

「第一、第二救助隊本部前に整列！」

そうらきた。病室内は、にわかにあわただしくなった。

急げっ！　当直軍医官、当直下士官は衛生兵二名をともなって、毎度のことながら、緊張した面持ちで救急車に乗って飛び出していった。

あとに残った私は、こんな遅い時刻の飛行事故に、なにか大事故のような予感がした。まずは状況を聞いてみようと思って、本部当直室に電話を入れた。当直室の衛兵伍長は、

「一式陸攻が大船の山中に墜落したが、その他のことは一切不明。情報が入りしだい連絡する」という。

これでだいたいの状況はわかった。

「手あき全員、手術室に集合！」

若手の下士官や衛生兵たちが駆けつけてくる。私はただちに外科室と手術室を開放して、患者収容の準備をはじめた。すでに止まっている蒸気を、汽缶室に電話を入れてふたたび送ってもらうと、さっそく外科器械の消毒や体液補給用注射の準備などをおこなう。玄関から廊下などには、煌々と電灯がつけられた。すでに宿舎に引き上げていた在隊の軍医官たちも、病室に駆けつけてくる。

これで準備は完了した。いつでも来い、と収容態勢をととのえて待機する。

一時間、二時間……救助隊が出ていって、すでに二時間を経過しているが、まだ帰ってこない。時計を見ると、午前零時をまわっている。こんなに遅いということは、おそらく生存者はないだろうと思った。

本部当直室にも、その後の情報がいっさい入らないので、心配しながら第二報を待っているのだという。事故現場がそうとう辺鄙《へんぴ》な場所で、電話など探しようもないところだからではないか。

外科室はいちおう治療準備のままにしておき、手術室は死体収容の準備にきりかえ、ふたたび待機する。手術室も、外科室も、白タイル張りの床は、床暖房がよくきいて、ポカポカと暖かかった。

「救急車が帰ってきましたー！」

玄関で待機していた衛生兵の大声が、廊下にひびいた。待機中の衛生兵は、それっ、とばかりに玄関にとびだす。

生存者は一人もなく、収容したのは搭乗員たち九名の痛ましい遺体であった。いずれも墜落時の損傷がすごく、そのうえ一式陸攻炎上による火傷が、さらにこの殉職者たちを無惨な姿にしていた。

救助隊員たちは一式陸攻の火勢が強くて、はじめは近寄ることもできなかった。第二救助隊の手による消火作業も焼石に水で、あまり効力を発揮しなかったということだ。

まんじりともしないで宿舎で待っていた飛行隊の同僚や上司たちも、救急車のもどって来たのを知って、病室に駆けつけてきた。

ただちに同僚の搭乗員たちによって、人定もさだかでない殉職者九名の氏名を確認する作業に入ったが、同僚の凄惨な姿に彼らは声もなかった。

とにかく、いろいろの角度から氏名確認をおえ、軍医官たちの手によって死体検案が終わったときは、すでに午前三時をすぎていた。

殉職者の所属する中攻分隊では、いまからでも遺体を引き取りたい様子であったが、死体処置が終わっていないので、明朝ということにしてもらった。

やがて、搭乗員たちは翌朝ふたたび来ることになって宿舎に引き上げ、軍医官たちも宿舎へと、それぞれもどっていった。

「よし、みんな御苦労だった。死体の処置は朝になってからにしよう。佐藤(武雄)上衛、おれのチストの中に、酒とブドウ酒がある。それからバナナの大房も入っているから、適当に持ってきてくれ。木村(永治)上衛、君は毛布を二枚ばかり持ってきて、外科室のタイルの上に敷くんだ。三井(三郎)上衛は汽缶室に電話をして、蒸気を断わってくれ。お礼を言うのを忘れるなよ。またということがあるからな……」

私はそう指示した。まもなく疲れた全員の労をねぎらうための、ささやかな夜食となった。

酒は戦給品として支給されたものだ。ブドウ酒は搭乗員たちに特別加給食として夕食につけられるものだが、搭乗員の友人たちが、だれかれとなく折おりに届けてくれたものである。

これも内地なればこそで、とても前線では許されることではない。

バナナは南方に出張した搭乗員が、帰隊のさいに飛行機に積んで来てくれたのだ。飛行場から大房を肩にかついで病室にくると、「神田兵曹、お土産を持って来たよ」と、まだ青々とした大房をおいてくれた。それをチストの中に入れておいたものだが、そのころちょうどほどよく熟れていた。

隣りの手術室の殉職者たちの霊も、このささやかな夜食は許してくれるであろう。

疲れた身体に冷や酒のまわりは早い。身体はくたくたとなり、動くのも億劫になってきた。

時間も午前四時にまもなくなる。

「おい、おれは寝るよ。みんなも適当に切り上げて寝るように。朝の診察前までには死体の処置をすませてしまうぞ」

そう言って、私は立ち上がった。すると、

「室長、私たち外科の者はここで寝ます。朝早く作業にかかるのに、都合がよいですから。それに、搭乗員たちの通夜も兼ねることになります……」

外科の先任衛生兵の中村蓮彦衛生兵長が言う。

「うむ、では頼む。カゼを引かないように……」

中村先任兵長以下、外科室の衛生兵の主だった者が五名、あとに残って通夜かたがたゴロ寝するという。床暖房がよくきいているから、カゼをひく心配もないだろう。

第四章　戦友逝く

予防注射の明暗

昭和十九年三月七日、横須賀航空隊司令官である山田定義少将は転任し、後任の司令官として吉良俊一中将が着任した。中将の司令官着任は、きたるべき〈ト号作戦〉の発動にそなえての措置であるという。

横須賀航空隊は〈ト号作戦〉の中核部隊として、大本営軍令部の直轄部隊となり、航空部隊を指揮するためであった。副長であった高田利種大佐が参謀長となり、横空もいよいよ決戦態勢に入るという感じが、われわれ隊員の胸にひしひしと迫ってきた。

司令官の着任は、普通、黒塗りのフォードに将官旗をなびかせながら正門から乗りこみ、通路の両側に整列した将兵の出迎えをうけるのが常であったが、吉良司令官の着任は変わっていた。

飛行機で航空隊に乗りこみ、隊員たちは飛行場から本部庁舎に通ずる道路に整列して出迎えた。

吉良新司令官は、かつて大尉時代の大正十二年に、十式艦上戦闘機に搭乗して、日本海軍ではじめての航空母艦「鳳翔」の着艦に成功した人であり、搭乗員として、海軍航空の揺籃期をささえてきた人だそうだ、などと思いながら、私も出迎えの隊列にくわわっていた。

やがて、アスファルト舗装の通路を、出迎えの隊員たちに答礼をしながら近づいてくる吉良中将は、第一種軍装をスマートに着こなした長身でやせぎすの眼光炯々とした、どこかに往年の戦闘機搭乗員の面影を秘めた司令官であった。

さて、三月に入って硫黄島に進出していた横空の硫黄島分遣隊から、緊急電報で、飛行隊員の増員と医務科の下士官一名を増員するよう要請してきたという。戦局の進展とともに、こんどは硫黄島が連合軍の攻撃目標となってきたのであろう。米軍艦載機の攻撃が、日を追うごとに熾烈となって、分遣隊も被害を受けているという。

分遣隊はその後、〈ア号作戦〉によってさらに増強され、『八幡空襲部隊』と称する大部隊に編成されていったが、三月にはまだそれほど増強されていなかった。医務科からはすでに茂呂肇軍医大尉が、分遣隊が派遣された当初から硫黄島に出ていた。

とにかく、こんどの下士官一名の派遣については、鈴木軍医長と佐野分隊長とのあいだで人選をしているらしいが、明朝六時には飛行場出発というのに、まだ決定していないらしい。

よし、ここはなんとか自分を硫黄島に出してもらおう……と私は考えた。下士官七名のうちで私は年齢がいちばん若く、それに海軍に入籍して以来五年になるが、練習生や講習生などの教育課程がほとんどの海軍生活だったために、いまだに外地勤務や海上勤務などの経験がまったくなかった。

軍艦といえば、普通科を卒業する前の艦務実習として、東京湾に停泊中の戦艦「陸奥」に三日間ほど乗り組んだことがあるのみで、海軍といいながら、まことにお恥ずかしい限りだった。このさい、是非とも一度は、前線に出てみたいと考えたのである。それに、行くのは硫黄島とはいいながら、あくまでわが航空隊の分遣隊である。帰りたくなったら、だれかと交代すれば、ふたたび本隊にもどってこれる、などと甘い考えもあった。

隣りの内科室の診療の合い間を見て、私は分隊長の佐野忠正軍医大尉に、硫黄島行きを頼んでみようと考えた。そこで、外来診療をおえて、入室患者の回診準備中の内科室へ入っていった。分隊長はいままでも、なにかと引き立ててくれていたので、分隊長にお願いすれば大丈夫だ、と思ったのである。

「分隊長、硫黄島行きの下士官には、ぜひ私を行かせて下さい」

慶応大学の医科出身で、学生時代はバスケットボールで鳴らしたという長身白皙の分隊長は、すでに南方第一線の実戦経験をへて、昭和十八年の五月に、横須賀航空隊医務科分隊長として着任した。昭和十八年の暮れ、甲種予科練の徴募軍医官として、群馬県に出張したときには、私は徴募軍医官付の衛生兵曹として同行したこともあった。

「ウーム、君はほんとうに硫黄島にいきたいのか。しかし、君にいかれたら、ここが困るしなー」

佐野分隊長は、否定的であった。私はしぶる分隊長に、戦地勤務がまだ一度もないことなどを強調して、執拗に頼みこんだ。

「よし、わかった。軍医長と相談してみよう」

佐野分隊長も、しまいには根負けしたものか、そう言って軍医長室に入っていった。私は

分隊長を見送りながら、どうやら成功したようだと思った。しばらくして軍医長室から出てきた分隊長は、

「神田兵曹、軍医長と相談の結果、とりあえず硫黄島には君にいってもらう。しかし、間もなくだれか他の者と交代するから、そのつもりで行ってくれ……」

さあ硫黄島行きだ……分隊長にお礼をいうと、私は大急ぎで準備にとりかかった。

明朝六時に出発する硫黄島行きの増援は、搭乗員、整備員など、私をふくめて総員五十名、六時十五分前に飛行場に集合して、五機の輸送機に分乗する。六時ちょうどに出発というから、さあ忙しい。

甲板係の橘田志郎衛生兵がつきっきりで、なにかと必要品を手配してくれる。さっそく主計科の衣糧品倉庫に交渉して、南方戦線用のカーキ色の半袖、半ズボンの防暑服、ヘルメット、編上靴などを調達してきてくれた。つづいて航空写真班に手配して、第一種軍装を着用した写真撮影と引き伸ばしなどなど、面倒で忙しい仕事をすべてやってくれた。

最後はチスト内を整理して、不用品の処分などをした。もしものときにそなえて、頭髪を少しばかり切って封筒に入れると、チストの最上段に納めておいた。あとは金沢八景にかりていた下宿にいって、身辺整理を残すだけとなったが、これは夕方に外出して片づければよい。

一通り準備がおわったところで、なにか手落ちはないだろうかと考える。

――そうだ。チフスの予防注射だ。硫黄島にいったら、予防注射などをやっている時間は、おそらくないだろう。増援隊員全員に予防注射をしておこう。

私はふたたび佐野分隊長のところへいくと、チフスの予防注射について説明、許可をえると、本部当直室に電話を入れて隊内放送を依頼した。

「明朝出発の硫黄島派遣員は、全員、予防注射をおこなうので、午後二時から三時までの間に、病室において注射をうけること」

五十名くらいの注射は、私一人で充分だった。それに、明日から硫黄島でいっしょに暮らすことになる戦友の顔も覚えられるので、好都合だと思った。

サンルームを兼ねている大廊下をつかって、衛生兵を助手に注射をはじめた。一人の不参加者もなく予防注射は終わったが、まだ三時にはほど遠かった。やれやれ、これで予防注射も終わったぞ……と、助手の山田民治衛生兵に話しかけながら、一服タバコをつけて休憩と思ったところで気がついた。

――ああそうだ、まだ自分の注射が残っている。

ふたたび注射器をとり上げると、私は薬瓶の底にのこっている最後の液を、〝残り物には福がある〟などと冗談をいいながら、手早く吸い上げ、右手でもって左上膊にプッツリ刺して注射をおえた。注射針を抜きとったとたんに、タラタラと針跡から静脈血が流れ出した。

おやっ、これはいかん……と思ったが、たいしたことはあるまいと、アルコール綿で圧迫して止血する。

さて、これで万事すんだ。あとは下宿の整理だけとなった。注射の後始末を山田衛生兵にまかせると、私は事務室に入り、高根沢清吉分隊士、木村好男先任下士官などと雑談をかわしたり、硫黄島行きについての労《ねぎ》らいの言葉などを聞いたりしていた。

ところが、その途中、私はなにやら後頭部にいいようのない不快感と、圧迫感がわいてきたのに気がついた。しばらくすると、不快感はますますつのり、なにか全身に悪寒さえ覚えるようになってくるとともに、肌は鳥肌だってきた。

――これは変だ、カゼでもひいたんだろうか。それとも硫黄島行きとなったために、こんな症状が出てきたんだろうか。おれはそんな憶病者だったか？　しかし、明日は硫黄島行きだ。こんなことではいかん。温かい夕食でも食べたら、この頭の重いのも、悪寒も消えて、少しは気分がよくなってくるのではないか。

そんなことを考えながら事務室を出ると、夕食の卓についたものの、まったく食欲はない。後頭部の不快感と鈍痛は重苦しく脳を圧迫し、悪寒もますますすごくなってきた。

これはただごとではない。さては予防注射が悪かったな……いやな予感が脳裏をかすめた。

木村上衛曹。20年5月、准士官となるまで先任下士官だった。

それでも、とにかく外出して、下宿を整理してこなければいけないと考えていた。

結局、夕飯には一箸つけただけで断念した。咽喉を通らないのだ。むりやり牛乳を流しこんで、さあ外出だと、服を着替えるために廊下に出た。

とたんに、全身をおそう強烈な悪寒、両膝がガクガクッと崩れたために、無意識に廊下の中央にヘタリこんでしまった。だれかがなにか叫びながら、駆けつけてくるようであったが、すべて幻のようになっていった。

「外科室長、外科室長！」

耳もとでだれか、盛んに呼んでいる。そうだ、おれのことを呼んでいるのだ、と思って眼をあけた。

四、五人の衛生兵が、いっせいにじっと私を見つめている。ベッドの上に寝かされていたが、悪寒で歯の根が合わない。

「寒い寒い。毛布をたくさん掛けてくれ、早く早く。だれか分隊長に診察をお願いしてきてくれ」

そう言うのが精一杯だった。悪寒がすごい。全身がガタガタと震えて、歯の根が合わない。顎の力をぬくと、歯がカチカチと鳴ってくる。情けない状態となったものだ、と思いながら脈《みゃく》をまさぐってみた。脈は確かに打っていた。

佐野分隊長が、診察衣に腕を通しながら駆けつけてきてくれた。

「おい神田兵曹、どうしたんだ」

問いかけながら、手早く脈をしらべ、体温をはかって、衛生兵に注射の用意を命じた。私がこの原因はチフスの予防注射以外は考えられないことを話すと、分隊長も、

「それだ、それに間違いない」

とうなずきながら、即座にブドウ糖や強心剤を注射しながら、衛生兵に細かい措置の指示をあたえた後、注射でいくぶん落ち着いてきた私に言った。

「神田兵曹、明日の硫黄島行きは取り消しておくからな……」

私はあわてた。

「分隊長、大丈夫です。一晩ねむれば、癒《なお》ると思います。明朝の出発には私が行きます」

「心配しないで二、三日、静養しなければダメだ。硫黄島にはだれか別の者を出す。君は心配しないで、休んでいればよい」

優しく諭すと、分隊長は足ばやに部屋から出ていった。注射の効果と頭部の水枕、足の湯タンポなどのおかげで、らくになってきた。しかし、体温は徐々に上昇している。

「神田兵曹、神田兵曹……」

だれかが呼びかけている。ふたたび聞こえてきた。夢うつつの中に、別の声がまた聞こえた。

「神田兵曹、起きて下さい。石川兵曹がなにかお願いしたいことがあるそうです」

つきそっている衛生兵の声だった。やっとはっきり眼がさめてきた。度重なる悪寒の疲労で、いつしかうとうとと眠ってしまったらしい。窓の外には、すでに薄暗く夕闇のとばりが迫っていた。

ベッドの横に内科室長の石川和喜治衛生兵曹が、かがみ込んでいた。私が眼をさましたのを見ると、耳もとに口を寄せて、小声で言う。

「神田兵曹、聞いてください……。あなたに代わって、私が硫黄島に行くことになりました。これから下宿にいって、家内を秋田にあずける手配をしてきます。神田兵曹、お願いですから、健康の回復しだい、なんとか私と交代するように、手配をお願いできないでしょうか……」

言葉には無量の感じがふくまれていた。先ほどまでは、彼は自分が硫黄島に行くなどとは、夢にも思っていなかったことであろう。おまけに、彼はついこのあいだ結婚したばかりである。

――そうか、石川兵曹が行くことになったのか。まことに気の毒なことだが、これもやむを得ない……。

「石川兵曹、とにかく今度はたのむ。後日、おれが交代するようにするから……。それから防暑服や手荷物は、おれの準備したものを全部持っていけばよい。橘田上衛に聞けばわかる。交代の件は心配するな」

「では、お願いします。急ぎますので、これで……」

彼は足ばやに出ていったが、これから下宿に帰って夫人を秋田に送る準備をしたうえで、明朝六時に出発とは大変なことだ。

翌朝の午前六時、硫黄島増援部隊を乗せた飛行機がつぎつぎと離陸する爆音を、私はベッドの中で聞きながら、複雑な思いであった。

その日も、体温はいぜんとして四十度を下らなかった。

結局、私は分隊長に言われたように、それから二日間、ベッドを離れることができなかった。それも、これも、自業自得というものか。それとも、お前は硫黄島に行ってはならない、という天の配剤であったものか。

索敵飛行も空しく

昭和十九年三月三十一日、連合艦隊司令長官古賀峯一大将の殉職が公表された。二代つづいた長官の死、これはこの大戦の暗い前途を暗示するものではないだろうかと思われた。航空隊内における飛行事故はますます増加し、ほとんど連日のように第一救助隊の出動となり、外科室はキリキリ舞いの状況がつづいた。

五月一日をもって私は一等衛生兵曹に進級したが、その五月のはじめ、搭乗員の山内一磨飛行兵曹長が、ヒョッコリやってきた。彼はつい半年前に准士官に昇任したばかりの美青年である。

山内一磨飛曹長。硫黄島進出にあたって、著者に本を残した。

「神田兵曹、おれは硫黄島にいくことになった。帰れるかどうかわからないから、お別れに来た」

「えっ……」

「この本はおれがある人からもらったものだが、記念においておれがあるから大切にしてくれ。それから、おれの写真もおいて行く。形見になるかも知れんから……」

「そんな縁起でもないことはよして下さいよ」

そうは言ったが、私は山内飛曹長から本と写真をうけとった。戦前に発行された翻訳小説で、豪華な装丁の本だった。題名は〝青春〟である。

「山内さん、かならず帰ってくるんですよ。それまで、この本は預かっておきますから」

「うん。では、さようなら」

第一種軍装の上着に略帽、作業ズボンに飛行靴姿の彼は出ていった。おそらく、飛行作業の終わったところで、たずねて来たものであろう。

山内飛曹長は搭乗員たちの友人の中でも、いちばん親しい気心の合った仲であった。彼の下宿に遊びにいったり、二人で足を伸ばして横浜まで飲みにいったこともあった。そんなことを考えながら、病室の玄関に立って私は彼を見送った。

硫黄島の分遣隊に、本隊の搭乗員たちがつぎつぎと出ていった。航空兵力の緊急増強が必須のこととなっているらしい。

硫黄島にはいよいよ横須賀航空隊分遣隊を中核として、〝八幡空襲部隊〟なるものが編成されるという。横空からの派遣航空兵力は、零戦五十七、彗星艦爆十五、天山艦攻二十、偵察機八、陸攻十七、合計百十七機であった。さらに第二十七航空戦隊より航空兵力の増援があったので、硫黄島には大航空戦力が集結をおえたのである。

それからしばらくして、硫黄島に出ていた石川衛生兵曹がひょっこり帰ってきた。足かけ二ヵ月あまりの硫黄島生活であったが、爆撃による重傷患者の後送任務をおびて、本隊に帰る飛行機に便乗してきたのだ。

海軍病院に送る重傷患者というので、私は救急車で飛行場に出迎えた。一式陸攻の着陸とともに、公務連絡の兵員たちが降りたち、その後を患者とともに石川兵曹が降りてきた。

横空関係者の降りるのが一段落したところで、今度は目隠しをして両手に手錠をかけられた人たちが二、三人、引かれながら降りてきた。

「オヤッ?」と思いながら、かたわらの搭乗員に聞くと、彼らは米艦載機の搭乗員で、硫黄島で捕虜にしたものだという。

陽焼けと戦塵にまみれて真っ黒になっている石川兵曹は、島では水不足がはなはだしく、洗面の水にもことかく有様で、わずかばかりの水に浸した手拭で、顔をぬぐうのが精一杯だったそうだ。

硫黄島にたいする空襲は、日一日とすごくなってきて、いずれは米軍の上陸作戦がはじめられるのではないか。横空を往復する飛行便も、うかうかできない状況であるという。

石川衛生兵曹はそのまま、また元の勤務についた。硫黄島はどうするのだろう。彼が引き上げてきたからには、だれか代わっていかなければならないのではないか。

しかし、いまとなっては、私も硫黄島に行くのはまったく気がすすまない。だが、当然だれか行くとなれば、前に志望したいきさつや、取り止めとなったことなどを考えると、自分に白羽の矢が立つ可能性がいちばん強い。これは困った。不安がつのる。

この不安感は重くのしかかって、日が経過するにつれて、ますます脳裏にかたくこびりついて離れることがない。

軍医長や分隊長は、今後の硫黄島派遣員について、どんな方針と考えを持っているのだろうか。

ある日、私は佐野分隊長をたずねて内科室に入り、今後の硫黄島分遣隊の派遣について聞いてみた。

「硫黄島には、もうだれも行かない。軍医長の話によれば、横空はいずれ引き上げるらしいぞ。君も硫黄島行きのことは心配するな」

心底から湧き上がってくる安堵感に、私は思わず顔がほころんでくるのを押さえきれなかった。

五月二十日になって、敵の大機動部隊が日本本土を目ざして北上中、という情報が入り、ついに〈ト号作戦〉が発令された。

この〈ト号作戦〉の主力は、さきに吉良俊一中将を司令官として迎えた横須賀航空隊であることは言うまでもない。

隊内の各飛行隊は、いっせいに戦闘体勢をとり、一部の飛行隊は館山、香取、厚木などの各飛行基地に、急遽、出動して待機し、索敵をおこなって敵機動部隊を発見しだい、攻撃を敢行するという。〈ト号作戦〉に参加する実動機は、呉、佐世保の飛行隊が各一隊ずつくわわったために、総飛行機数はじつに二百七十五機に達したという。

敵の大機動部隊は、千葉方面から九十九里浜海岸に接近する可能性がいちばん多いと推定されるところから、飛行隊の出動基地の中でも、とくに香取基地に重点配備がおこなわれるらしい。そこで、攻撃機隊とこれに付属する地上要員約百名は、ただちに香取に出動待機という緊急命令であった。

医務科からは、遠藤始軍医大尉を長として、下士官は私、ほかに衛生兵長一名、衛生上等兵二名が参加することとなった。香取基地には、わずかな基地保安要員がいるのみなので、医務科も主計科も出動しなければならなかった。

攻撃機隊は、早朝から翼をつらねて香取基地に飛び立ち、地上要員は汽車で後を追うことになった。上野駅でローカル線に乗りかえる。やがて江戸川を越えるころになると、〈ト号作戦〉による出動も忘れてしまうような、のんびりとした田園風景が展開してきた。きわめてスローなローカル列車は、田園風景を充分に楽しませながら、夕方になってやっと椎芝という小駅についた。

終点の銚子駅は、これから二つ目である。

利根川の流域に展開する水郷地帯をひかえ、浪曲師広沢虎造の名調子だった天保水滸伝の一節、〃飯岡笹川しのぎを削る〃の土地柄だというので、山紫水明の地と思ってきたのであったが、その想像とはうらはらに、航空基地はまったくの茫漠たる草原で、なんとも無味乾燥の場所なのには驚いた。

さまざまな航空部隊が、一時をすごした跡と思われるバラック建ての宿舎に、われわれは入っていった。夏草やつわものどもの夢のあと——芭蕉の句が浮かんでくるようなところである。

やがて、主計科心づくしの野戦食とでもいうべき夕食が出た。寝具なども充分にあるはずもなく、ありあわせの毛布にくるまってのゴロ寝だった。

二十四時間の警戒配備、ときおり離着陸をくりかえしては索敵に出動する偵察機の爆音、待機する隊員、食事とゴロ寝——こうして、香取基地の第一夜は明けた。
早朝から治療室をどこにおくかが心配になって、基地内をさがしたところ、木造平屋建てのバラックが、宿舎をはなれたところにあった。中に入って見ると、水道もある。広さも八畳間ぐらいはあって、しかも空き室だった。さっそく、そこを治療室として、緊急事態にそなえることにした。

さて、わが索敵機が敵機動部隊を発見するのは、とうぜん敵の攻撃より早いであろう。しかし、もし敵の艦載機が、この香取基地に先制攻撃をしかけてきた場合の対策を考えておかなければならない——そう思った私は、滑走路の周囲にひろがる草原を、あちこちと歩きまわって見た。

あった、あった。草原の片隅に防空壕が口をあけていた。たくさんの茅におおわれて、それが巧妙な迷彩となっている。

さっそく中に入り込んだ。そこは大きな防空壕であった。それに、太い大きな丸太材をつかって、頑丈に組み合わせてある。両側の側壁には、丸木づくりの腰かけまで造りつけとなっていた。おまけに冷気がこもって、きわめて涼しい。

——よしここだ。緊急の場合は、この防空壕に退避すればよい……。

腰かけの隅に、なにやらキラリと光るものがあるので、取り上げてみると、ダンヒルの銀のライターである。さすがに搭乗員の持ち物はちがうな、などとつまらぬことに感心した。

ふたたび治療室にもどると、遠藤軍医大尉に防空壕の所在を報告し、緊急事態発生の場合にそなえての対策などを相談検討した。

飛行隊はけんめいな索敵飛行をつづけているが、現在のところは、まったく敵機動部隊の姿も、気配もないということである。

二日、三日……来る日、来る日が快晴の空で、連日の好天つづきで日ざしも強い。飛行隊は昼夜兼行の索敵活動をつづけているが、まったく異状なし。それに新聞なし、受診患者なし、ニュースなし、外出なし、とくると、無聊このうえないという状態で、林子平の六無斉と同じ日々であった。

遠藤軍医大尉も退屈とみえて、基地内をあちこちと視察に出歩いていた。

私は、衛生兵たちに用事のあるときは知らせるよう言いおいて、早朝から例の防空壕にひきこもり、西川義方博士の『内科診療の実際』を読むのが日課のようになってしまった。

五日間におよぶ懸命な索敵飛行にもかかわらず、敵の機動部隊はついにその姿を見せなかった。やがて、機動部隊は反転して、遠く南方海上に立ち去ったという情報が入ったらしい。

五月二十四日、ここに〈ト号作戦〉は解除され、各地に出ていた飛行隊は、ふたたび横須賀航空隊に復帰することとなった。

五月二十五日、香取航空基地からいよいよ撤収である。緊張とともに張り切って出動してきた香取だったが、まことに拍手ぬけであり、無聊このうえなしの五日間であった。

撤収準備をおこなっているところへ、遠藤軍医大尉が本部からもどってきて言った。

「飛行隊長の好意で、横須賀にもどるダグラスに便乗できることになったから、神田兵曹、君もいっしょに乗るように……」

衛生兵三名は他の地上勤務員たちとともに、早朝の列車で横須賀に向けて出発していった。

十時すぎに飛行隊の指揮所から、まもなく離陸するからという知らせをうけて、私は遠藤軍医大尉につづいてダグラスに乗り込んだ。

そこには、すでに幾名かの搭乗員たちが、飛行服のままで便乗していた。ダグラスは輸送専用機だけあって、さすがにその安定性は抜群で、快適な空の旅であった。途中で一度、大きなエアポケットに入ったためか、とつぜん高度がグーと下がって、一瞬ヒヤリとさせられたが、便乗している搭乗員たちは夢をさまされた程度だった。

東京駅の上空あたりで眺めた皇居のお堀に、体長二メートルくらいの大きな鯉が三、四尾、丸太でも浮かべたように、ゆうゆうと泳いでいるのが印象的であった。

その姿は、なにか江戸城三百年の歴史が、そこに遊泳している、という思いにうたれた。

焦燥感のゆえに

朝の診療開始が待ちきれないように、外科室の受付に整備科の兵隊が、同僚の整備兵二人に左右からささえられながら、かろうじて立っていた。いまにも倒れそうである。歩行困難で、おそらく同僚の整備兵に背負われてきたものであろう。

外科の先任である中村蓮彦兵長も、この患者は？　と思ったらしく、優先的に取り扱って、カルテの作成にとりかかっていた。

診療準備を見ていた私は、受付にきている患者の異常さに驚いて、受付へ出ていった。中村衛長は椅子から立ち上がって私を目でむかえると、カルテを差し出しながら、

「室長、この新患はどうします。酷いものです」

カルテと身体歴をうけとって見ると、まだ十八歳の二等整備兵であった。体格はよい。彼は鼻を境に左側が耳の付け根まで、暗い赤紫色に変わっている。すごい内出血だ。腫れもある。頭髪の中も、地肌が内出血で黒く染め上げられている。おまけに左側頭部は、骨がわずかではあるが、陥没しているように見えた。

事業服から下着まで全部ぬがせて裸にして見ると、身体の方もすごい。両方の臀部から、両大腿部の裏側は、ものすごい皮下出血となっている。暗赤、紫、黒の各色が、こもごもに綾をつくり、入れ墨した皮膚さながらに、何層も何段も模様をつくっている。腫れもすごかった。これはあまりにも酷いものだ。

この傷は昨夜のものだ。かわいそうにこの若い二等整備兵は、そうとう手荒くやられたようだ。これでは修正とか矯正とかいうものではない。完全な犯罪である。

私はむらむらと込み上げてくる怒りを、押さえることができなかった。

こんな状態では、彼は歩行もできなければ、座ることも寝ることもできなかったはずだ。劇痛と精神的な打撃と、反発する悔しさと発熱、おそらく昨夜は、マンジリともすることができなかったであろう。

私はとりあえず彼を、治療台の上に腹這いにさせると、

「中村衛長、落合大尉に診療準備よろしいと届けてきてくれ」といい、ふたたび患者のところへ行った。

「おい、だれに殴られたんだ」

「いいえ、殴られたのではありません。ラッタルから転げ落ちたのです」

その返事もいたいたしかった。

「バカなことを言うな。これは殴られた傷だ。殴った者の名を言え」

「ほんとうにラッタルから落ちたんです。私の不注意です」

「おい、お前は頑固に殴った者をかばっているが、こんな酷いことをされながら、黙っているのか。ラッタルから落ちたなんて、ゴマカしても俺にはわかる。さあ、その殴った者の名を言え。だれか知らないが、殴ったやつを軍法会議に送ってやる」

殴った者を一心にかばっているこの若い整備兵の口を、なんとか割らしてやろう。こんな無惨なことをした者は、絶対に許しておけない、と思ったのである。それでも、

「殴られたのではありません。私の不注意で落ちたのです」

その整備兵の答えは、ラッタルから落ちたの一本槍で、まったく問答にならない。そこへ入ってきた外科担当の落合章夫軍医大尉も、患者を一目見ると、

「ウム、これは酷い。だれにやられたんだ」

問いかけながら、綿密な診療をはじめたが、即時入室、頭部のレントゲン撮影など、細かい指示を出したのである。入室して五、六日寝ていたら、かなりよくなるだろうが、心配なのは側頭部の陥没の有無であった。

戦前はともかく、戦時になってからは、私的制裁は少なくなっていた。部内の通達でも、再三にわたって私的制裁を厳禁している。おなじ釜の飯を食い、海軍特有の船乗り気質と、板子一枚地獄の底という一蓮托生の気風のなかでは、おのずと人間関係も厚くなり、連帯感

も強くなってくる。だから、酷い制裁などおこなわれるはずもなく、とくに戦時下においては、将兵一体の団結心がなによりも要求されていた。したがって、おのおの自覚と反省によって、酷い私的制裁はほとんどなくなっていた。

たまには、私的制裁とまでは言えないような兵員の整列と修正は行なわれていたが、これはあくまで、兵員教育の域を越えるものではなかった。例外的には私的制裁の痕らしい症状をもった兵員を見つけることもあったが、この日の整備兵のように、惨酷としか言いようのない患者は、まずなかった。

聞くところによると、昔はすごい私的制裁が行なわれていたものだという。殴打に使用するその最たるものは、一メートルに切った太いワイヤロープ。つぎが同じくマニラロープ。このマニラロープは、さらに水につけて硬度を増したものだった。

そのつぎが野球用のバットか、樫の棍棒または木刀などであって、これにはよく〝軍人精神注入棒〟とか〝軍人精神入魂棒〟などと書いてあった。竹刀などはむしろ、かわいい玩具であったということだ。

理不尽な制裁は、また被害者の怨念となり、陰険な反抗となって現われてくる。とくに海上勤務の将兵の間では、怨みを抱く士官や下士官の軍帽や短靴などを海中に投げすてて、闇夜には気をつけろ、今度は本人が海の中だぞ……とやったものだとか。

これは、戦死者を冒瀆するようで申し訳ないが、上海事変に出ていたある皇族士官が戦死したことがあった。

これを聞いた一人の水兵が、手を打って喜んでいたという。そして、自分がかつてその皇族士官の従兵として、勤務していたときにうけた驕慢と侮辱の限りを話したという。

さて、話は入室させた全身打撲傷の整備兵である。彼は、翌朝の診療にはベッドから離れて、自分からそろりそろりと外科室に入ってきた。さすがに若い者は回復も早い。一晩でだいぶよくなったようである。

落合軍医大尉の診断結果も、レントゲン写真に頭骨の異状はまったく認められないということだった。いずれにしてもよかった。まあ四、五日、入室休養して心身の傷を癒《いや》したらよいだろう。

このころは、ときおり隊内や、市街のなかで、おかしな光景を見ることがままあるようになった。第三者的に傍観していると、それは異様なまでの男のヒステリーそのものとしか思えなかった。自己抑制のバランスを失った、狂気の沙汰としか考えられない状態だった。

航空隊内の若い中尉が、これまた若い下級兵を通りすがりざまに、片っぱしからつかまえては、〝欠礼した〟〝敬礼が悪い〟〝態度がなってない〟などと、いろいろ難癖をつけては殴り歩くということもあった。それも、渾身の力をふるって殴るのだから、若い兵隊はたまったものではない。

その中尉の顔は、不気味なまでに蒼白となり、眦《まなじり》は完全につりあがっていて、心そこにあらずといった様相で、両足は地についていない。とは言っても、酒に酔っているのでもなかった。

またあるときは、横須賀の街かどで、機関科の下士官だったが、久しぶりの外出を楽しんでいる若い下級兵を、なんのかんのとつまらない因縁をつけては、片っぱしから殴り歩いていた。この下士官の蒼白となった顔、つりあがった三白眼、まったく精神異常としかいえない狂気の面相だった。

こんな狂気の沙汰は、戦前にはなかったことであろう。こんなバカなことは、一体なによって引き起こされるのであろう。これは、ヒステリー症状だ。言いかえれば、戦時ヒステリーとでも言うべきものではないだろうか。

望むも、望まないもなく、征かなければならない決死、いや必死の出撃飛行の命令。出撃とともに、そのほとんどが沈められてしまう潜水艦などへの転勤命令――冷厳にしておかすことのできない命令だから、心底に秘めたやりどころのない憤激、精神的な葛藤は根ぶかく、他からうかがい知ることができないものだろう。

孤独と、諦観と、焦燥が、卍巴《まんじともえ》となって全身をつらぬき、身のおきどころもない。そんな心情が高じて、弱者に当たり散らす――人間は孤独になると、己れの弱さを露呈してくるものだとつくづく思った。

堀越兵曹かえらず

空ぶりに終わった〈ト号作戦〉から帰隊して間もなく、こんどは南鳥島に出ている横須賀航空隊の分遣隊から、医務科の衛生下士官一名の応援要請が入電してきた。

硫黄島とちがって、ごく小規模な分遣隊であるが、飛行機があるためか、米軍にはやはり邪魔な存在らしく、爆撃機や艦載機の攻撃をうけているという。

南鳥島には、衛生兵が二名、すでに分遣隊の編成とともに渡っている。彼らは南鳥島警備隊の医務科に同居して、いっしょにやっているが、敵の攻撃がはげしくなってきて、航空隊から、至急、下士官を派遣してくれということである。

私は先に硫黄島行きを志望して、やっと上司の許可を得ながら、出発寸前に自分の注射ミスで行くことができなかった。

いまでも一度は前線に出てみたいという考えは変わっていないが、しかし、いまとなって硫黄島や南鳥島には行きたくない。

戦況はいよいよ不利となっている。神田兵曹、君が南鳥島行き――だと命令されれば仕方がないけれど、あえて志望する気はない。まあ成り行きまかせだ、と腹をきめていた。

さて、だれが南鳥島行きを命じられるのだろう。そんな状況の折りも折り、長いあいだ艦隊勤務で前線に出ていた堀越清上等衛生兵曹が、艦をおりて横空の医務科に転勤してきた。

彼は私などより、はるかに古参の下士官だった。長身でやせぎすのためか、なにか長い間の前線勤務で心身ともに疲れきったという感じと、意気消沈といった印象だった。年齢よりもだいぶ、老け込んだ感じでもある。

なんでまた、前線の劇務に疲れたようすの堀越兵曹を、これから本土決戦の矢面に立とうという横空に、転勤させたのであろう。人事部は気のきかないことをするものだ。むしろ、内陸地の練習航空隊か諸学校などにおいて、しばらく閑務につけたらよいのにと思った。

転勤してきたものの、衣嚢をといて整理する暇もなく、南鳥島分遣隊行きの白羽の矢が、その堀越兵曹に立ったのである。敵艦載機の攻撃をうけるとはいえ、小部隊の南鳥島分遣隊は、まあ閑職だから、しばらく静養かたがた行っていたら、という配慮があったのであろうか。

それから二日後の南鳥島行きの飛行便で、堀越兵曹は出ていったが、心なしか彼の顔はさえず、足どりも重かった。

彼の出発にあたって、なにかと準備するのを手伝っていた甲板係の橘田志郎衛生兵に、おれは行きたくないんだ、おれは行きたくないんだ……と盛んにこぼしていたという。

それから約一ヵ月、航空隊はますます忙しく、医務科も多忙な日々がつづくままに、分遣隊員たちのことは忘れ去られて、だれの口からも噂も出なかった。

そんなある日、堀越清兵曹戦死——の報が、南鳥島分遣隊から入電した。しかし、その詳細はまったくわからなかったのである。

さて一方、硫黄島分遣隊は、いよいよ増員が完了して、八幡空襲部隊を編成し、〈ア号作戦〉にそなえることとなった。

八幡空襲部隊は、横須賀航空隊の分遣隊を中核として、零戦を主力とするもので、最終的には二百三十一機の大飛行部隊となったという。

しかし、残念なことには、この八幡空襲部隊は、圧倒的な数をもっておそいかかる敵機の爆撃と、物量をほこる艦砲射撃によって、活躍する機会を失ってしまい、多数の損害をうけてしまった。

とくに七月三日、四日の熾烈きわまる攻撃では、集中してあった虎の子ともいうべき飛行機を、全機とも破壊消失するという手痛い損害をうけてしまった。

飛行機を失ってしまった傷心の搭乗員たちは、また掛けがえのない海軍航空の貴重な担い手たちである。航空温存は絶対条件であるところから、硫黄島は警備隊の手にゆだねて、航空隊員は全員、硫黄島から引き上げることになった。

七月六日、横空を離陸した一式陸攻は、急遽、硫黄島にむかい、息つく暇もなく分遣隊員たちを収容して帰途についた。

分遣隊の軍医官として出動していた医務科の茂呂肇軍医大尉も、私に本をおいて渡島した山内一磨飛曹長も、ぶじに帰還してきた。しかし、山内飛曹長は木更津の航空基地で、つぎの作戦にそなえて待機しているということであった。

翌七日には、ついにサイパンが攻略され、同島の守備隊は全滅した。

中部太平洋方面艦隊司令長官の南雲忠一中将、第六艦隊司令長官の高木武雄中将、第四十三師団長・斎藤義次中将の戦死が公表された。

独裁者といわれた東條英機総理大臣は、サイパン陥落をもってついに、内閣総辞職を余儀なくされた。七月二十二日、小磯国昭、米内光政連立内閣が成立し、総理は小磯前朝鮮総督が、海相には米内大将が就任することとなった。

硫黄島の分遣隊が引き上げたのにつづいて、南鳥島の分遣隊も全員が飛行機で引き上げてきた。分遣隊の派遣当初から同島に出ていた衛生兵二名も、真っ黒に陽焼けした顔をほころばせながら帰ってきた。残念なことに、やはり堀越兵曹の姿はなかった。

南鳥島は地図を見てもわからないくらいの小島であるが、分遣隊の飛行機が目ざわりらしく、敵は執拗な艦載機の攻撃や、ときには艦砲射撃をくわえてくることもあって、南鳥島も被害が続出しているという。

とにかく、航空温存のためか、分遣隊の引き上げとなったのである。

それにしても、堀越兵曹は気の毒だった。さいわい帰還できた二人の衛生兵は、堀越兵曹の痛ましい最後の状況について報告した。それによれば、南鳥島でいちばん怖かったのは、なんといっても艦砲射撃だったという。

敵艦の姿もない碧空から、突如として敵の砲弾が飛んでくる。破壊力がすさまじいから、目標物はたちまち瓦礫の山となり、付近にいた将兵たちは多数が傷つき、また尊い命を失う。

これに比較して、飛行機による爆撃や機銃掃射にたいしては、さっさと山腹に掘られた防空壕にとびこんでしまえば、ほとんど被害らしい被害をうけることはなかった。

六月の二十三日には、すでに定期便のようになった敵の艦載機グラマン数機が、南鳥島に攻撃をかけてきた。なれている医務科員たちは、いつものように全員が、病室の裏手にある防空壕に退避した。

茂呂肇軍医大尉——硫黄島分遣隊の軍医官として派遣された。

一機のグラマンが病室に向かってきたかと思うと、無人の病室に、バリバリと機銃掃射をあびせ、やがて反転して海上へと去っていった。だから、防空壕内も、しばし小康状態となった。

このとき、堀越兵曹はなにを思い出したものか、事務室に忘れ物をしてきたから、それを取りに行ってくる、といって防空壕から出ていこうとした。周囲の医務科員たちは驚いて、

「ダメ、ダメ、グラマンがまたくる……」

「そんな無謀なことを……」

「敵が完全に引き上げてからにしなさい」

口ぐちに引きとめたが、

「なあに、すぐもどってくるから心配しないで……」

みんなの手を振りきって、堀越兵曹は防空壕から飛び出していった。彼は五十メートルぐらいはなれた病室に飛び込んでいったが、すぐにまた出てきた。小走りに防空壕に向かってくる堀越兵曹の耳にも、防空壕内のものの耳にも、ふたたび敵機の爆音が聞こえてきた。艦載機がふたたび襲ってきたのである。

みんなの危惧は、不幸にも適中したのであった。堀越兵曹は道路の中間地点で、一瞬、右にしようか、左にしようかと迷ったようであったが、意を決してか、必死の形相ものすごく、横穴式の防空壕めざして宙を舞うようにして、文字どおりフッ飛んできた。

その堀越兵曹を、小ウサギを追う猛禽さながらに追うグラマン。横穴のなかで、堀越兵曹、早く早く……と、この様子を見ながら祈るだけの方法しかない者たち。掃射する機銃弾が地

上で炸裂して上げる土埃と耳をさく爆音。

両眼をワッと見ひらいて、瞼もさけそうな形相すさまじい堀越兵曹が、息も荒く、やっとの思いで横穴に頭をつっこんだ瞬間、非情なグラマンの機銃弾は、彼の後ろから腰部を貫通して、股間で炸裂した。

その一瞬、壕の奥で、堀越兵曹、早く早く……と叫んでいた人たちの中に、避ける暇もなく、肉片が飛びちってきた。不運にも、アッという間もない即死であった。

彼がみんなの手を振りきって、生命をかけて取りにいった〝忘れ物〟が何であったか知る由もないが、これ以上のものはない大きな賭けをしたものである。

堀越兵曹は出発に先だって、おれは南鳥島に行きたくない、気がすすまない、などと盛んにコボしていたというが、すでに、なにか悪い予感でもしていたのであろうか。

運、不運を論ずる前の、やり切れない不幸な戦死であった。分遣隊とはいいながら、横須賀航空隊医務科における今次大戦唯一の戦死者であった。

第五章　決戦に備えて

泣き笑い病室日記

昭和十九年の七月十日に、大本営の航空部隊の編成があらためられて、海軍航空の技術廠飛行実験部が廃止となり、それまでにおこなわれていた実験業務は、すべて横須賀航空隊の審査部に編入されることとなった。

そのために横須賀航空隊は、実験航空隊ならびに実戦部隊としての任務が、さらに強化されてきた。いまや大戦の帰趨を決するのは、航空戦力にほかならないということであろう。

しかし一方、前線航空部隊の損耗は、日を追ってはなはだしくなるところから、多くの搭乗員たちは、神雷特攻隊などに転出していった。

八月二日には、軍令部総長に及川古志郎大将が任命されたが、しかし、上層部がいくら入れ替わっても、この戦局を好転させることは、不可能なことではないかと思われた。

秋風が立ちはじめた九月十八日、日本男子は満十八歳以上を兵役に編入することになったという。昨年、十九歳に改正されたばかりなのに、いよいよ老いも若きも総動員ということか。連合軍のとてつもない物量攻勢に、わが国は人海戦術で対抗しようというのであろうか。

ある日の午後、当直衛生兵がやってきて、軍医長がお呼びです、という。私は、軍医長に呼ばれるとは何だろう、と思いながら軍医長室に入っていった。

軍医長の鈴木慶一郎軍医中佐は、昭和十五年、私が海軍病院練習部の普通科時代のころの先任教官であった。次席教官は池田選一軍医大尉である。鈴木軍医中佐は謹厳で、典型的な海軍軍人であり、温雅な人の多い軍医官のなかでは、めずらしい存在だった。

軍医長は、部屋に入った私を見ると、

「そこで待っていてくれ」と言いながら、機密書類入れの箱をひらいて、書類を閲覧中であった。

私は机の前に立って、軍医長の披見している書類に目をやると、右上に捺されている赤の大文字、軍極秘がまず目に飛び込んできた。表題には、『戦訓』とある。

軍医長はきわめて丁寧に閲読しているので、つい私も目で追ってしまった。そこには、つぎのようなことが書いてあった。

「戦時軍医官の緊急補充について

一、第一線の軍医科士官の不足はきわめて深刻である。死傷者の処置はもとより、死亡診断書、死体検案書の作成すら間に合わない状態である。緊急に軍医科士官の充足を要する。

一、現在の歯科嘱託医を再教育のうえ、部内かぎり軍医官として、一般診療に従事させる。

一、衛生士官、衛生下士官のうち優秀な者を選抜、再教育のうえ、部内かぎり軍医官として、一般診療に従事させる。……」

さて、披見しおわった軍医長は、機密書類の上欄に軍医長と指定されているところに捺印すると、その書類を手渡しながら、

「神田兵曹、この書類を副官部に返してきてくれ」

私はハッと気がついた。軍医長の前に立って待ちながら、極秘書類の大要を自分もサッと読んでしまったことにである。

――しまった。軍医長あての機密書類を、盗み読んでしまった。それも軍医長の前で……。

恐縮しながら、ことさらに形式ばって、

「はい、副官部に届けてきます」といい、私が軍医長室から出ようとすると、ふたたび軍医長から声がかかった。

「箱をきちんと締めていきなさい」

私は本部の副官部に向かいながら、書類を副官部へとどけるのはすべて事務室の仕事なのに、なんで外科室長である自分を軍医長室に呼んで、この軍医官緊急補充の機密文書を返却させるのだろう……と考えていたが、はたと気がついた。

――そうだ。軍医長はこの文書を読ませようと、おれを呼んだのだ。わざわざ机の前に立たせておいて、ことさら丁寧に披見していたのは、読みやすいようにと、暗黙の好意だったのだろう。

それからしばらくして、なにかの健康診断のさい、佐藤杢栄歯科医がさっそく聴診器をもって参加したものである。私はそれを見て、鈴木軍医長はさきに見た戦訓の戦時軍医官の緊急補充についての教育を、いよいよはじめているのだ……と思った。

それにしても、第一線将兵の損耗は、想像以上にすごいものらしい。医務科員といえども、それをまぬがれることはできない。軍医官、衛生科員の損耗も、当然ながらすごいものであろう。

まして、軍医官不在の小艦艇や離島の小部隊などに配属されている衛生科員の任務たるや、診断権を持たないだけに、きわめて苦労の連続であろう。

医師免許を持ちながら、甲板下士官を唯々としてやっている成田平五郎衛生兵曹の心情も、よくわかるような気がした。

十月二十四日、戦艦「武蔵」がレイテ湾突入作戦に参加して、海没してしまったという。造艦技術の粋をあつめて建艦されながら、戦争の主導権を飛行機にうばわれ、同型艦の「大和」とともに無用の長物、ヤマトタケゾウなどと言われながら、その戦力を充分に発揮することもなく、陸軍部隊の輸送船がわりに使われたりしていたが、「武蔵」は遂にやられてしまった。航空兵力をともなわない艦隊の弱さを、まざまざと見せられたものである。

航空隊の飛行作業はますます繁忙となってきた。そのためか、地上整備の若い兵員などの初診患者のなかには、状態のひどいものがいた。

少しぐらいのことで、診察などうけられない、言い出せない、と我慢に我慢をかさねたあげく、つまるところ、もうどうにもならない、という状態になって、やっと病室にくるからであった。

一例であるが、外科の初診受付に現われた若い整備兵がいた。訴えはシラミがついて身体がだるく、頭がおもくて痛むということだった。

まず目に入ったのは、貧血状態で顔面が蒼白となっていることと、異様な眉毛だった。太く盛りあがってブツブツと光沢のある黒ゴマを植えこんだような眉毛である。

近寄って、変な眉毛を指でふれて見た。とたんに、背筋がかゆくなった。シラミ、シラミ、両眉にビッチリと食い込んでいるシラミの、丸々とした尻が眉そのものを形どっている。思わず手をひっこめた私は、頭を下げさせてみた。五分刈りの頭髪の中も、これまた栄養満点のシラミの巣である。これなら貧血も起こるだろうし、頭痛もするであろう。

「バカ者、こんなになるまで我慢するやつがあるか。病室はシラミ取りの場所ではないんだぞ！」

どやしつけてみたものの、即座に髪と眉毛を衛生兵に剃り落とさせ、そのあとに水銀軟膏を一面にすりこみ、石鹼でていねいに洗ってやる。大量のシラミが白い洗面台をよごした。

やがてその兵員は、すこぶる爽快な顔となって、

「おかげさまで、さっぱりしました」と、にっこりする。

「あたり前のことだ。つぎはデッキにもどって、下着からなにから全部、着替えを持ってこい。いままで着ていたものは全部、消毒するから」

若い兵員はおうおうにして、デッキに帰すと、だれかに遠慮するのか、そのまま病室にこないことがあるので、それを予防するには、病室で確実に着替えさせるのが肝心だった。

「中村兵長、事務室にいって硯箱を借りてきて、眉毛をかいてやれ。のっぺらぼうじゃ、具合が悪かろう」

これはイタズラだったが、それにしても、この整備兵の上司たちは、気がつかなかったのだろうか。とくに、つねに顔を合わせている班長や先任兵長たちは、なにをしているのだろう。

臨戦態勢とはいえ、ここは前線ではない。この若い兵員は、入浴や朝夕の洗面のとき、鏡で自分の顔を見ることもなかったというが、我慢や無理をかさねている下級兵たちに、上司はよく配慮の眼をくばってもらいたい、とつくづく思った。

定例の健康診断などは、臨戦態勢の横空では、不可能なこととなって、いまはまったくできない状況だった。しかし、以前のように毎月、健康診断を実施していたときには、かくれた患者を軽症のうちに発見、治療することができたのである。

健康診断の方法はきわめて能率的であり、一面、大ざっぱなものだったが、よく隊員の健康状態を把握管理していたと思う。

なにしろ、一万四、五千名の兵員を二日に分けて、一回七千名くらいを、十名ほどの検査官が一時から三時ごろまでの間にすませるのだから、大変である。夏は病室前の広場を、冬は大型格納庫を検査場としていた。

検査官は若い軍医官と衛生下士官たちである。診察衣にマスク、ゴム手袋の完全武装というでたちで椅子に腰かけ、かたわらにピンクの昇汞水を入れた手洗鉢をおく。検査官の背後には、衛生兵が各一人ずつ記録板をかかえて控えていた。

検査官は十名ぐらいだから、一人が六、七百名を担当しなければならない。十名の検査官の前に、十列となってずらりと立ち並ぶ全裸の兵員の姿は、けだし圧倒される観があった。

兵員たちは一人ひとり検査官の前に出ると、海軍入籍とともに各人ごとに調製され、海軍に在籍中はつねに本人とともにあり、身体の計数や病歴などが記入されている身体歴をわたし、神妙な面持ちで検査をうける。

検査の順序として、まず全身の望検、ついで前に立っている兵員の陰茎を、右手でぐっと握ると、薬指と小指の先で根本から先にかけて、尿道を圧迫しながらぐっとしごく。それから左手の拇指と人差指の先で、尿道口をポッと開いて見る。排膿などの疑わしいものがあるときはプレパラートに塗り、あとで病理試験室において、染色と顕微鏡検査という作業になり、性病患者の摘発ということとなる。

この検査の終わったところで、検査官が、よし、と声をかけると、兵員は心得たもので、クルッと向こうをむくと、両手を床につけて足をピンとのばす。検査官は両手で、ちょうど鏡餅でも二ツに割るように臀部に手をかけて、肛門をひらいて痔疾の有無を見る。もちろん、この間に栄養状態や皮膚病の有無も見るのであった。

検診が終わったところで、ポンと尻をたたいて検査の終了を知らせる。ふたたび前をむいて検査官と顔を合わせる兵員の、ヤレヤレ終わったか、という顔を見ながら検査官は、「よし、つぎ」と呼んだものである。

昭和十八年の春の健康診断のとき、病室前の広場に数百名の筋骨たくましい兵員たちが、完全無垢な裸形で並んでいた。

そこへ兵舎のかげから、見学にきていたどこかの女学生数十名が現われたことがある。アワをくった案内の隊員が、進路を変更しようとしたが、あいにくほかに通路がない。観念して健康診断場の横を通りすぎていったが、彼女たちのやり場のない目と、困惑した表情を思い出すと、いまでも笑い出したくなってくる。

さて、ときには思わぬ患者もあって、笑いのエピソードを残すこともあった。あるとき、隣接の航空技術廠の女子職員が、急性虫垂炎のため、航空隊の病室へ受診に訪れてきた。技術廠の医務科がなにか都合が悪かったらしい。

診察の結果、病室に入室したうえ、即時手術ということになったが、さあ、若い衛生兵たちの張り切りようは大変なものであった。

なにしろ、いかつい男性ばかりの航空隊の病室である。そこへ美しい蝶が羽根をいためて舞い込んだようなものだった。

さっそく手術準備となったが、問題は花もはじらう女子職員の身体の剃毛である。

だれが剃毛をうけもつかをめぐって、若い衛生兵たちの希望者が続出するのを尻目に、先任衛生兵五、六名が、こんなもったいないことを下級兵なんかにやらせてたまるか、これはおれたち兵長の特権だとばかりに、彼ら兵長だけで最終的な決定をするため、ジャンケンで争うことになった。

その結果、勝利の女神は、中村蓮彦兵長に加担したらしい。

晴れの勝者となって、剃毛の準備をはじめている中村兵長の鼻の下をのばした得意顔は、とても見られたものではなかった。——これは、ジャンケンで敗者となった兵長連中のくり言である。

高野飛曹長も特攻へ

ある朝、はやばやと本部の見張所から、電話だという。こんなに早く見張所から、なんの用事だろう……と思いながら受話器をとると、衛兵の山本水兵長の声で、

「神田兵曹、海岸に出てみなさい。やられた空母が入港してきます」

驚いた私は、空母とはなんだろう、艦名はわからないのだろうか、と思いながら、さっそく本部庁舎前の広場を横切り、水上機格納庫の横の岸壁に出て、沖合いをながめた。そこからは、軍港内から沖合いまで、一望のもとに見渡すことができる。

なるほど、はるか海上の沖合いをかすかな朝靄をついて、左に大きく傾いた航空母艦が、小型のタグボート四隻にとりつかれたようにして、よたよたと横須賀湾に入ってくるのが見えた。

入ってくるとは言っても、動いているのか停まっているのかわからないような、遅々とした船脚で、タグボートの懸命な吐息が聞こえてくるようだ。おそらくあの状態では、空母の左舷は甲板まで波が洗っているだろう。

それにしても、たしかあの空母は、きのうの夕方までは海軍工廠のドックに入っていたはずだが、と思いながら横須賀工廠のドックを見ると、そこは裳抜けの殻である。やはり、あの特設空母だ。それが今朝はこの哀れな姿、一体どうしたわけだろう。

これは、空母の不足をおぎなうための特設空母で、もとは日本郵船所属の秩父丸である。

欧州航路の豪華客船だったが、徴用されて昭和十八年暮れころから、工廠で昼夜兼行の改造工事が行なわれていた。航空隊の飛行作業のない夜などは、夜ふけまでもリベットを打つ音が、海上をはって病室に聞こえていた。酸素熔接の火花は、きれいな花火となって、遠くから見えたものである。

間もなく情報が入って、この特設空母は、改装工事が終了したので、昨夜、試運転に出たのだという。

東京湾を出て太平洋上へと航行していった。ところが、大島をすぎた地点で、敵潜水艦の魚雷攻撃をうけたのである。さいわいにも、海没はまぬがれることができて、ふたたびドック入りというわけであった。一年あまりの昼夜兼行の改装工事をおえて、晴れの試運転に、一瞬にして大打撃をうけてしまったのだ。

この特設空母の暗い未来を、いや、日本のこの大戦の未来を暗示するかのような出来事だった。秩父丸を改造したこの特設空母は、ふたたびドックで昼夜兼行の修理作業となり、完成しだい出撃ということになろうが、前途多難なことだろう。多数の乗り組み将兵と艦に幸運あれ、と祈るのみだった。

その後、この特設空母は、修理をおえたところで呉に回航され、昭和二十年の春、兵装完了とともに出撃していった。しかし、外洋に出るや、たちまち敵潜水艦の魚雷攻撃の的となり、海没してしまったという。

負け戦さとなると、なにもかも負い目、裏目となってくる。

ひところ、ラバウル特急靖国行きとか、サイパン特急靖国行きという言葉が、海軍の兵員たちのなかに流れていた。その意味は、軍首脳部の無為無策な作戦指導のために、ラバウルやサイパンの海域に出ていく艦は、かならず敵潜水艦にやられて乗組員は戦死し、間違いなく靖国神社に送られる、というヤケッパチな言葉であった。

それがいまでは、ラバウルとかサイパンなどということは消えて、〝大島特急靖国行き〟という言葉に変わっていた。すでに大島付近の海域も危険で、敵の潜水艦はわがもの顔に横行しているという。

戦前には、日本海軍のほこる潜水艦は天下無敵であると、海軍は宣伝していたものである。さてフタをあけてみると、これはただ自画自賛のひとりよがりで、まったく策なしといった状態だった。

これは大艦巨砲に毒された軍首脳部の怠慢と、「敵を知り己れを知らば百戦危うからず」という孫子の教えも忘れて、敵も知らず己れも知らぬ首脳部の慢心による潜水艦作戦の誤りなど、なおざりにしてきた膿が噴き出してきたためではないだろうか。

それに反して、敵潜水艦の性能と、柔軟性をもったその作戦が、はるかに優秀であった、と言わざるをえない状況だった。

十月二十五日には、関行男大尉を隊長として、神風特別攻撃隊が編成され、全員が敵艦に体当たり攻撃を敢行したという。

日本はついにここまで追い込まれてしまったのだろうか。ただでさえ不足し、緊急に補充のできない練達の搭乗員を、こんな一時の興奮としか思えないような作戦のために失ってしまって、よいものだろうか。狂気の沙汰としか、考えられない。報国の赤心に燃える若い搭乗員たちを、〝護国の鬼となれ〟などと言って、むざむざと死地に送り出す。こんなことがあってよいものか。

比島基地を発進する関大尉機。横空からも神雷部隊などへ転出する者が多くなり、高野飛曹長も特攻要員として、出発した。

二十年、三十年と、海軍の飯をくいながら高禄をはみ、作戦計画に明け暮れしていた首脳部の、行きつくところはこんなことなのか。作戦などと言えるものではない。こんなことを発案し、命令した者が、率先垂範、まず自分が一番にやったらいい。

横須賀航空隊の各飛行隊からも、神雷特別攻撃隊などに出ていく搭乗員が多くなってきた。そんなころの秋の夕方、私は夕食後のひとときを、久しぶりの隊内の散策にすごして病室にもどってきた。

事務室に入って一服していると、友人の戦闘機搭乗員である高野富男飛曹長から、電話が入ってきた。

「神田兵曹、都合がよかったら、おれの部屋にきてくれないか。いっしょに一杯やりたいから」

病室のなかで、医務科員たちといっしょに飲むことはあったが、他科の人たちとは、隊外で飲むことはあっても、隊内で誘いをうけることは、まずなかった。だから、私は多少いぶかりながら、高野飛曹長の部屋へ出かけていった。

彼の部屋の小さな木造りのテーブルの上には、すでに五、六品、牛肉の缶詰や鰹の缶詰などが開けられ、ビールが並べてあった。

「やあ、忙しいところを呼び出して、すまなかった。一度いっしょに飲みたいと思っていたんだ。さあ一杯いこう」

長身で体のがっちりした、いかにも戦闘機搭乗員らしい風貌の青年准士官である高野飛曹長は、私と同年配のはずである。

いつも明朗闊達な性格で、隊員たちに親しまれている彼だが、今夜は、なにかピッタリとこない。歯車のかみあわないような、妙な雰囲気がある。

彼はビールや肴を盛んに私にすすめながら、多弁に話しまくると、急に無口になって、うつろな目をして黙りこむ。と思うと、急にフッと立ち上がり、思い出したように壁にとりつけた小さな鏡をのぞきこんで、両手で自分の頬をなでたりする。そして、ふたたびテーブルにもどっても、ビールや肴にちょっと手をつけてはみるが、とにかく落ちつかない。

こんどは部屋の片隅にある事務机のところにいって抽き出しを開けていたので、私はそれとなく抽き出しの中を見てみると、内部はカラッポで、きれいに整理されていた。

彼は一体どうしたんだろう。悩みごとでもあるのだろうか。なにか相談することでもあって、それを切り出すのをためらっているのだろうか。

ぎこちない雰囲気の中で、二人はビールを四、五本あけた。ふたたびフイと立ち上がった高野飛曹長は、ロッカーを開いて黒い皮鞄をとり出すと、鞄の中をガサゴソとひっかきまわしていたが、取り出したのは二CCの注射器であった。

高野飛曹長はそれを洗面台の上で、水道の水でジャブジャブ洗いはじめたのである。私は思わず声をかけた。

「あれっ、なにをするんですか？」

高野飛曹長は、なにか悪戯を見つけられた子供のようにハニカミながら、

「ううん、ちょっとな……」

返事にならない返事をしながら、今度は鞄の中から小さなヒロポンのアンプルを取り出して、水洗いした注射器に吸い上げると、馴れた器用な手つきで自分の左腕に、さっと注射をすましてしまった。

やっと、高野飛曹長の顔に、落ちついた様子があらわれてきた。新しいビールをぬくと、コップになみなみと注いで、グーッと一気に飲み干したのである。これは、ヒロポンの軽い中毒症状にほかならない。しかし、こんなにヒロポンは、よくもわるくも、とにかくよく効くものなのか。

落ちついて平常の姿にもどった彼と、冗談をいったり、雑談をかわしたりしている間に、秋の夜長とはいいながら、夜もすでにふけてきた。ぼつぼつ病室にもどらなければならない。

そう思った私は、彼の部屋を辞すことにした。

高野飛曹長にお礼をいって立ち上がると、彼もすかさず立ち上がって、右手をさっと伸ば

して、私の手を握ると、

「神田兵曹、もう帰ってしまうのか。いろいろと世話になったな。おれは明日、転勤するよ。今日でお別れだ」

「えっ、転勤……それは知らなかった。どこへ……」

「九州に飛んで、それからさ……神田兵曹、もう会えないかも知れない。今夜は来てくれてありがとう」

「高野飛曹長、まさか特攻……」

彼は、無言のまま、ただ私の目をじっと見つめながら、握った手にぐっと力を入れた。そうか。そうであったのか。すべてがわかったという思いで、私は思わず握られた手に力をこめて握り返した。

――彼は特攻要員で征くのだ!

言うべき言葉も見つからなかった。いまの私には、別れの言葉とか、激励の声とか、はたまた壮行の辞とか、とにかく言うべき言葉が出てこない。

「元気で、身体に気をつけて……」

やっとそれだけ言ったが、自分でも恥じいるようななんとむなしいことを言ったものだろう。

特攻――もう日本にも、特攻しか打つ手がないということであろうか。この追いつめられた戦線の苦境を突破して、戦局を好転するには、特攻しか方法がないということか。それとも、最終的には勝算があるが、現状ではまだ間に合わない。それまでの時間かせぎのために、彼らを捨て石にして、送り出そうということか。

私が不可解に感じたことは、高野飛曹長の部屋に、同僚の搭乗員がいなかったことであった。出ていくのは、彼一人ではないだろう。その人たちは、下宿の整理やらなにやらで、外出していったに違いない。しかし、残留の搭乗員が、彼の部屋に来ていないということが、腑に落ちなかった。

搭乗員たちは、いずれも固い連帯感でむすばれている。征く者も、残る者も、ただ早く出ていくか、遅く出ていくかの違いで、いずれは一蓮托生の身である。明日出ていく彼を、『そっと』しておいてやろうという思いやりからではなかったろうか。

高揚した精神も、独りとなると冷めてくる。人懐かしさに堪えられなくなってくる。高野飛曹長のそんな気持が、私を部屋にさそったのではないだろうか。いずれにしても、高野飛曹長よ、死に急ぐことはない。万事、慎重に行動されることを祈るのみであった。

『ススメ、ススメ、兵隊ススメ』という文句が、むかしの小学校低学年の教科書にあったが、進め進め、兵隊進め、おれは後に残る――が、軍上層部の戦争指導では、下級兵たちはやりきれない。

特攻は、すべからく戦略も戦術ももちあわせない老軍人から、率先してやってもらいたい。前途洋々、これから幾春秋にとむ若者たちを、なぜ先に立たせるのだ。

一億特攻の美名にかくれて、若い者を防波堤になどという考えをすてて、老将から率先垂範を、文字どおり示してもらいたいものだ。

それにしても気になるのは、ヒロポンである。高野飛曹長は、きわめて馴れた手つきで注射していたが、彼も昭和十八年暮れの除倦覚醒剤ヒロポンの実験的試用のさいに、実験台となった搭乗員の一人ではなかったろうか。

あの手馴れた注射の手つきといい、注射前の禁断症状、注射後の落ちついた態度、どれもこれも、ヒロポンの薬害を証明するものばかりであった。彼のために癒さなければならない、と思っても、高野富男飛曹長は、明朝は出発していってしまうのだ。

搭乗員たちの返礼

昭和十九年の秋、医務科分隊長の佐野忠正軍医大尉は軍医少佐に昇任した。それから数日たったある日の午後である。ガンルームから事務室に電話がかかってきた。

「医務科の軍医中尉以下の軍医と、衛生下士官は、ただちにガンルームに来たれ」

めずらしいことがあるものだ。だれが、なんのために、医務科の中堅どころをガンルームなどに集合させるのだろう。こんなことは開闢以来ではないか。

みんな不審顔であったが、無視するわけにもいかない。梅谷敬之軍医中尉も事務室に入ってきて、「なにか知らんが行ってみよう」ということになり、そろって表に出た。

ちょうどその日は、鈴木軍医長も、佐野分隊長も公務で隊外に出ていて、不在だった。私はガンルームに向かって歩きながら、ハハー、ガンルームの士官連中は、軍医長や分隊長の不在を知って、われわれを呼びつけるのだな、と思った。

梅谷軍医中尉を先頭に、若手の軍医官三名と、木村好男先任以下の下士官五名で、そろってガンルームに入っていった。ガンルーム内には、若手の大尉五、六人が、思い思いに陣どって、待ちかまえている。みんな搭乗員の大尉たちで、隊内の張り切り士官たちであった。一人の大尉が前に出てきた。五分刈り頭の精悍そうな顔で、肩幅がひろくガッチリとしていて、少々ズングリ型の体格である。彼は開口一番、

「よし、そこに整列！」

われわれはわけのわからないまま、横に一列に並んだ。かの大尉は手を後ろに組んで、演説をぶち上げはじめた。

「だいたい、医務科の連中は態度がなっとらん。いい気になって、だらけている……」

二人、三人と、入れかわり立ちかわり、延々とおなじような演説が、文句がつづく。

「医務科の連中、いいか、喧嘩をするなら、いつでもかかって来い。フニャフニャの貴様らを全員、束にして東京湾に放り込むぐらいのことは朝飯前だ」

私は、高校の上級生が下級生をいたぶるのとまったく同じだ、などと思いながら聞いていた。そう思うとなにかこの大尉たちの顔が学校の番長に見えてくるから不思議である。九州男児で向こう気のつよい梅谷軍医中尉も、相手が大尉たちだか

佐野忠正軍医少佐。昭和20年５月の転出まで分隊長を勤めた。

ら、腹の虫をおさえて神妙にしている。

やがて、大尉たちの、説教か演説か、それとも文句か知らないが、ひととおり終わると、

「わかったな。よし、行ってよし」といったが、脈絡のない文句ばかりで、なにがなにやら、さっぱりわけがわからないままに、われわれは病室にもどった。

いったい何が原因で、わざわざ軍医中尉以下を、ガンルームに整列させたのであろう。われわれ医務科員は、航空隊の裏方であることを充分に自覚するとともに、主役である搭乗員たちには、つねに尊敬の念をもって接しているのに、おかしなことだ。喧嘩するなんて、考えてもみないことをいう。原因はなんだろう。とにかく、なにかあったに違いない。

それにしても、殴られなかったのが、もっけの幸いということか。

医務科の中堅どころをガンルームに整列させた原因は、間もなく判明した。それは、また多分に幼稚じみたことだったが、まあ了解できた。しかし、軍医長、分隊長が不在の日を狙うとは、ちょっと大人げない。

分隊長の佐野軍医少佐は、軍医大尉時代にガンルームに身をおいていた。当時、同室の若手大尉たちの態度に、なにかと目にあまる行動の多かったことから、気骨のある分隊長は、少佐進級とともに、これらの若手大尉らに整列をかけ、ハッパをかけたらしい。

そこで、その返礼が、こんどの軍医中尉以下、衛生下士官のガンルーム整列となって現われたらしい。

そのときの張り切り大尉たちは搭乗員だから、その後、前線部隊の飛行隊の指揮官や隊長として、苛烈な戦闘に出ていったのである。

霞ヶ浦分遣隊

サイパンを完全に手中におさめた連合軍は、たちまち大航空基地を造成、ここを日本本土空襲の本拠地として、いよいよ本格的な攻撃態勢をととのえるや、十一月二十四日には、その第一回目のB29が日本本土を襲ってきた。

これに先立って、十一月の中旬、サイパン基地の完成とともに、ここ横須賀の軍港地帯も、いつ爆弾の洗礼をうけるか、まったく予断をゆるさない状況となってきた。

そこで、現在、横須賀航空隊で実施されている航空電波探知機の実験を、茨城県の霞ヶ浦航空基地にうつって、実施するということになった。

急遽、霞ヶ浦分遣隊が、総員四百名ほどをもって編成された。医務科からは遠藤始軍医大尉、それに私、ほか中村久人、佐藤武雄、阿部一郎、桜井武雄、井上正雄の五名の衛生兵が決定した。現役兵三、召集兵二の割合である。

電探実験に使用する飛行機は、一式陸攻と九六陸攻が主体となるという。出発は十一月のなかばで、そろそろ筑波おろしの吹きはじめるころであった。

霞ヶ浦航空基地は、霞ヶ浦航空隊の本拠で、昔から〝鬼の横空、地獄の霞空〟と呼ばれているように、横須賀航空隊とともに海軍航空の双璧といわれ、名にしおう厳しい航空隊である。総面積二百万坪を超えるという広漠たる原野を部隊に、搭乗員の練成と教育にあたっていた。

久しぶりの汽車の旅に心をなごませた一人の整備兵が、霞空にきてみて地球のまるいのがよくわかった、などと冗談を言って、みんなを笑わせていたが、そんな言葉の裏には、窮屈な本隊をはなれて小さな世帯の分遣隊生活に入る、若年下級兵の期待と解放感が流れていた。

分遣隊の宿舎は、霞ヶ浦航空隊の本部庁舎や主要施設のある東北部の一隅とはまったく反対の、基地の西南部の一隅に、分遣隊用として新しく建てられた四棟の建物だという。

さっそく宿舎にいってみると、分遣隊のために応急的に建てられたものだけに、木造平屋建てというと聞こえはよいが、まったくのバラックであった。

外壁も仕切りも、すべてベニヤ板、天井はなく、屋根はトタン葺きで、これでは雨が降ったらさぞうるさく、冬の筑波おろしは容赦なく室内を凍らせるだろうと思った。

室内は畳敷きで、宿舎の中央を一間幅の通路が東西につらぬき、その両端に扉がついていて、出入口となっていた。通路は玉砂利がしきつめてある。むかし聞いた「タコ部屋」とは、ちょうどこんなものではないだろうか。

なんと言っても当方は間借り部隊だから、贅沢なことを言ってはいられない。しかし、航空隊の片隅だけに、なにせ閑静な場所なのはよかった。

とはいうものの、霞空の本部や医務科にいくのには遠い。やはり、小規模でよいから、ここに分遣隊の医務室をもうけて診療をはじめるのが、なにより隊員たちのためになる。

ただ、あくまでも軽症患者が対象で、重症患者や手術患者は霞空の医務科に、応援を依頼することにすればよいだろう、と思った。

さて、医務室をどこに開設したらよいだろうかと、私は宿舎内を見てまわったが、バラック宿舎のことだから、小部屋がない。ふと目についたのが、宿舎の南隣りに建っている古めかしい木造二階建ての建物だった。当直室に問い合わせると、あの建物は飛行船兵舎と言われている古い建物で、いまはまったく使用されていないという。

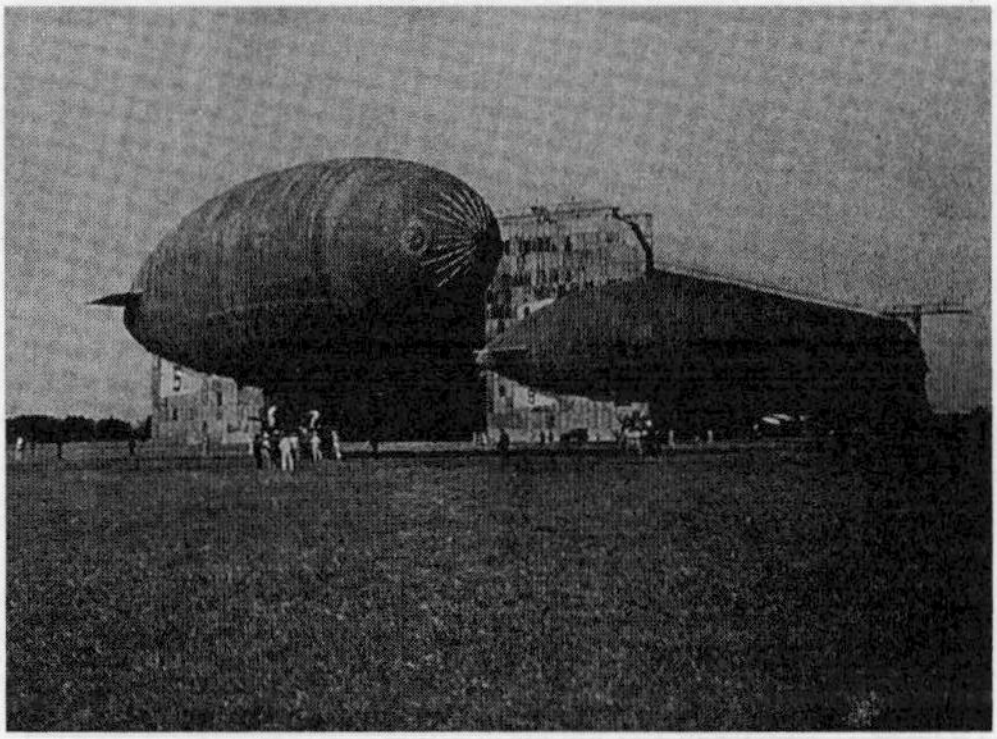

ドイツから霞ヶ浦に移築されたツェッペリン飛行船の格納庫。著者らが医務室に使用した飛行船兵舎は、大変な建物だった。

さっそく、その飛行船兵舎に足を運んでみた。兵舎から三十メートルくらい先は民有地で、境界には有刺鉄線が張られ、その柵にそって農道が蜿々とつづいて草原の彼方に消えていた。

この飛行船兵舎は、大正十二年の第一次大戦において、日本がドイツの飛行船ツェッペリン号を鹵獲したので、ここ霞ヶ浦に移してあらたに飛行船部隊を編成し、巨大な飛行船格納庫と、飛行船隊の宿舎を建造したものであった。

その後、飛行船は飛行中に空中爆発を起こして炎上し、搭乗員は全員殉職するという悲惨な事故となり、あとに巨大な格納庫と、この兵舎が、当時の名残りとして残っているのであった。

私は飛行船兵舎に入っていった。外見もボロであったが、内部もボロボロの建物である。年代物の建物だが、さすがに古き良き時代のものだけあって、各部の骨組みはきわめて頑丈な太い材木をつかってあって、外見とは違って少しばかりの衝撃では、ビクともしないようである。

建築当時は白亜に映えていただろう白いペンキも、長い歳月に灰色にくすんで、何回となく塗りかえた痕跡があり、最下層のペンキをはがして見れば、古い塗料の研究ができようという代物である。窓ガラスはくすんではいたが、それでも一枚一枚にていねいに、二センチ幅くらいの和紙を英国旗模様にはって、爆風よけの処置がしてあった。

一階の床はコンクリートでかためてあり、梁《はり》には吊床用のビームが取りつけてある。厚い板張りの階段を上っていくと、二階には中央の廊下をはさんで、両側に大小さまざまな部屋が並んでいた。そのむかし、飛行船隊の隊長や分隊長などの公室であろう。大部屋は会議室などではなかったか。どの部屋もいわば、つわものどもの夢の跡である。

各部屋とも、ガランとして調度品などはなにひとつとしてなかった。ただ、北側の小部屋二つには、最近まで臨時の宿舎にでも使われていたものか、鉄製のベッドと、藁をつめた厚いマットレスが一つずつ置いてあった。しかし、洗面台もなく、窓も北側に一つあるだけで、暗い部屋だった。

一階の東の隅に格好な小部屋があるのを見つけた。都合のよいことに、事務用の木机ひとつと椅子二つ、大型の木枠でかこんだ鉄の大火鉢、洗面台があり、水道も入っている。窓は東と南にそれぞれあって、日当たりも申し分ない。

——よし、ここに決めた。この部屋を分遣隊医務室としてつかうことにしよう。残念なことに電話はないが、緊急の場合は当直室に走っていって、借用すればよい。

そう思った私は、遠藤軍医大尉のところへいき、この部屋に案内して了承をうけた。衛生兵たちを呼んできて、医務室開設の準備にとりかかった。診察台には二階から例のベッド一つを運びこんで、宿直用のベッドと兼用にすることとした。外科器械や注射器の消毒には、少し原始的であったが、大火鉢による煮沸消毒ですませることにして、簡易な一般診療には、充分に治療できる医務室の開設をおえた。

飛行船兵舎の怪

霞ヶ浦航空基地にきた分遣隊の第一日も、あっという間に終わり、やがて午後八時には、分遣隊の仮宿舎とはいえ、型どおりに当直将校による巡検が行なわれた。飛行船宿舎の片隅にもうけられた医務室に入ってきた当直将校は、

「これはいい部屋を探したじゃないか……」と言いながら、私に微笑みかける。

やがて、『巡検終わり、タバコ盆出せ』の時間になると、佐藤武雄衛生兵は、タバコ盆ならぬ夜食の調達に、主計科の烹炊所へギンバイのため出ていった。

夜の十時をすぎたころ、衛生兵たちはバラック宿舎に引き上げ、あとに残った私はそのまま、診察台兼用のベッドに入って、分遣隊の第一夜を迎えた。

深い眠りにおちている私の耳に、ガチャ、ガチャ、ガチャリと、重苦しい異様な金属音が聞こえてきた。そこは横須賀海軍病院だった。私が勤務している外科第一病棟の個室の中から、深夜、締めきった扉をとおして聞こえてくる音である。

内に収容されている患者は、海軍刑務所に収監中の入院患者であった。外科第一病棟の入院患者は、戦傷者を対象としていた。刑務所からの患者も、上海事変の戦傷者であるところから、海軍警手が二十四時間警戒についている。

患者が動くたびに手錠の鎖が、ベッドの鉄骨にふれて、ガチャガチャいう。いくら受刑中の凶悪犯とはいえ、ベッドに手錠で縛りつけることはないだろう。いかめしいカイゼル髭を左右にピンと跳ねあげ、黒マントに身をかためた海軍警手が、これまた動くごとに、吊っているサーベルがガチャ、ガチャ、ガチャリと音をたてる。

私は、フッと目をさました。

――夢だ、夢を見ていたのだ。ここは霞ヶ浦だ。きょう移動してきたばかりの飛行船宿舎だ。なんで海軍病院の夢なんかを見たのであろう。おや、また聞こえてくる。あの音は……。ガチャ、ガチャ、ガチャ……夢の中の音とまったく変わらない金属音、あの音は一体なんだろう。この医務室の右手に、宿舎の東側の出入口があるが、その扉の取手をだれかが盛んに、右に左にまわしている音ではないか。

夜間巡視の番兵が、扉の施錠状態でも調べているのだろうか。それとも、農道を通りかかった民家の者が柵を乗り越して、この宿舎にでも入り込もうというのか。すでに真夜中だというのに、また聞こえてくる。ガチャ、ガチャ……。

フッと、音がやんだ。ヤレヤレと思っていると、こんどは身近で音がしはじめる。医務室の入口の扉である。いったい何者だろう。私は暗闇の中で両眼を見ひらいて、ジッと息をころしていた。

音がやんだ。扉をだれか開けた気配がする。

——だれだ！　失礼な……。

私はベッドの中で体勢をととのえると、一気に立ち上がって、頭上の電灯をつけた。宿舎内には何もいない。電灯は室内を照らし出しているが、なんの変化もなく、扉も閉じたままである。錯覚だったのかな。いや、いや、そんなことはない。たしかに、だれかがこの部屋に入って来たのだ。

不思議なこともあったものだ。念のために懐中電灯を持って医務室を出ると、宿舎の中を丹念に見て歩いたが、シーンとした静寂そのもので、人影はおろか、ネズミ一匹いない。それにしても、あの音は何だったろう、と思いながら、ふたたび医務室にもどると、電灯を消して窓にさげてある遮光用の黒い暗幕を全開した。サーッと満月のさえざえとした月光が、皓々と室内にさし込んできた。いま何時ごろだろうと腕時計をのぞきこんで見ると、午前零時十分になっていた。

翌日は新医務室でのはじめての業務開始だったが、患者は一人もない。午後から、霞ヶ浦航空隊の医務科に、遠藤軍医大尉とともに挨拶に出向いた。医務科では、何事によらず応援するから遠慮なく言ってくれ、という。ここ霞ヶ浦の医務科も、さすがに大世帯であった。

さて、その夜十時すぎに例のごとく一人になった。まさか今晩は昨夜のようなことはないだろうとは思ったが、それでも念のために、飛行船宿舎の二つの出入口の扉の施錠を確認した。医務室の扉には鍵はついていなかったが、二つの出入口がチャンとしているからと、安心してベッドに入った。

ガチャ、ガチャ……あっ、今夜もきた。私は暗幕を張った真っ暗闇の中で目をむいて、耳をそばだてていた。しかし、今夜は内部に入ることは不可能だろう。あれだけ鍵を確認したのだから……。

一分、二分……外の扉らしい音はやんだ。つづいて今度は医務室の扉が鳴っている。透明人間で、自由に扉を出入りできるのだろうか。

音がハタとやんだ、と思うと、医務室の扉がフッと開いたようである。

例年にない暖冬のためか、十一月というのに季節はずれの虫が、部屋の隅で小さな鳴き声を上げていたのが、ピタリと止んだのもおかしい。

スーッと何かが入ってくると、ベッドのかたわらに立った。私は本能的に、あわてて毛布を頭からかぶった。頭でも殴られたらたまらない、という意識がそうさせたのだろう。

毛布の内で一息いれると、昨夜と同じように、一気に立ち上がってパッと電灯をつけた。照らされた室内は、まったく異状なしである。

不思議だ、不思議なこともあるものだ。たしかにだれかが私の枕許に立ったはずだった。あれは幻想や錯覚などではない。なにか名前は知らないが鳴いていた虫が、ピタリと沈黙してしまったのもげせないことである。大正時代の建築という大きな宿舎の深夜の静寂は、いまさらながら不気味だった。

つぎの日も、快晴平穏な日であった。飛行隊の航空電探実験はいよいよ軌道に乗り、順調に進んでいるという。軽いカゼの患者二名が受診にきたので、私は遠藤軍医大尉の指導によって、内科診療、とくに聴診、打診による診断をじっくり教授してもらった。

さて、第三夜である。今夜こそ、是が非でもあの怪物の正体をつきとめてやろうと思った。まず、電灯のコードを伸ばして、ベッドの頭部の鉄枠にとりつけ、いつでも点灯ができるようにする。そして、木刀と懐中電灯を、ベッドの右手の毛布の下にしのばせた。ついで、足跡の確認ができるように、白チョークを粉にして、医務室入口の扉の下にまいておく。準備万端がととのったところで、ベッドに入り、夜はふけていった。

ガチャ、ガチャ、ガチャリ……。眠りからさめた私は、そうら、お客さまのおいでだぞ、とばかり右手をのばして、木刀と懐中電灯を確認する。時間は？　と見ると、腕時計の蛍光塗料は午前零時を示していた。定刻どおりのお出ましである。

さあいつでも来い。私は、ベッドに起き上がって待ちうける。外の音がやんで、時をおかずに、つぎの段階の医務室の扉が音をたてはじめた。よし、もう少しだ。

扉がフッと開いた……だれかが入ってきた……いまだ！　懐中電灯を差し向ける。無、無、なにもない。電灯をつけて白い粉をしらべたが、まいたときのままで、乱れていなかった。扉も依然としてしまったままだ。不思議なことだが、解釈のしようがなかった。

気がついて暗幕を全部あけると、冴えきった月光がさしこんでくる。今晩はもうこれで終わりだろう。

すでに、ここに移って四日目となった。たまには外出してみたいと思ったが、戦時下の土浦の街は日暮れとともに、早ばやと店をしめるため、街も暗く、娯楽施設もほとんど閉鎖しているので、あまり出る気にもならなかった。

そんなときに、主計科の吉富主計兵曹が、いっしょに外出しないかと誘いにきた。彼は土浦市の出身であるところから、彼の家へいこうというのである。三日つづきの夜の出来事で、いささかうんざりしていた私は、夕食後いっしょに出かけることにした。

——そうだ、この機会に、今夜はだれか一人を、この部屋に泊まらせることにしよう。だれが適任だろうか。よし、佐藤一衛がよい。

佐藤武雄一等衛生兵は国民兵からの召集で、応召前は洋服屋だったという。年齢も四十歳に近く、腕力も胆力もある。いつのことであったか、溺死者救助のさいに、人工呼吸を彼にさせたところ、バカ力を発揮して、患者の肋骨二本をへし折ってしまったこともある強者で、心臓もなかなかのものであった。

——よし、彼にはなんの予備知識もあたえないで、今晩この部屋に寝かせ、彼の場合にも例の夜の訪問者があるかどうかを試してみよう。

「おい佐藤一衛、今晩、おれは外出するから、君がこの部屋で宿直してくれ……」

夕食が済んだところで土浦の街に出た。訪問先の吉富家では、いろいろと歓待してくれ、すすめられるままに私は、その夜、同家に泊まった。

翌朝、吉富兵曹とともに隊にもどってきた。吉富兵曹は主計科へ、私は医務室にと入っていく。さて、佐藤一衛の様子は？　と部屋に入り、

「お早う。佐藤一衛、ご苦労さん」と声をかけながらまず様子を見る。彼はすでに部屋の掃除をすませて、洗面台で髭を剃っている。普段でも蒼白い彼の顔は、今朝は、髭の多い剃りあとともに、いちだんと蒼白い。そのうえ、睡眠不足の目が、さらに冴えない顔つきである。

「お帰りなさい。異状ありません」

佐藤一衛は型どおりの答えをした後、一呼吸おくと口調をくずして、

「この部屋はなにか怖いところですね。神田兵曹はなにか感じられたことがありますか」

私はそしらぬ顔で、

「いやー、おれはここに三晩泊まったが、べつに何もなかったぜ……一体なにがあったんだ」

「幽霊が出ます。たしかに幽霊ですよ……」

「そんなバカなことがあるか。君の錯覚じゃないか」

「錯覚なんかじゃありません。夜中に……」と言って話しだした彼の体験は、私の経験と同一のもので、ほとんど変わらなかった。そのうえ彼は、体のうえにのぼられて首を締められたという。

遠藤始軍医少佐。後、秋水部隊の軍医長を務めることになる。

「佐藤一衛、それは君の幻想だよ。娑婆でさんざん悪いことばかりして来たから、その祟りじゃないか」

自分の考えとはうらはらに、そんな冗談めいたことを言ってまぎらわしたが、佐藤一衛の顔はかなり真剣なものであった。これは、たしかに何かがある。

五日目、今日も聴診、打診の勉強をした。衛生

兵たちは、包帯材料の整備と読書ですごしている。夕方、遠藤軍医大尉から、相談された。

「神田兵曹、霞ヶ浦本部の士官宿舎に、遠いところをいちいち泊まりにいくのは面倒だから、どこか泊まる部屋はないだろうか」

「この宿舎の二階に、ベッドのある小部屋がありますが、そこにしたらいかがですか」

遠藤軍医大尉を案内して、二階の部屋を見せると、

「よさそうなところだ。今夜からここに泊まろう」

さっそく衛生兵を呼んで、部屋の掃除と寝具の用意をさせて、遠藤軍医大尉の宿舎にあてることにした。

かくして、その夜もふけていった。今夜からはこのガランとした飛行船宿舎も、二階には遠藤軍医大尉も泊まっているからと、意を強くする。バラック宿舎に引き上げていく衛生兵たちに向かって、冗談をいう。

「今夜はおれが向こうにいって寝るから、だれかこの部屋に泊まらないか……」

彼らはおたがいに顔を見合わせて、答えがない。

「佐藤一衛、おまえ今夜もどうだ」

「神田兵曹、それだけは勘弁して下さい」

佐藤一衛は苦笑いしながら、頭をかく。

衛生兵たちの立ち去るのを待って、夜の装備である木刀や懐中電灯などを手落ちなく準備した。そのうえで、その夜はなんとなしに外の月のほうが明るいと思って、電灯を消した後、暗幕を全部あけ放った。月光は待ちかねたように冴えざえと、小さな部屋を隈なく照らし出

した。

やがて定刻の午前零時になったが、お客さまの来訪がない。おかしなもので、このころは零時近くになると、かならず眼が醒めるようになってきた。まだか、まだかと待つうちに、一時ごろとなってしまったが、その気配もない。意気ごんでいただけに、いささか拍子ぬけであった。今夜は待ちぼうけをくわされてしまったようである。

夜が明けた。やがて、遠藤軍医大尉が二階から降りて、医務室に入ってくるなり、

「神田兵曹、この建物にはなにかいるよ」

「遠藤大尉、何かあったんですか」

「夜中になあ、なにかおれの胸の上にすわってきた。重苦しいと思う間もなく、首を締めてきた。苦しくて夢中で叫んだらしい。すぐ起き上がって電灯をつけて見たんだが、なにもいないんだ。とにかく、なにか、おれの部屋にきたのは確かなんだ。ここは変なところだぞ……」

「部屋のドアは閉めておいたんでしょう」

「もちろん閉めたよ。ドアはそのまま変わった様子はなかったよ」

――いや、じつはこの部屋も変なんです。初日から四日間つづきましたが、昨夜はこの部屋に来なくて、遠藤大尉の方にいったというわけですか……と、いままでの経過を詳細に説明した。

一体あれは何だろう。古猫でも棲みついているのだろうか、などという話になってしまったが、詮索できるような代物ではない。

考えてみると、古い建物とはいえ、まだまだ程度のよいこの飛行船宿舎が、使用されずに放置されているのも、不思議といえば不思議なことである。

午後になって遠藤軍医大尉は、霞ヶ浦の医務科に打ち合わせのために出ていった。やがて、三時すぎにもどって来ると、

「神田兵曹、この建物はむかしから、幽霊兵舎と呼ばれているそうだよ……」

そのむかし、ツェッペリン号が火災を起こし、空中で大爆発したさいに、搭乗員が全員惨死するという悲惨な事件があった。それ以来、この宿舎には幽霊が出る、という噂がひろがって、いつしか幽霊兵舎と呼ばれるようになったものだという。幽霊はいまだに消え去らずと、われわれにその健在ぶりを示したのだろうか。

遠藤軍医大尉も、私も、幽霊などというものは頭から信じていない。しかし、この度重なる奇怪な出来事は、まぎれもない不思議な現実であった。この究明はどうすればできるのだろう。

もしかりに、霊魂不滅、魂魄ここに留まって幽霊の出現となるのであれば、それがもし爆死した全搭乗員のものであるとすると、もっと陽気に、多数の幽霊が出てこなければ話が合わない。ところが、今度の怪異は、きわめて孤独で、陰湿なものである。とすれば、これは他の怨霊のなせる業ではないか。考えられるのは、なにかのために不慮の死をとげた者の暗い怨霊ではないか、と思えた。

これが民間なら、怨霊鎮魂のための慰霊だ、やれ供養だ、などということになるだろう。しかし、それはできない。われわれは二十世紀の科学文明の世における航空隊の医務科員で

ある。

遠藤軍医大尉は、ふたたび霞ケ浦本部の士官宿舎にいって泊まることにするという。私は、さて今夜からどうしたものだろう、と考えたが、ままよとばかり、またこの部屋で寝ることにしようと心をきめた。いろいろ考え合わせてみると、部屋を暗くしておくからいけないのだ。室内を明るくさえしておけば、何物も近づくことができないのだ。よし、それで行こう。電灯はつけたままで、窓側に黒い覆いをかけ、片面は医務室の扉を照らしておいた。窓の暗幕はすべて開いて、月光を室内にとりこんだうえで、ベッドに入った。

習慣になって午前零時前には眼をさましたが、今夜はまったく静寂そのもので、なんの物音もしない。月光はさんさんとベッドの上まで射し込んでいた。朝まで異状なし。なるほど、闇は妖怪に活動の場をあたえる。光にはまったく手も足も出ないらしい。

龍頭蛇尾の結果であったが、光による幽霊封じの作戦は成功したらしく、その後は、とにかく照明一点ばりで、この怪異な現象に悩ませられることはなくなった。

それにしても、不思議なことだった。幻覚や錯覚によるものでは絶対にない。遠藤軍医大尉も佐藤衛生兵も、ともに体験したことである。一度また部屋を暗闇にして試してみようか、などという気もないではなかったが、まてまてバカなことは止めようと思った。

来る日くる日が、まったく閑散な日々であった。とにかく医務科が閑ということは、隊員の健康状態がきわめて優良ということで、喜ぶべきことであった。この間、私は遠藤軍医大尉から、みっちりと内科診療について教育をうけることができたのである。

そんなある日、実験作業中の艦上爆撃機が、土浦郊外に墜落炎上中という通報があった。遠藤軍医大尉を先頭に、ただちに現場に急行していったが、火はすでに秋枯れの山野に引火して、あちこちに飛び火している。事故機はその中央部でさかんに火を噴いているが、近寄ることもできない。

われわれも消火班とともに上着をぬいで、これで火を叩き消していくが、風にあおられた火の粉は、つぎつぎと飛び火して、枯草が燃えあがってひろがっていく。山林中のこととあって、消火作業は思うようにできず、結局、自然鎮火を待って、殉職した搭乗員の山岡上等飛行兵曹、斎藤一等飛行兵曹の痛ましい遺体収容ということになってしまった。

そのため遺体は、墜落時の損傷と二次火災による火傷で、まことに気の毒としか言いようのない状態であった。地理的条件の悪い現場とはいいながら、せめて化学消防車などの設置があったなら、もう少し救助作業もスムースに行なわれるのではないだろうか、と思う飛行事故であった。

霞ヶ浦分遣隊における飛行事故は、この一件だけであった。

第六章　搭乗員を救え

変貌する航空隊

霞ヶ浦基地における分遣隊生活も約一ヵ月となり、ぼつぼつ筑波おろしが吹き、冷たい空ッ風が飛行場に霰をちらしはじめた昭和十九年十二月の中旬、霞ヶ浦地区もいよいよ空襲の洗礼をいつうけるかも知れない情勢となってきたので、分遣隊は急遽、霞ヶ浦をひきはらって、静岡県の焼津航空基地に移動することになった。

この焼津基地は、横須賀航空隊の航空電波探知機実験のために、急遽、新設されたものである。電探実験のために、わざわざ新設基地をつくった海軍のなみなみならぬ熱意が感じられてくる。電探の完成が焦眉の急に迫られているのであろう。

霞ヶ浦分遣隊は改称して、焼津分遣隊の誕生であった。身体ひとつと着替え、それからわずかな携帯品のみという隊員は、移動となるとすばやい。飛行隊と各科の先発員は朝早く飛行機に分乗し、治療品などの大型梱包は輸送機で、それぞれ焼津の新設基地に向かって飛び立っていった。

医務科からは中村、佐藤の両衛生兵が先発組に参加した。私は衛生兵三名とともに後発組に入り、ほかの後発隊員などと土浦駅から専用列車に乗り込み、東京をへて夕暮れ近く、やっと焼津基地に到着した。

来て見ると、なるほど新設も新設、文字どおりできたてのホヤホヤ、応急的な航空基地である。本部当直室といっても、もと農業会かなにかの事務所である。

そこで先任衛兵伍長に、医務室につかえる建物がないだろうかとたずねると、医務室としては村役場の建物を予定してあるので、それをつかってくれという。搭乗員や整備員たちの宿舎には、小学校の校舎をつかうということであった。

もとの村役場であった建物は、木造平屋で瓦葺きの大きな建物だった。さすがに、長年、村政の中心となっていただけに、頑丈な柱、厚い板張りの床などはきれいに使いこんであって、黒光りがするほど磨きあげてある。部屋数も、大小合わせて五つ。

この建物なら、外科と内科を別個にして、さらに軍医官室、事務室、患者収容のベッドもおくことができる。付近には医療施設もないようだから、緊急の場合には、一般民間の患者も臨時に収容するようにしていこう、と私は思った。

分遣隊とはいいながら、独立部隊と同様であり、とにかく住み心地がよさそうである。気温も霞ヶ浦とちがって焼津はぐんと暖かい。幽霊つきの飛行船宿舎などとは比較にならず、大いに気に入った。

先発の二人は、すでに掃除もすませて梱包をとき、いつでも急患は受け付ける用意がしてあった。

夕食後、衛生兵一人を当直にのこして、バスに行った。広場にポツンと建てられた新設の浴場は、ベニヤ板張りのものだった。このバスと主計科の烹炊所が、基地新設にさいして新しく建てられたものである。バラックに近いが、この戦時下の物資欠乏の時代では、最高に近い建物であろう。

バスには当番兵がついていて、さかんに湯加減を見ていたが、私たちが入ってきたのを見ると、

「医務科の貸し切りですよ」という。なるほど、だれも入浴している者はいない。

コンクリートの浴槽に身を沈めると、尻から背から冷気がつたわってくる。セメントがまだ完全に乾燥していないためか、それとも地下に掘り込み式なのに、完全な断熱工事がしてないせいか。当番兵がさかんに熱湯をそそぎ足してはいるものの、すぐにまた冷え込んでくる。

湯がきれいに澄んでいるので、底までよく透いて見える。なにやらS字状の赤い紐みたいなものが底に沈んでいたので、つまみ上げて見るとミミズであった。

翌朝から村役場変じて医務室開設となる。遠藤軍医大尉も、「これはよい、これはよい……」と、はなはだ満足のていであった。

二日、三日とたつにつれて、新しい焼津の土地事情にも馴れてきた。暖かな土地のためか、兵員の感冒患者すらないので、分遣隊内外の探訪のためと称して、散歩に出る。周辺はほとんどが田圃で、秋の収穫をおえた田は、いまは大役を果たして休みの季節に入っている。

その中に、ポツンポツンと防風林にかこまれた農家が、まばらにあった。聞くところによると、付近に山林がないため、戦前は大量の薪を買い入れていたものだという。いまはその

薪の入手がはなはだ困難で、ほとんどの家庭が稲藁などを燃料としているという。

したがって、風呂などを沸かすためには、一人が風呂釜の前につきっきりになって、手を休ませる暇もなく、二時間も燃やしつづけなければならないが、その労力と藁の量たるや、考えてもいやになるものだという。


霞ヶ浦から焼津に移って、いつしか五日となった。昼も近いころ、本部当直室から衛兵がとんできて言った。

「横空の医務科から神田兵曹に電話が入っていますから、すぐに当直室へ来てください」

さて、本隊から電話とはなんだろうかと、当直室に駆けつけて受話器をとると、高根沢衛生兵曹長の懐かしい声であった。

「神田兵曹は至急、本隊に復帰してもらいたい。後任には野尻兵曹がそちらに行くから、野尻兵曹の到着しだい交代するように。なお、君の交代については軍医長命令であって、この件については軍医長から遠藤軍医大尉にも、連絡がすんでいる」

やれやれ、もう交代するのか。これから分遣隊の医務室を、小は小なりに天下一品の医務室に仕上げてみようと意気ごんでいたのに……。それに、まだ焼津、草薙など、この付近の状況も知りたいことはたくさんあるのに……などと思ったが、命令とあらば致し方ない。

翌日の夕刻には、早くも野尻佳近上等衛生兵曹が分遣隊に到着した。ゴマ塩まじりの頭髪と鼻下の髭は、前のままで変わっていない。すでに五十歳に手がとどこうという応召の下士官で、本隊の病室では薬局の室長として勤務していた。

さっそくその夜は、衛生兵たちの心づくしによる歓送迎会となった。宴の話題はもっぱら野尻兵曹による本隊の諸情報で、それは深夜までつづいた。

——いまや戦闘態勢に入った横空は、あらゆる部署が二十四時間態勢の大車輪の忙しさである。ほとんど連日のように起きる飛行事故と、続発する痛ましい殉職者、それに加えて航空隊では、すべての主要施設を地下に移動することになって、医務科では鉈切山の下に移ることがきまり、目下、横穴工事がはじめられているという。そこに横穴式の大地下病室をつくるのだそうだ。

「僕みたいな老骨には、とてもつとまるところではない。本隊では現役の若い人たちでなければ、これからはやっていけない。神田兵曹、頼みますよ……」

野尻兵曹の話を聞きながら、よし明日はいよいよ横須賀にもどるのだ。本隊がおれを必要としているらしい。よしやるぞ……と、私は心にちかっていた。

翌日早朝、遠藤軍医大尉のところへ、本隊復帰の挨拶をかねて別れにいくと、

「分遣隊開設の当初は、飛行事故も少なくないだろうと思って君にいてもらったが、幸いなことに事故も少なく、受診患者も少ないところから、軍医長から君を本隊に帰すように、ということだ。僕も近いうちに本隊に帰るから、君は先にいっていてくれ」という。

東海道線の焼津駅に、私は車で送ってもらった。思えば霞ヶ浦、焼津と、分遣隊生活の四十日間は、あっという間に過ぎ去った。いろいろと勉強になった四十日であったが、これからはこんな勤務はまったく不可能なことだろう。充分に気をひきしめて、頑張らなければならない。

焼津で列車の人となり、大船、逗子で乗りかえると最後は京浜急行の追浜駅で下車し、横須賀航空隊へと向かった。

道すがら、わずか四十日間に、本隊は大きな変貌を遂げようとしているのに、まずおどろかされた。撤去された一般住宅、縦横に敷かれたトロッコの軌道、追浜駅近くまで出てきた横須賀航空隊の新しい隊門などである。

横空は大規模な拡張工事と、それに併行して主要施設の地下移転が大々的に行なわれている。新しい隊門は市街地まで進出して、その中間に建っていた一般民家はすべてとりはらわれ、すでに大がかりの整地工事が進んでいた。

航空隊周辺の丘陵、野島、夏島、鉈切山などのいたるところに、大小さまざまな横穴が口をあけていて、その中から残土を満載したトロッコが忙しげに何輛も押し出されてきては、埋立地に投げ込まれると、ふたたび横穴の内にと消えていく。

とくに大きな横穴は、艦上爆撃機ぐらいは簡単に納まりそうなものまである。

道路の周囲に展開する大がかりな工事に驚きながら医務科に入ると、私はまず事務室で分隊士の高根沢衛生兵曹長、先任下士官の木村好男上等衛生兵曹に帰隊の挨拶をおこなった。

そして鈴木軍医長、佐野分隊長、看護長の倉田利治衛生大尉に、それぞれ本隊復帰の挨拶をしてまわった。そのあとも、高根沢分隊士から、

「神田兵曹は、ふたたび外科室長兼手術室長にもどってくれ。それから、いままで当直下士官の任務であった第一救助隊の衛生下士官は、これから君が専任でやってもらうことになった」

とにかく、毎日のように多発する飛行事故にたいして、いままでどおりでは手ぬるい。ここは君が専任の救助隊下士官として担当して、しっかりとやってもらいたい……。

なるほど、そう言われてみると、以前は第一救助隊用意の発令とともに、車庫から病室に飛んできた救急車は、いまは病室の前で常時待機している。エンジンも常時試動して、即時出動態勢をとっているのだという。それほど飛行事故が多くなっているのだ。

飛行事故が多発する原因は、いろいろあろう。飛行機の機材不良と粗製、計器類の粗製と不良、航空燃料の精製不良、搭乗員に課せられる過度の任務による疲労、若手搭乗員の練度不足などさまざまであろうが、とにかく痛ましい限りであった。

さて、医務科は昭和二十年の春までには、鉈切山の地下ふかく横穴式の病室をつくって、そこに移転するのだという。すでに海軍施設部から多くの労務者が入り込んで、地下施設の建築がはじめられていた。そろに協力して、医務科からも竹内竹千代兵曹が転勤したあとをついだ甲板係下士官の堀謙三郎衛生兵曹が主任者となって、毎日、診療をおえたあと、衛生兵たちを引きつれては鉈切山の地下に入り、建設に従事していた。

高根沢衛曹長。衛生少尉となり百里原航空隊の看護長に転出。

地下病室の規模は大きな構想をもって設計され、七つの出入口をもつ地下道は、縦横に通じてたがいに連絡しあい、その要所要所に、外科、手術、内科、耳鼻咽喉科兼眼科、歯科、レントゲン室、調剤室、病理試験室、患者収容室などの診療部門の各室をもうけ、さらに軍医長、軍医科士官、看護長、兵員などの各室を網羅していた。

その他、治療品倉庫から浴室、不時の停電にそなえて緊急用の自家発電装置などまで、すべての施設を横穴の中に建造するのだという。いわば、一大地下病院を鉈切山の地下に建設するのである。分隊長の佐野軍医少佐も、診療の合い間をみては、現場に出て陣頭指揮にあたっていた。

三浦半島一帯は水成岩で構成されている関係から、この鉈切山も表土はやわらかい土壌でおおわれているが、内部は水成岩でいたって固く、ツルハシを打ち込んでも掘れるのはほんの一握りといった具合で、労務者たちを悩ましていた。その反面、地下水の滲出はまったくなく、坑内はよく乾燥していた。

地下病室は半永久的な施設とするために、各室とも根太をしいて床を板張りとし、側壁も板張りで白ペンキで塗る。屋根はトタンで葺き、天井板を張るなど、まったく陸上建造物と変わらない。

とくに外科室、手術室は床を白タイルで張りつめてある。これらの建築資材はほとんどのものが、陸上の撤去した建造物の材料を再生するのであった。

この地下病室であれば、十年戦争にも耐えぬくことができるであろう。状況がますます悪くなってゆくこの大戦に、一日も早く完成してもらいたいものと思った。

ともあれ、私はふたたび、外科室と手術室の室長として働きながら、頻発する飛行事故のたびごとに、第一救助隊の専任下士官として飛び出していくことになったのである。

なお、このあと高根沢分隊士は衛生少尉となり、百里原航空隊の看護長として、横空から出ていった。

荒れくるう海を

昭和十九年もいよいよ押しつまった十二月の下旬には、サイパンを基地とする米空軍の日本本土空襲は、日一日と本格的なものとなってきた。私は焼津から帰ってすでに十日あまりの二十九日、昨夜の当直下士官をつとめて朝を迎えたばかりのところで、本部当直室からの電話をうけた。

「第一、第二救助隊用意。午前八時、本部前に整列のこと。救助隊の行き先は三宅島である。詳細については当直室において説明するので、至急、だれか当方によこしてくれ」

ただちに当直の大沢登美雄衛生兵長を本部に走らせる。とにかく情報を聞かないことには、対策のたてようがない。

間もなくもどってきた大沢衛長の報告によると、詳細はつぎのようだった。

『昨二十八日の午前、焼津基地を離陸した電探実験機である一式陸攻が、伊豆七島方面の海上で行方不明となった。急遽、捜索機による調査の結果、ようやく三宅島の東側海岸の波うちぎわに、不時着しているのを発見した。

捜索機が低空飛行で近づいて見ると、左右のエンジン部分はフッ飛んで、機首は海中に大破した姿で突っ込んでいる。捜索機の姿を見つけた二人の搭乗員が、砂浜に立って手を振っているので、さっそく通信筒を落として〈死傷者あらば知らせ〉とやったところ、まず一人が、砂浜に四回、大の字に寝て見せた。つぎに別の者が、砂浜をピョンピョンと六回、跳んで見せたという。

十二名の搭乗員中、四名が死亡、六名が重軽傷と推定される。よって救助隊は、そのつもりで準備するように、なお、救助隊は午前八時、本部前に集合して出発、浦賀港から船で三宅島に渡る予定である』

これは忙しいことになった。時間はすでに六時三十分であるから、あますところ一時間半である。ぐずぐずしてはいられない。私は大沢衛長をふたたび、当直軍医官の秋葉正雄軍医少尉のところに走らせて状況報告をさせると、出発準備を手早くすませた。

さて、だれが三宅島にいくことになるかわからないが、おそらく自分が指名されるだろう。衛生兵は二名でいいな、と私は思った。たしか佐野分隊長は不在のはずだが、鈴木軍医長は在隊しているから、秋葉少尉は軍医長に報告し、指示をうけるだろう。

間もなく、秋葉少尉が病室に駆けつけてきた。

「軍医長に報告してきた。三宅島には僕と、神田兵曹がいくようにいわれた。衛生兵は君が選んでくれ」

すぐに大沢登美雄、岩村寿俊の両衛生兵に、三宅島に同行するようにつげて、準備をはじめた。万端の準備をおえると、私は八時になるのをひたすら待っていた。そこへ、ふたたび本部から電話である。

「現在、横須賀にも浦賀にも、救助隊を乗せていく船がまったくないので、本日の出発は延期する。二、三日中には手配がつくから、いつでも出発できるようにして待機してくれ」

やれやれ、とたんに張り切った糸がきれて、気が緩んできた。なんて言うことだ。船がないとは……。

翌三十日の午後になって、あらためて指令が出た。

「三宅島派遣の第一、第二救助隊は、明三十一日に出発する。午前七時、本部前に整列」

大晦日に出発とは恐れ入った。このぶんでは、正月の三ヶ日は三宅島でということになるのではないだろうか。それにしても、事故機の搭乗員たちは、すでに明日で四日間を三宅島ですごすわけだが、重傷者や死亡者の処置はどうしているのだろう。情報が入らない、いや、取れないので、まったく様子がわからないのであった。

大晦日の朝は、どんよりと曇った雪模様の重い空であった。幸いなことに雨はまだ降っていなかった。間もなく降り出すことが予測される雲行きである。

午前七時、定刻に本部前に整列した第一、第二救助隊二十名あまりは、幌かけのトラックに乗ると、一路浦賀港に向かった。総指揮は第二救助隊長の山本大尉である。

師走の風は厳しくて切れるように冷たく、トラック上の隊員たちは、幌をとおして迫る寒さに、外套の襟をたてて防いでいた。ガラ空きの道路にトラックは予定より早く浦賀に到着することができた。岸壁におり立ったわれわれの目に映ったのは、貧弱で小さく、疲れたようなボロ船の姿である。ほかには艦船の姿は一つとして見えない。この船は沿岸警備艇で、三宅島にはこれで行くのだという。

その名はいかめしい沿岸警備艇であるが、目の前の小船は、小さなキャッチャーボートを徴用改造したものであった。三宅島に渡る船は駆逐艦以外ではないだろうと、思い込んできただけに、私は正直のところ落胆した。他の者たちも思いは同じと見えて、みんな浮かぬ顔をしながら乗艇していった。

前甲板に口径十センチくらいの砲が、砲塔もない剝き出しのまま据えてあったが、どうやらこの砲一門が、この警備艇の唯一の武装のようである。しかし、この様子では、あの砲も材木を黒く塗った偽砲であるかもしれない。艇の吃水も浅く、高波がくれば甲板はたちまち水浸しになるであろう。

はなはだ心細い警備艇だったが、とにかく他につかえる艦船は、横須賀にもないというから、致し方がなかった。

午前八時に抜錨、いよいよ出港となった。空はますます暗く、冬の海は荒れて、強い逆風とともに白い波頭が艇首に襲いかかり、港内を出ないうちから、警備艇は早くもローリングとピッチングをはじめた。

粗末な艦橋に立って、出港の指揮をとっていた艇長は、出港が一段落ついたところで、やれやれといった様子で、遠く航路上の波浪をながめていた。私は甲板から艇長を見上げながら、

「この警備艇の最高速度はどのくらい出るのです」

四十歳くらいに見えるが、実際はもっと若いのであろうこの艇長は、中肉中背のがっちりとした中尉である。彼は、いかにも海の男といった赤く潮焼けのした温顔を私に向けて、

「最高速度で七ノット出る……」

おやおや、冗談じゃないぞ。こんなボロ船で、ポコポコ走るのではたまらない。おまけに、この逆風だ。

「三宅島到着は何時ごろの予定ですか」

「午後五時の予定だが、この天候ではひと荒れくるなあ。……しかも、逆風ときている。風速しだいで三、四時間おくれるかもしれん」

いよいよ、いけない。えらい船にわれわれを乗せてくれたものだ。艇長は声をあらためて、

「救助隊の人たちも洋上に出たところで、できるだけ甲板に出て、見張員に協力して潜水艦の発見につとめてもらいたい……」

艇長、驚かさないで下さいよ。大島特急靖国行きなんかには、絶対に乗りたくないんですから……という気分だった。

浦賀港から洋上に出て、本土の山やまが遠く後方にかすむころ、風はいよいよ強く嵐の気配となり、飛ぶように流れる空の雲は、ついに雨をともなってきた。警備艇は波浪に翻弄され、艇首から大波の体当たりをくらい、舷側の低い甲板は波が前から後に、サーッと間断なく洗っていく。

たちまちほとんどの救助隊員たちは、船酔いとなってしまった。出港当初の見物気分は、すっかりどこかにフッ飛んで、すでに舷側の鉄柵にしがみついて、ゲーゲーはじめている者がいる。これでは見張員の応援どころではない。私も先ほどから、むかつく胸を押さえながら、これしきのことでと気負ってみたが、我慢できそうもない。

とにかく横になっていればと考えて、そうそうに船室に入ると、艇員のベッドを借用した。後を追うようにして、岩村衛生兵も船室に入って来るなり、崩れるようにして隣りのベッドに横になった。なんとか眠りで船酔いをごまかそうと目を閉じたが、こんどは汽缶室のディーゼルエンジンの音が、執拗に耳にせまってくる。

グググッと、胸いっぱい大きく込み上げてくるものに、ハッと目をさました私は、あわてて甲板上に出ると、鉄柵にしっかりしがみつきながら、一気に吐きに吐いた。どのくらいそうしていただろう。長い時間のようであり、短い時間のようでもあった。胃は完全にカラッポになったはずだが、つぎからつぎと、よくも出るものがあったものだ。最後には胃液だけであろうが、これもまたよく出る。

とにかく吐くだけ吐いたので、周囲を見まわす余裕が出てきた。鉄柵に黒くしがみついて動けないのは、全員が救助隊の者たちであった。頭から小雨と波しぶきをかぶり、足もとを洗われて、ズボンも靴もグショグショだ。寒さと疲労のため、蒼白い顔の情けない姿の強者たちである。

この状況を見て、艦橋に立って海上を見張っていた艇長から、気合がかかった。

「オーイ、みんな海軍だろう！」

突然の大声におどろいて艇長を見上げると、艇長は海上を見張りながら、カカカと笑っていた。少しばかり元気な整備員が大声をあげた。

「艇長、私たちは空軍ですよ！」

このとき、みんなの頭上から小雨にまじって、白い小粒がパラパラと降ってきた。オヤ雪になるのかな、と帽子や外套に白く点々とついたものをよくよく見ると、飯粒であった。どこから飯粒なんかが？ と見上げてみると、マストの中段に小さな見張台が張り出しとなっていて、そこに防寒外套に身をかためた若い水兵の姿があった。

彼は前後左右にゆれる見張台から振り落とされないように、大型のバンドで自分の身体をがっちりとマストに縛りつけながら、双眼鏡を両手でかまえて、見張りに専念している。

その見張台の水兵は目をこらして、波浪の谷間に見えるかもしれない敵潜望鏡を、一心に警戒していた。そして、ときおり口を開くと、口をゆがめながら双眼鏡の下から吐いている。

その飯粒が風に散って、甲板上に雪となって降ってくるのだ。

さすがに海上勤務の水兵である。こうして若い海の男は鍛え上げられ、練り上げられて、一人前になっていくのであろう。若い海の男に幸多かれ……。

荒れくるう海上に、われわれは何時間めちゃくちゃにされていたであろう。波また波の海面に夕闇がせまってきたが、三宅島はいぜんとして遠く、その姿も見えない。やがて、やっと大島が夕闇の中に、ぼかした墨絵のようにあらわれ、ふたたび淡い影となって夕闇の中に消えていった。

いよいよ警備艇は、大島特急靖国行きの海域内に入っていったのである。この靖国行きなどという特急には、絶対に乗りたくない。しかし、闇に消えた大島はすでに遠く、めざす三宅島はまだまだ遠い。ここらで魚雷攻撃でもうけた日には、一発で靖国行きである。私は、はじめて海の孤独と心細さを、ひしひしと身に感じた。

荒れに荒れていた海は、思いなしか少し静かになり雨もやんできた。船酔いの気分も大分よくなってきたので、私はふたたび船室にもどっていった。そして横になり、冷えきった身体を温め、疲れをやすめていると、いつしか眠ってしまった。

どのくらい経過したであろう。間もなくそこへ、警備艇の先任下士官が入ってきて、夕食を準備したからいっしょに！　とすすめられたが、とてもとても夕食どころではない。かすかにただよってくる味噌汁の匂いだけで、またまた気分が悪くなってきそうである。

私が衛生下士官だと知った彼は、

「では、お茶だけでも飲みませんか」と誘う。しかたなくついていって、しばらく雑談していると、

「三宅島の救助作業はいつ終わる予定ですか」

「いや、それが。……とにかく現地にいってみなければ、いっさい不明なんです。四名の死亡者と六名の重軽傷者があるらしい、という状況しかわかっていないのです」

「なんとか早く作業をおえるように頼みますよ。この警備艇は長いあいだ沿岸警備に出ていて、今度ひさしぶりに補給をかねて浦賀で正月を迎えようと、三十日の夜に入港したところ、すぐに三宅島への出発でしょう。三宅島でこの船は、救助隊の作業がおわるのを待っていなければならない。とにかく正直な話、一日でもよいから疲れている艇員たちに浦賀での正月をすごさせたいと思っています」

「もちろん、われわれもぐずぐずしているわけには行きませんので、全力を尽くしてやりますよ。そうですか。この船は救助隊を三宅島に送るだけではなくて、島からの引き上げにも協力してくれるんですか」

「島に送るだけでもどってしまったら、救助隊は、全員が三宅島に残されて、当分のあいだ本隊に帰れないということになりますよ。この警備艇は三宅の海岸で待っていますから、頑張って下さい」

海は静かになってきたようだ。嵐も大分おさまって警備艇の揺れも少ない。私はその先任下士官が、

「間もなく年越しのそばが出るから、待ちませんか……」というのを辞退すると、ふたたび船室に入って横になった。

ディーゼルエンジンの音が、むやみやたらと大きく響いていたが、どっとくる疲労感に、いつしかエンジンの音もかすんで、また眠り込んでいった。

三宅島救難作業

昭和二十年一月一日の午前零時半ごろ、機須賀航空隊派遣の第一、第二救助隊を乗せた沿岸警備艇は、ようやく三宅島に到着した。大晦日に浦賀を出て、冬の嵐に悩まされながら、逆風をついての船足はきわめて遅く、到着予定時間を超過すること七時間あまり、全所要時間十六時間余という有様だった。

ディーゼルエンジンの音、スクリューの響き、舷側をうつ波浪の音などが、一度にピタッと止まって、急に静かになった。不思議にも船室で眠っていた救助隊員たちは、ほとんどの者が目をさました。

わいてきた。

アーア、やっと三宅島についたんだな……。そう思うと、心の底からホッとした安堵感が急に元気が出て、甲板に駆け上がった。われわれをあれほど苦しめた波浪は、まったく姿を消して、海はすっかり凪と変わって、荒れくるった嵐は夢のように消えている。気温は暖かく、もはや外套は邪魔物となってきた。満月は中天に輝き、さざ波が織りなす金波銀波の波模様は、じつに美しい夜の海であった。

三宅島は月の夜空を背景にして、黒い影の大入道のように立ちはだかっている。島の波うちぎわが月明に白く映えて、横に流れていた。

警備艇員の活発な号令や、投錨などの作業による器材のふれあう音があわただしい。ふたたび安堵感にひたった。やれやれ、これで大島特急に乗らずにすんだわけだ。

さて、これからどうするのだろう。すぐに上陸か、それとも朝まで船にとどまって、夜明けとともに上陸ということになるのだろうか。できることなら、すぐに上陸したい。とにかく土が恋しい。海は苦手だ。

そこへ艦橋から艇長がおりてくると、

「午前六時には、ささやかな警備艇の正月料理が出るので、朝まで仮眠して、朝食をすませてから上陸するように……」

親切な話である。しかし、さんざん嵐と波浪に痛めつけられて、ふらふらの状態であるわれわれは、三宅島を見てやっと少しばかり元気づいたところだから、とてもとても、正月料理どころの騒ぎではなかった。とにかく、両足で大地を踏みしめたい、一刻も早く島に上がりたい、という思いで一杯だった。隊員の思いはみな同じらしく、なんとかいますぐ、上陸させてもらえないだろうか、などと頼み込んでいた。救助隊長の山本大尉も出てきて、艇長に折衝してくれた結果、艇長も快諾し、ただちに深夜の上陸作業となった。

警備艇のついたところは、三宅島の坪田の海岸であった。そのころの三宅島坪田の海岸には、船舶が接岸できる岸壁がなかった。警備艇からゴムボートがおろされ、救助隊員たちは何回かに分けて、三宅島に送りつけられた。月明を利用しての手さぐりの作業だったが、手馴れた警備艇員の作業は機敏で、スムースであった。三便目のゴムボートに、私は衛生兵とともに乗り移った。

海岸近くでゴムボートの底が、ガガガッと水底の砂礫をかんで止まった。浅瀬にズボンや靴のぬれるのもかまわずに跳び込むと、冷たい海水が頭の芯までひびく。ざぶざぶと歩いて岸に上がる。土、土、この土の感触を踏みしめた瞬間、ゲンキンなもので身体はシャンとなって、両足にもグッと力が入ってくる。

島はさながら春のようで、厚着をしてきた隊員たちは一様に汗ばんでいた。岸に立って全員の上陸終了を待っていると、にわかに空腹感が迫ってきた。きのう出発する前の航空隊での朝食は、警備艇の上で、船酔いのために全部はいてしまって、その後の食事はまったく受け付けないので、食べていない。

空きっ腹にタバコを出して一服しながら、警備艇ですすめられた年越しソバのことなどを、いまさらながら思い出していた。

救助隊員全員の上陸が終わった。宿泊予定の坪田の集落にいこうということで、隊員は海岸からダラダラ坂の小路をたどり、まばらな木立ちの中を登っていった。

月明の山道をいくと、間もなく眼前に三、四棟のバラック小屋が見えてきた。近づいていくと、陸軍の兵隊が二人、不寝番の衛兵として立哨しているところに出た。先頭を歩いていた山本隊長がなにか話していたが、間もなく数名の陸軍兵が宿舎から出てくると、宿舎前の広場に二ヵ所、薪を積み上げて、焚火で歓迎してくれた。

救助隊の一行はさっそく濡れたズボンや靴、靴下などを乾かすために、焚火の周囲にあつまった。私もみんなにならって、靴をぬぎ、靴下を焚火にかざしながら、隣りの陸軍兵に話しかけた。

彼らは陸軍の船舶兵で、総員五十名ほどで編成されており、すでに半年あまりも、この三宅島で演習しているという。三宅島が敵の攻撃目標になった場合にそなえての配備らしい。内地からの便船は、月に一度の割合で三宅島にきているが、先月の便船は島の沖合いで、潜水艦に沈められてしまった。そのため、すでに二ヵ月以上も内地との交信は途絶えているから、本土のようすも戦況なども、まったく知ることができず、情報に飢えている。新聞は一ヵ月分まとめて便船でくるので、それもすでに二ヵ月読んでいない。

したがって、日用品にも事欠く始末で、タバコなどはとうの昔に種切れとなり、いまでは適当な草木の葉をかわかして、それを適当に巻いて火をつけては、口をごまかしているのだという。

伊豆七島でさえ、島におきざり同様の兵隊がいるとは、驚いたことであった。現在のような戦況では、三宅島とて敵の上陸は絶対にない、などとは言いきれない状況である。

おたがいに兵員同士の気安さから、焚火の周囲ではあちこちで交歓がおこなわれている。船舶兵たちは救助隊員の差し出すタバコに、火をつけると、ゆっくり大事そうに楽しんでいた。

一時間ほど焚火に被服をかわかしながら話し合っているうちに、いつしか旧知のようにうちとけて、おだやかな雰囲気につつまれてきたが、やがて被服もすっかり乾燥したので、船舶兵に別れをつげて、夜明けまでの宿舎に入るべく、坪田の村へと向かった。

これから十数時間後に、予想もしない事故のため、この船舶兵部隊の世話になるとは思ってもいないことであった。

午前三時ごろになって、われわれ第一救助隊の医務科員四名は、やっと指定された旅館の一室に入ることができた。

一眠りするかしないうちに、早くも六時三十分となり、おお急ぎで出発準備にかかった。旅館は閑静で、小ぢんまりとしたまだ新しい建物だった。朝食は正月であるためか、このころの内地の旅館では、とても見ることのできないような食膳である。大きなコップになみなみとつがれた牛乳、大きな焼魚、海苔、玉子など、盛り沢山であったが、きのう一日食事ぬきのために、ガツガツとたちまち平らげてしまった。

準備をととのえて旅館の前に出ると、そこで第二救助隊と合流して、救助隊を遭難現場に送ってくれるオート三輪車二台の到着をまった。

このオート三輪車二台は、三宅島雄山の山頂部にもうけられている海軍気象観測所のもので、今日の救助作業に全面的に協力するものだという。この二台の車が、三宅島における唯一の交通機関であるとのことだった。それにしても、自転車ぐらいは？　と思ってみたが、まったく見当たらない。

間もなく、水兵の運転するオート三輪が二台、駆けつけてきた。先頭の車には、三十年配のキビキビとした中肉中背の海軍兵曹長が、三種軍装に身をかためて乗り込んでいた。彼が三宅島海軍気象観測所長の佐藤兵曹長であった。島内の隅ずみまで熟知している。その明朗闊達な性格から、島の人びとから親しまれ、なかなかの顔役らしかった。

その所長が、陣頭に立って応援してくれるというから、大いに心強かった。救助隊は二台の車に分乗し、観測所長の案内で、ただちに一式陸攻の遭難地である三宅島の東海岸神着村へと向かった。

オート三輪が走り出すと、付近にいた小さな子供たちが、オート三輪、オート三輪と叫びながら、顔をホテらせて車の後を走っていた。

東海岸の神着村までは、十数キロある。車は坪田村をぬけて、土肌をむき出した瓦礫ばかりの道を、間もなく雄山の南側中腹にかかった。岩壁のせまる危険な道は、左手は高い岩壁となり、右手はけわしく深い断崖が海に落ちこみ、はるか下には波浪が岩の岸をうって、白く砕けていた。この道をガムシャラに進む二輪車の足どりは、はなはだ危なっかしく、われわれの肝を冷やして、気持の悪いことといったらない。

このあたりは大崖といって、島内でいちばん危険な場所であるということだった。周辺一帯は昭和十五年の雄山大噴火の痕跡がそのままで、その威力のほどを寒ざむとした風景で示している。

黒い溶岩だけの山肌に、白骨のように白い肌をさらして、樹幹だけとなった枯木の林。噴火当時の犠牲者をとむらう七、八枚の卒塔婆が、朽ちはてて乱雑にたおれ、そのかたわらに木の香も新しい卒塔婆、墨痕もあざやかに四、五枚立てられている。ああ、あの場所で死者が出たんだな……と思われる野辺。そんな雄山の溶岩帯を、車は瓦礫にバウンドをくりかえしながら、ようやく黒松の茂る土佐村へと入っていった。

松の樹間にパッとあざやかな真紅の顔を出す名物の椿。雑草のなかに打ち棄てられたようにたたずむ苔むした小さな石碑は、そのむかしの流人の墓でもあろうか。もの寂しげな小さな古碑に、なにか心をひかれる。

土佐村の集落で、オート三輪が停まった。観測所長が、神着はまだ先だが土佐村の村長に挨拶をしていきたいから、と車をおりたので、私も後につづいていった。道路ぞいにどっしりと構えた旧家であった。

村長の家では、ちょうど年始の客が多数あつまって正月の酒宴で大賑わいの騒ぎである。奥から出てきた五十年配の村長は、正月だからぜひ一献を、と盛んにすすめてくれるが、それは固く辞退して、ふたたびみんなの待っている車に乗り込んだ。

このあたりは一面に松と椿にかこまれた豊かな緑の土地で、車はさらにこの中を進むと、ようやく海岸近い神着の村落にと入っていった。観測所長はいかにも物馴れたようすで、神着村役場に三輪車を乗りつけ、出てきた村役場の職員の案内で、だらだら坂を少し下ったところの豪壮な村長宅に、救助隊を誘導していった。

村長の家の庭先では、愛国婦人会の婦人たち七、八名が、白のエプロン姿で、大釜をすえて盛んに炊き出しの煙をあげている。開け放された日本間には祭壇がもうけられ、殉職した搭乗員の遺骨をおさめた三個の白木の箱が安置され、三つの香炉から香煙がるると上がっている。拝礼をすませると、第二救助隊はふたたび観測所長の案内で、一式陸攻の残骸処理のために、海岸の事故現場に出ていった。

われわれ四名の医務科員は後に残って、村長にお礼の挨拶をすませると、その家の縁側に陣どったが、ふと生存者たちはどこにいるのだろうと思った。ここにきて一番先に会えるのは、当然のことながら生存搭乗員と思っていたのに、一人も姿がない。動けないほどの重傷者ばかりとは思わないが、不思議なことだ。

このあたりは海に近く、松籟とともに波濤の音が聞こえてくる。そこへ村の警防団長が駆けつけてきた。ご苦労さまですと挨拶をかわすと、二十八日の村民たちの海岸における遭難機搭乗員の収容作業について説明しはじめた。

搭乗員一名は飛行機の先端にいたため海に流れて行方不明、三名はすでに死亡していた。六名は負傷、二名はきわめて軽傷であったという。

これは、村に昔から言い伝えられてきた神着村の名のとおりに、天から神が天下ってきたのだ、ということになり、村をあげての救助作業となった。死亡者の火葬、負傷者の収容、治療、各戸に一人ずつ引き取って看護と静養に全力を尽くしている……という。まことに有難いことだ。

やがて向こうの家、こちらの家と、さまざまな方向から搭乗員が、村の人たちに付き添われて、一人、二人、三人と姿を現わしてきた。みんな申し合わせたように、丹前姿のくつろいだ格好で、ソロリソロリと集まってくる。

松葉杖に身をささえながら片手を娘の肩においてくる者。腕を三角巾でつった者。額を、頭を包帯で巻いた者たち。心配そうな顔をして、それぞれの搭乗員たちに付き添ってくる島の娘。なかにはほてった顔で、照れくさそうにしてくる搭乗員もいた。

みんなそれぞれの家で、正月料理による歓待をうけていたらしい。

村長宅の縁側で秋葉少尉の診察がはじまったが、傷は遭難後すでに五日を経過しており、その間、島の医師の手厚い治療をうけていた関係から、きわめて順調に回復していた。

重傷の大腿骨骨折の患者も、松葉杖を使用すれば歩行には差しつかえない様子である。

よし、これなら今日中に、搭乗員八名を神着村から沿岸警備艇の待機している坪田村に移すことができる——そう思った私は、

「搭乗員のみなさん、遅くなりましたが、本隊か

電探実験機が三宅島に不時着、著者ら救助隊が到着してみると搭乗員は島民の手あつい看護をうけていた。写真は一式陸攻。

ら迎えに来ました。いろいろとご苦労さまでした。さっそくですが、今日中に坪田村に移り、明朝、警備艇で出発しますから、至急、出発の準備をして下さい」

聞いていた村の人びとの間に、動揺が起こった。小さな抗議の声が、あちこちから耳に入ってくる。しかし、私は聞こえない振りをしていた。搭乗員たちは、なにかたいへん名残り惜しそうな様子であった。

先ほどの警防団長が、村の人たちの声を代表するかのように、私のところにきて、

「今日中に引き上げるなんて、それでは困ります。この村は神着村といって、昔から神様が天下ってくるところといわれているんですよ。この人たちは、その通りに天から降りてきた神様として迎えたのです。そのために、歓迎行事が定められ、まだ一週間も予定が残っている。今日中に出発なんて言われては、絶対に困ります」

坪田の海岸で待機している警備艇長の潮焼けした顔や、艇の先任下士官の、早く頼みますよ――という言葉を私は胸に浮かべながら、

「村の方がたには本当にお世話になり、ありがとうございました。また、いろいろのご好意ですが、私どもはどうしても至急、本隊に帰らなければなりません」

「一週間がどうしても無理と言うなら、三日間、正月の三ヶ日ならばよいでしょう。そして四日の朝、出発することにして下さい」

「ご好意には感謝します。しかし、申し訳ないことですが、出発は延期するわけには行きません」

警防団長はすでに、怒りで顔色が変わっていた。

「最後の頼みです。今日と明日の二日、二日間だけ出発をのばしてもらいたい。これは全村民の声です」と語気もあらく詰め寄ってくる。

こんなときにあの佐藤観測所長が居合わせてくれたら、村の人たちの説得に力を借りられるのだが、と思った。だが、佐藤所長は第二救助隊とともに、海岸の一式陸攻を処分しにいっている。

警防団長のプリプリぶりを、なんとか説得して、好意をもって送り出してもらうようにしなければならない、と考えた私は、救助隊の作業方針の概要を説明した。
一、遭難機の処理にあたる第二救助隊は、作業終了とともに、警備艇に乗艦のうえ待機する。
二、負傷者ならびに遺骨は、第一救助隊とともに本日中に坪田村の旅館に移動し、明朝、警備艇に乗艦する。
以上のような方針であり、遅延は許されないので、団長からもなんとか村の人たちの説得に協力してもらいたいと頼み込んだ。実際には、負傷者の移動は負傷の状況をみてからとなっていたが、このぶんでは移送可能とみたのであった。

救助隊の方針が動かないものと知った警防団長は、しぶしぶ納得し、村の人たちに言った。

「残念だが、この上はみんなで盛大に、航空隊の方がたを送り出しましょう」

私は警防団長の隣りに立ちながら、考えていた。

――先頭に立って応援してくれている海軍気象観測所長やオート三輪、正月休養をフイにして、坪田の海岸で救助隊の作業終了を首を長くして待っている沿岸警備艇、などのことを考えると、ぐずぐずしてはいられない。かりに、われわれ医務科員が重傷者とともに三宅島にのこった場合、つぎに乗れる内地行きの便船は、一ヵ月後になるか、二ヵ月後になるか、まったく予測できない状況だから、そうなったら大変なことだ……。

ともあれ、警防団長から話をきいた村の人たちの残念がることといったら、大変な騒ぎだった。今日、搭乗員たちは帰ってしまうのだそうだ……なんで、一日や二日遅らせることができないんだ……などなど、がやがや言っている。

なかでも、搭乗員を一人ずつ引き取って、自宅で手厚い看護の労をとっていてくれた家の者たち、とくに若い娘たちの悲嘆ぶりは、見ているのも気の毒で、またその反面、それほどまでに慕われている搭乗員たちに、私は少なからず嫉妬を感じながら見ていた。

泣きくずれる若い娘と、その手をかたく握っている若い搭乗員、止めどもなく流れる二人の涙、また涙。娘の母親らしい中年の婦人が涙をこらえながら、娘の肩に手をおいて、優しく慰めている。

「かならずまた、家に来てくれるからね。気を落とさないで待ちなさい……」

そんなロマンスに満ちた光景を、村の人たちは温かく見まもっていた。

かさなった不運

午後零時すぎ、まず引き上げの第一便として、飛行機の処分をおえた第二救助隊の十五名ほどが、オート三輪二台に分乗して、警備艇の待機する坪田の海岸へ出ていった。往復の所要時間は、いくらスピードを出しても、二時間以上はかかるであろう。

午後二時半すぎ、ふたたびオート三輪がもどってきた。いよいよ負傷者を送る第二回目の出発である。前の車に負傷した搭乗員六名と衛生兵二名、さらに佐藤観測所長が乗り、後ろの車に元気な搭乗員と殉職者の遺骨、それに第二救助隊の残りの者が乗り込んだ。

冬の日暮れはつるべ落としに早い。運転員は休む暇もなく、ふたたびハンドルを握った。

さあ出発だ——車は小さく動き出した。見送りの村の人たちが道路をはさんで、両側にビッシリと並んでいる。その列からとつぜん、〝万歳、万歳〟と声が上がった。万歳の声につづいて、

「忘れないでまた来てくださあーい」という声も聞こえる。手をふる別れの波はひろがり、中には車に手をかけて別れを惜しむ人もいた。

両手で顔をおおう娘、車上の搭乗員の手をかたく握ってはなさない娘、その手を無情に切りはなすようにして、車は出ていった。

いつまでも立ち尽くしている村の人びと。私は遠くなっていく車を見送りながら、村を去っていく搭乗員たちのうち、何名が生きてふたたびこの三宅島を訪れることができるだろう、と考えていた。

一応これで一段落ついた。神着での任務は終わったのだ。あとは秋葉少尉と、第二救助隊の二名とともに残務整理をおえて、ふたたび坪田から折り返して迎えにくる車で、坪田にもどれば今日は終わりだ。いつの間にか、あたりはすっかり薄暗くなっている。

警防団長が秋葉軍医少尉と私が雑談しているところへやって来た。

「医務科の方たちはまだまだ時間がありますので、迎えの車がくるまで、私の家で休んで下さい」

親切な誘いであった。秋葉軍医少尉は、まだ少しやりたいことがあるからと辞退したので、私は一人で警防団長の後につづいていった。

すでに暗くなったダラダラ坂をのぼっていくと、そこが警防団長の家であった。招かれるままに内に入ると、大きな囲炉裏ばたに案内された。元日のこととあって、広い座敷では若い娘たち七、八名が百人一首に興じていたが、警防団長の呼びかけで、みをな囲炉裏ばたに集まった。

囲炉裏には赤あかと炭火が燃え、上からつり下げられた自在鉤には、大きな鉄鍋がかけられて、グツグツと煮立っている。肉の煮えている匂いがただよっていた。時代色ゆたかな大徳利で焼酎が運ばれてくると、警防団長は、

「さあ、まず一献」と大ぶりの盃をとってすすめる。

私はすすめられるままに、盃をかさねていったが、その大ぶりな白磁の盃には、〝祝除隊記念〟の銀文字と、国旗と軍旗を交叉した絵があった。徴兵で兵役をつとめおえた兵士の除隊を祝った盃であろう。

日はすでにとっぷりと暮れ、外は風も出てきたのか松籟の音が強くなっている。家の内は赤あかと燃える炭火と、盛りだくさんの肉鍋料理、つぎからつぎと注がれる焼酎、娘たちのかもしだす甘美な雰囲気があふれていた。

正月元日の宵を三宅島で、しかもこんな雰囲気のなかで過ごすなどとは、考えてもいなか

った、と私は思いながら盃をかさねていった。やがて娘たちのなかから歌がながれ、これが独唱から合唱、合唱から独唱となって、部屋はいちだんとなごやかに、華やいだものとなった。

今日の作業は予定どおりに終わった。あとは明日の作業を残すのみだが、それもうまく終わるだろう……そんなことを考えたり、あまり村の人の好意に甘えたらいけない、などと思いながら、私はすすめられるままに盃を手にして、娘たちに囲まれた甘い雰囲気に、歌声に、そして美酒に酔っていった。

警防団長宅で歓待されながら、かれこれ一時間もすぎたころであった。そこへ突然、神着村役場の職員が駆けこんできた。

「坪田村役場から電話がきています。大至急、医務科の人に電話に出てもらいたいと言っています」

さては、何かことが起きたな……悪い予感がする。私は、そそくさと職員の後につづくと、役場にとびこみ、待ちかねていたもう一人の宿直員への挨拶もそこそこに、電話室に入った。電話の相手の声は小さく、はなはだ聞きにくく、おまけに大分あわてている様子である。私は大声で、

「電話が遠くてよくわからないので、大声でお願いします」

この一言で、相手も落ちついた様子であった。

「負傷者を乗せたオート三輪が、途中で崖から落ちました」

なんということだろう。私は頭から冷水を浴びせられたようになった。身体から酔いもな

にも一気にひいていった。これは大変だぞ……。

つづいての説明によれば、「夕方、神着を出発したオート三輪が、大崖をすぎたところで、一台が崖から落ちて、負傷者がたくさん出た。他の一台が陸軍の船舶兵のところに急をつげたので、船舶兵は宿舎の雨戸をはずしてこれに負傷者をのせ、坪田の山本医院に収容した。二人ほどはかなりの重傷らしい。オート三輪が急遽、迎えのために向かっているので、至急、山本医院へきてもらいたい」ということであった。

これは大変なことになった。重傷者二名とはだれであろう。負傷者を乗せた車といえば、前の車にちがいない。前の車には大沢、岩村の衛生兵二人も乗っていたはずだ。よもや彼らではないと思うが、電話の主が二人でないというのもおかしい。そんな思いがぐるぐると脳裏で渦をまいた。

正直な話、とにかく彼らが重傷者でないことを祈るよりほかにない。三宅島につれてきて、彼らを不幸な目には合わせたくなかった。しかし、坪田村役場の宿直員は、これ以上のことは何ひとつとしてわからないと言う。

電話は終わった。私は電話室を出ると、役場の宿直員に、

「坪田村の山本医院の電話番号はわかりますか」と聞くと、三宅島の電話は、各村役場間の連絡電話が一本あるだけで、個人電話はまったくないということだった。

迎えの車が到着するまでには、まだ四、五十分かかるだろうと思いながら、気のせくままに警防団長の家にとって返すと、お礼を述べて外へ出た。警防団長は親切にも、ふたたび道が暗いからといって村長の家まで送ってくれた。

村長の家で秋葉軍医少尉に事故の発生を報告し、ひたすら車が到着するのを待っていたが、二人の気を重くしているのは、大沢、岩村衛生兵の安否であり、搭乗員たちの安否であった。思ったより早く迎えのオート三輪がきたので、残留員はいっせいに飛び乗ると、車は息つぐ暇もなく、ふたたびいま来た道を走り出した。

冬の空はきれいに晴れ上がって、月も星もすみきった空を透して、冴えざえと冷たい。その夜空の下の暗くてせまく、しかも瓦礫ばかりの道を、車は小さなライト一つを頼りに、猛烈なスピードで突っ走る。この道は昼でも肝をひやすような危険な場所が、二、三ヵ所、口をあけていた。はるか崖下には、夜目にも白く波濤が岩をかんでいる。

この悪路を正面をキッと見すえて、黙々と運転する水兵の自信にみちた後ろ姿を見ていた私は、この運転員が今朝から三回目の坪田と神着間の往復運転をしているのに気がついた。三宅島最大の難所という大崖をすぎると、運転員は余裕しゃくしゃくといった様子で、話しはじめた。この悪路を運転しながらでは危ないと思ったが、彼はむしろわれわれが事故の様子を知りたがっていながら、運転中だからと避けているものと、察したようであった。

「私は後の車でした。さっき通った大崖がいちばん危険な場所ですが、そこを抜けて、いよいよ坪田だと思うころ、前の車がアッという間もなく、六、七メートルの斜面を転がりおちてしまった。

私の車に乗っていた人たちは、すぐに救助のために下りていきました。しかし、落ちた車の者はほとんど動けない様子だったので、これは大変だと思い、その先にある陸軍の船舶兵の宿舎に応援をもとめていきました。船舶兵の隊長は、

『それは大変だ。よし、全員出動する』といって、雨戸をはずして駆けつけると、それを担架がわりにして負傷者たちを山本先生のところに運んでくれました。あれが大崖付近でしたら、一人も助からなかったでしょう……」

運転員の淡々とした話を聞きながら、やっぱり衛生兵二人は負傷者の仲間入りか、これは困ったことになった……と、私は内心、心配していた。

やがて、運転員は、

「でも、よかったですよ。衛生兵が二人いてくれましたから」と言った。

それを聞いて、ホッと安堵の胸をなでおろした。実際は早くそれを聞きたかったのであるが、表だって大沢、岩村のことを聞くのは、他の人の手前、はばかられたのである。

「衛生兵はたしか、前の車に負傷者といっしょに乗っていったはずだが……」

「それが不思議なんです。大崖をすぎたところで、私の車に乗っていた搭乗員二名が、前の車の搭乗員たちといっしょに乗りたいと言いだしたので、途中で車をとめて、前の車にいた衛生兵二人と交代したんです。それからものの五分も走らないうちに、落ちてしまったんですから……」

不幸中の幸いなどといっては不謹慎であるが、これで危惧していたことは消えた。私は隣りの秋葉軍医少尉に、いろいろな意味をふくめて、

「大沢、岩村の二人のことですから、応急処置なんかは、うまくやっているでしょう」というと、

「そうだな、大変だったろうな」と安心したような、はずんだ返事が返ってきた。

その間にも三輪車は、たよりない前灯ひとつを唯一の頼りに、猛烈なバウンドをくりかえしながら、ひた走りに走っていた。やがてなだらかな下り坂の道となって、道路の両側に木立が茂る場所となった。もう坪田の村は間もなくである。運転員は車をとめると、

「ここが車の落ちた場所です」と左側の斜面に車のライトを向けた。

斜面は雑草と灌木がなぎたおされ、ところどころに土肌が顔を出している。六、七メートル下方に、遺骨を胸に抱いていた白布が落ちていて、夜目にも白く見える。二転三転した三輪車は、そこまで行って停まったのだという。大崖などに比較したら、はるかによい場所なのに、なんで転落事故など、と思うところであった。

車はふたたび走り出して、間もなく坪田の村に入っていったが、灯火管制による家並みが黒ぐろと立ち並んでいた。やがて道路の前方に、ポツンと提灯の光が見えてきた。提灯がふられ、車が近づいていくと、村民が二人、道路に迎えに出ていたのである。

「医務科の方ですか。先生のところが大変です。案内しますからすぐ来て下さい」

山木医院の内外は、台風一過といった状況で、すでにほとんどの治療や処置が終わり、重傷者二名を残して、他の患者たちは坪田の旅館にいっているという。奥から出てきた大沢、岩村両衛生兵の白衣はクシャクシャになって、あわただしかった数時間の奮闘を物語っている。山本医師は奥の部屋で、重傷の佐藤観測所長の治療中であるという。もう一名の重傷者は、転落したオート三輪車の運転員であった。

搭乗員たちは鎖骨の骨折や、上膊、前膊骨などの骨折が主だったが、単純骨折であるために明日の警備艇への移乗には、それほど困難ではないということだった。

やがて、観測所長の処置を終わった山本医師が奥の部屋から出てくると、居間にひかえていたわれわれに座をすすめながら、重傷者二名の症状について説明しながら、煙管《きせる》に刻みタバコを詰めると火鉢の炭火をつけて、うまそうに煙をはいた。

しばらくすると、山本医師の夫人が、奥から焼酎の入った大徳利と、正月料理を出してきた。

「まあ一杯」

山本医師は気さくにいうと、大徳利をとり上げ、湯飲み茶碗に焼酎をみたしていった。

午後八時少し前、山本医師は部屋の片隅から石油ランプをとり出すと、火芯を調節しながら火をつけ、立ち上がって天井から吊り下げたのである。ケゲンな顔で見ているわれわれに、

「三宅島では自家発電ですので、電力節約のため、午後八時になると、全島がいっせいに停電となるんですよ」

なるほど、午後八時を待ちかねたように、各部屋の電灯がいっせいに消えた。後はランプの灯の下で、ときおり隣室の重傷者の様子を見ながら、夜食がわりの正月料理と焼酎をいただいた。

夜も遅くなってきた。患者の容態もだいぶ落ちついてきたので、私が宿直として、患者に付き添うことになった。秋葉軍医少尉と大沢、岩村の三名は、今朝がた出発してきた旅館にいって泊まることになり、明朝また来るから……と引き上げていった。

後に残った私は、山本医師と焼酎を酌みかわしながら、昭和二十年の元旦という日は、なんと目まぐるしい一日であったことか、とふりかえっていた。

一式陸攻の墜落にはじまって、思わぬ三宅島行き、患者収容と二次遭難、島をあげての協力、神着村の人たち、陸軍船舶兵、坪田村の人びとや山本医師夫妻になんとお世話になったことだろう。生涯忘れ得ぬ一つのドラマである。

やがて、山本医師もだいぶ疲れた様子である。

「先生、お休みになって下さい。あとは私がやりますから……」

「いや、大丈夫ですよ。今夜は二人で交代しながら、重傷者をみることにしましょう」

山本医師と交代で仮眠しながら、正月二日の朝が明けた。私は奥さん心尽くしの朝食をいただいた。間もなく、旅館から三名がやってきた。重傷者二名の病状はいぜんとして変化なく、絶対安静の状態である。

山本医師、秋葉軍医少尉、それに私の三名は、部屋の囲炉裏をかこんで、これからの対策について話し合った。

とにかく桟橋のない坪田の海岸で、二人の重傷者を警備艇にうつすのは、まったく不可能である。ゴムボートで沖合いまで出て、警備艇につり上げる、ということも不可能だ。そこで、二名の重傷者は、このまま山本医院にお願いして、委託治療をつづける。

搭乗員たちは幸い歩行可能だから、当初の予定どおり沿岸警備艇に乗艦して、本隊に送還する。この任務は、私がひきうけることにした。

秋葉軍医少尉と大沢、岩村両衛生兵は、三宅島に残って、山本医師に協力して、患者の治癒経過を見ながら、患者の内地移送の時期を待つ。

私は、搭乗員と遺骨の護送にあたり、本隊に帰って鈴木軍医長に経過を報告し、できれば軍医長から副長にたのんでもらって、つぎの便船の手配、もしくは飛行艇などによる移送を考慮してもらう――ということになった。

さて、私は離れ小島の賢者然といった山本医師、その山本医師をたすけてテキパキと救助作業の裏方として処理にあたっていた賢夫人に、厚く礼を述べると、三名に別れをつげて海岸に出た。

負傷者たちの移乗はすでに終わっていたが、艇長は敵潜水艦をさけるために、日中の出港は見合わせて、夜になってからの出港にするという。そこで私は旅館に入って、夕方、警備艇から迎えのボートがくるまで眠ることにした。

夕食をすませたところへ、時間どおりにきた迎えのボートで、警備艇に乗り込んだ。間もなく出港かと思っていると、艇長は出港をさらにのばして、真夜中にするという。

それには理由があって、今日はあまりに天気がよく海はまったく凪で、非常に静かだから、警備艇は潜水艦の目標となる率が高く、危険度はもっとも高い。しかし、夜半ごろから追い風となり、帰路は順調な航行が予測されるので、真夜中に出港すれば、明朝の夜明けとともに浦賀に入港することができる。これがいちばん安全だという。

それならば、まだまだ時間は充分にある。私は搭乗員や第二救助隊員などとともに、船室に入って仮眠することにした。

夜半のディーゼルエンジンの音に、ハッと目をさました。時間はすでに夜中の十一時近かった。いよいよ出港するらしい。元気な搭乗員たちと甲板に出ると、海は凪いで、月光は海面に輝き、金波銀波のさざ波は、キラキラと夢模様だった。

午後十一時、スクリューが船体をふるわせ、警備艇は静かに動き出した。沖合いから季節風は追い風となって、船足はきわめて快調である。背後に黒ぐろと迫っていた三宅島は、やがて灰色に淡くかすみ、ついに夜の空に消えていった。

浦賀から三宅島まで、行きの航路は、まったくの地獄だったが、この帰りの航路は極楽そのものである。これで潜水艦の攻撃さえなければ、天下泰平だが、敵も真夜中までも働いてはいないだろう。私は甲板上の搭乗員たちをうながして、ふたたび船室に入った。ベッドに入ると、ディーゼルエンジンの響きも苦にならなくて、深い眠りに入っていった。それにしても、自分でも呆れるほどよく眠れるものである。

正月三日の午前六時、沿岸警備艇は予定どおりに浦賀に入港した。あっという間もない、あわただしい三日間であった。警備艇の乗組員たちも、明るい表情で朝の挨拶をかわしてくれる。艇員たちは正月三日間をフイにしての出動であったが、今日はあらためて内地の正月を祝い、補給作業を終えると、五日にはふたたび任務のために出港する予定だという。

艇内で朝食をすませて待つうちに、航空隊から迎えの大型救急車と、幌つきトラックが到着した。われわれは警備艇員たちにお礼を述べると車にうつり、浦賀港をあとに、一路、横須賀航空隊へと向かった。

内地の厳しい寒さは、三宅島の暖かな正月を一瞬のうちに吹き飛ばし、吐く息は白く、あわてて外套の襟をたてて、寒気をふせいだ。

その後、三宅島の山本医院に残った二名の重傷患者のうち、運転員の水兵長は経過もよく、二十日ぐらいで退院して、島の気象観測所に復帰していった。

しかし観測所長の佐藤兵曹長の経過は、なかなか思わしくなかった。海軍病院に移送して手術をする必要があったが、移送する手段がまったくとれない。

すでに一ヵ月以上すぎた二月の中旬のことである。やっと三宅島に入ることができた連絡船で、佐藤兵曹長を護送して、秋葉軍医少尉たちが、芝浦に入港するという連絡が入った。

私は救急車に乗って、芝浦港に出迎えにいき、冷たい冬の風のふく桟橋で、連絡船の入港を待っていた。

やがて沖合いに現われた連絡船は、ゆっくりと港内に入ってきた。上甲板に外套姿で立っている秋葉軍医少尉は、桟橋で出迎えている私を見つけると、大きく手をあげて合図していた。

つづいて岩村、大沢の両衛生兵も、上甲板に姿を現わして盛んに手を振っている。

この連絡船はけっこう大きな船だが、よく潜水艦に狙われなかったものだ。三人とも島の生活がよかったと見えて、だいぶ肥ってきたな……と思いながら、私も桟橋から手をふった。

第七章　防空戦闘の日々

いたましき錯誤

昭和二十年も二月の早春の訪れとともに、関東地方の空には、いよいよ敵の艦載機グラマンが侵入し、傍若無人に機銃掃射をくわえながら飛びかい、各地で少なからず被害が出るようになった。

横須賀航空隊の戦闘機隊は、指宿正信少佐、塚本祐造大尉、山本重久大尉、岩本邦夫大尉らの指揮のもとに、零戦や新鋭局地戦闘機の紫電、電電、紫電改などを駆って、連日、迎撃戦に飛び立ち、そのつど来襲したグラマンをほとんど撃墜してしまうという、輝かしい戦果をあげていた。

病室の私たちのところにも、昨日は二十三機も墜としたそうだ、今日はまた三十七機を葬ったそうだ、などと、戦闘機隊の戦果をたたえる声が入ってくる。一方、わが戦闘機隊の損害はまったくなし、ということで、その練達のほどには敵は手も足も出ない状態で、わが航空隊の士気は燃えに燃えて、天下に敵なしという感があった。

戦闘機隊がグラマン迎撃戦に明け暮れていた二月のある日のこと、空襲警報とともに、今日もわが航空隊の戦闘機隊は、勇躍、飛行場を後にして大空に飛び立っていった。

――あの中には、ついこのあいだ病室に顔を出した髭の羽切松雄中尉も、隊長として列機をひきいて敵にぶつかっているんだろう。さて、今日の戦果は……などと、戦闘機隊の活躍に期待しながら、隊内放送を待っていた。

間もなく、空襲警報から警戒警報と変わり、隊内にはなんとなくほっとした小康状態がおとずれていた。ほどなく、戦闘機隊が凱歌をあげながら飛行場に、それぞれの雄姿をあらわすころである。

とつぜん、隊内放送のブザーが鳴りひびいた。ブザーの前後に、なにかあわただしい本部当直室の動きが雑音となって入ってくる。

「第一救助隊整列、第二飛行隊指揮所前へ、急げ！」

私は耳をすませながら、本部は大分あわてているようだが、大事故でなければよいが、と思いながら、

「佐藤兵曹、あとの準備をたのむぞ」と、外科室の次長である佐藤貞男二等衛生兵曹に声をかけ、救急車に飛びこんだ。落合章夫軍医大尉につづいて、衛生兵二名も同時に乗りこむ。

「飛行場だ。第二飛行隊指揮所へ急いで！」

救急車は飛ぶように、と言いたいが図体が大きく、内部には四脚もの担架がつりさげてあるので、気はせくがガチャガチャとスローモーションである。

第二飛行隊指揮所の前では、数十名の搭乗員や整備兵が空を眺めていた。救急車の近づくのを見て、一人の搭乗員がとんでくると、車を降りたわれわれに、

「あの戦闘機ですよ、あそこの!」と、右手をあげてはるか海上を指さした。

アッ、あの戦闘機はおかしいぞ、まさに気息奄々といった一機の戦闘機だ。東京湾上から飛行場を目ざしてくる戦闘機の姿は、左右に振れてヨタヨタと頼りない。後に長く黒く淡い尾をひいているのは、燃料が噴き出しているのであろう。高度も不安定である。

危ない、危ない、しっかり頼みますぞ……救急車を滑走路の横につけて、戦闘機を見まもるが、握りしめた拳に汗がにじむ。

しっかり、しっかり、アッ両脚が出たぞ、もう少し我慢して高度をたもたんと、防波堤に激突してしまうぞ……ぶじ着陸を祈る思いは同じで、みんな息をのんで立ち尽くしていた。

ウワーッと、喜びと安堵のどよめきが、旋風のように巻き上がった。瀕死の戦闘機が防波堤をすれすれに越えて、みごとに滑走路に滑り込んできたのだ。両脚の車輪もガッチリと大地をつかんでいる。戦闘機は喜びに湧く人たちの前をすぎたところで停止した。

ソレっとばかりに、戦闘機にみんな駆け寄る。

この戦闘機は紫電だろうか。それとも紫電改なんだろうか。機体には三ヵ所ぐらい弾痕が見える。搭乗員は怪我がないだろうか。大丈夫だろうか。機体の弾痕を見れば、搭乗員もぶじとは思えない。シューシューと音がしている。これは燃料タンクがやられて、航空燃料が噴き出している音だ。発火しなくてよかった。

そのとき、搭乗員が風防を開けながら立ち上がって手を振った。おもむろに一足一足、機体をいとおしむようにして降りてきた。

思わず周囲から喜びの歓声が上がり、拍手がわき起こった。地上にひらりと降り立ったのは、戦闘機隊の隊長・塚本祐造大尉であった。塚本大尉も興奮を押さえきれないようであったが、周囲を囲む人たちに向かって微笑を浮かべながら、空中戦闘状況の説明をはじめた。

塚本大尉の表情は明るく輝いていた。戦闘機の機体には、激しかった空中戦を物語るかのように、グラマンの機銃弾による弾痕が数ヵ所、なまなましく口を開けている。塚本大尉の左の飛行靴は、爪先の部分を機銃弾が貫通したために、皮革の切れっぱしと、内張りの白布が風にヒラヒラとゆれていた。

危機一髪とはこのことであろう。よかった。本当によかった。塚本大尉をかこむ人の輪は、いつの間にか大きくなっていた。ふたたび大きな拍手が起こった。だれもかれも塚本大尉の健闘と生還の喜びを、心から精一杯に祝福しているのであった。

表裏一体の生と死、とくに搭乗員たちに重くのしかかっている空中作戦の宿命には、生死一如、不惜身命と大悟徹底した境地でのぞんでいる。とはいえ、なによりも生還ということは喜ばしいことであった。第一救助隊のみを乗せて病室に帰る救急車の内は、明るく暖かかった。

栄光と伝統に輝き、無敵の健闘をつづけている横須賀航空隊に、また一つの痛恨なる事件が起こった。それは単に戦闘機隊のみならず、全航空隊員が憤激した悲しく痛ましい出来事である。

昭和二十年二月六日、敵艦載機グラマンは大挙して京浜地区を襲ってきた。この日もわが戦闘機隊は、よしきた、一機も逃がしてなるものかとばかり、迎撃戦のためにつぎつぎと飛び立っていった。

激闘すること、数時間にして、グラマンの大編隊を撃破した戦闘機隊は、凱歌をあげながらぞくぞくと飛行場にもどってくる。病室で緊急事態にそなえて待機している私たちのところへも、今日は二十五機だ、いや二十七機を墜としたそうだ、などと輝かしい戦果のニュースが入ってくる。

そのうちに、戦闘機隊の零戦一機が未帰還、という悲報が入ってきた。残念である。やがて、午後も遅くなって、横浜市立病院から、

『横空の搭乗員の死体を収容しているので、至急、引き取って頂きたい』という通報が入ってきた。さては未帰還機の搭乗員ではないだろうか、とただちに医務科から梅谷敬之軍医中尉と衛生兵二名が、救急車で出ていった。

夕方近くになってもどってきた救急車には、戦闘機隊の搭乗員・山崎卓一等飛行兵曹の遺体が、横浜市立病院の手によって、ていねいに処置された姿で収容されてきた。

夜になった。搭乗員十名あまりが、なにやら非常に興奮したようすで、病室に押しかけてきた。不穏な空気である。玄関に立った搭乗員たちのようすに驚いた当直衛生兵が、当直下士官をつとめている私のところへ知らせてきた。

私は玄関に出ていった。搭乗員たちは、戦死した山崎飛行兵曹の同僚であった。彼らは、「今日、山崎兵曹の死体を引き取りにいった軍医官に遺体の状況、死因などについて聞きたいため、みんなで来た。山崎兵曹は横浜市民に殺されたのだと思う。おれたちは上からそれを見ていたのだ……」と、穏やかでないことを言う。

彼ら搭乗員たちによれば、こうだった。

――グラマンを追う戦闘機隊は、大空を縦横無尽に飛びかいながら、あそこで、ここでと、グラマンを墜としていった。雲を霞と逃げ去るグラマンもいたが、ほとんどの敵機は墜としてしまった。やがて、薄曇りの京浜地区の空を飛ぶのは、わが戦闘機隊のみとなった。

そのとき、突然、隣りを飛んでいた山崎兵曹の零戦が、グラッと傾いたと思うと、墜ちはじめたのに気がついた。オヤッ、彼の零戦は被弾していたのだ。ダメだ！　早く脱出しろ、早く、と祈るうちに、彼は墜ちていく零戦から、うまく脱出するのに成功した。落下傘もうまく開いた。

やれやれよかった、これで大丈夫だ、と思いながらも、なにか去りがたい気持から、何機かの僚機が、山崎兵曹の落下していった杉田の上空を飛びまわりながら、気づかっていた。

山崎兵曹の落下傘は、途中で電線にちょっとひっかかったようだったが、彼はぶじに地上へ降り立った。よかった、よかったと飛び去ろうとすると、なにか下の様子がおかしい。

山崎兵曹をとりかこんで、多勢の人たちが、鳶口や棍棒をふりかざして、山崎兵曹に襲いかかるのが見える。これは大変だ、これはいかんと思ったが、彼らは空の上のこととて、どうにもならない。

山崎兵曹は両手を高くあげて、懸命になにか叫んでいるようだったが、血迷った群衆は耳をかそうともしない。あっという間もなく、委細かまわず山崎兵曹を袋叩きにしてしまった。

敵のパイロットと間違えたのであろうが、あまりに残酷で、これでは山崎兵曹も浮かばれない。

彼ら搭乗員たちは、これから杉田に乗り込んで、山崎兵曹の仇討ちをして来るつもりでいるが、その前にいちおう市立病院で診断に立ち会った軍医官の話を聞いてからにしよう、ということになって病室にきたのだが、その軍医官に会わせてもらいたい、というのである。

なるほど彼ら搭乗員たちは、そそれぞれ左手に日本刀を下げていた。私も聞いていて、むかむかと心の底から怒りがこみ上げてきた。搭乗員たちの激怒するのは当たり前のことだ。なんという思慮のないことをしたのだろう。

しかし、このままでは、搭乗員たちは本当に杉田に乗り込みかねない。杉田の人たちだって、敵のパイロットと思ったからなのだ。ここはひとまず穏やかにおさめて、搭乗員たちに帰ってもらうのが先決だった。

羽切松雄中尉。病室にも訪れることがあったベテラン搭乗員。

「横浜の市立病院にいったのは梅谷軍医中尉ですが、先ほど外出して今夜は不在ですから、明朝あらためて来たらどうですか」

搭乗員たちは納得しがたい表情であったが、ようやく、それでは仕方がないということで、引き上げていった。私は搭乗員たちの背を見送りながら、じつは梅谷軍医中尉は在隊しているが、搭乗員たちも一夜明ければ興奮も冷めてくるだろう、とにかくここは時間を稼ぐより他にない、と考えていた。

この事件の結末は、公にされることなくすんでしまった。しかし、内ないには憲兵隊による調査がおこなわれていたが、どうにか一件落着ということになったらしい。重大な誤認事故とは言いながら、痛恨きわまりない事件であった。

この事件を契機として、搭乗員たちの飛行服の背に腕に、それぞれ〝日の丸〟の標識がつけられるようになった。これは、戦闘機隊のベテランパイロット、髭の羽切松雄中尉の発案によるものだという。

この山崎兵曹の事件とともに思い出されるのは、もう一つの痛ましい事故であった。

昭和十七年四月十八日のドーリットル飛行隊による初の日本本土空襲に、陸海軍はもとより全国民が、びっくり仰天、とくに陸海軍首脳部のあわてふためいたことは、想像以上のものがあった。

その興奮も冷めやらぬ数日後のことであった。海軍は日華事変中の渡洋爆撃で勇名をはせた九六式陸上攻撃機についで、新たに葉巻型、または万年筆型などといわれた一式陸上攻撃機を開発、すでに実用機として使用しはじめていた。その一式陸攻が、九十九里浜海岸を一路、北上していたときのことである。

これを見た陸軍部隊が、いままで見たこともない異形の双発機が、九十九里の海岸線を北上中である、ふたたび米軍機の爆撃だ、ということで、関東北部に空襲警報の発令となった。

水戸の陸軍飛行隊は、数日前のドーリットル空襲の二の舞いはご免とばかりに、猛然と一式陸攻めがけて襲いかかっていった。

驚いたのは一式陸攻である。自らのために空襲警報が出ていることなど知る由もないし、春ののどかな飛行中に、とつぜん数機の陸軍戦闘機が攻撃してきたのである。

これはいかん、こちらは友軍機、間違えるな、と盛んに翼をふり、機体をコントロールしては合図をくりかえした。しかし、陸軍の戦闘機隊は初めて見た一式陸攻に、驚愕しあわてふためいているものだから、委細かまわず集中攻撃をくわえていった。

一式陸攻はついに水戸郊外に墜落し、搭乗員全員が死亡するという痛ましい事故となった。一式陸攻の機体には無数の弾痕が無惨な穴をあけて、苛烈な陸軍機の攻撃ぶりを示していたが、一式陸攻の胴に大きく画いてある真っ赤な日の丸の標識にも、多数の弾痕があった。陸軍機はあの日の丸も目に入らなかったというわけだったのか。

無抵抗のまま、無惨にも友軍機に墜とされた一式陸攻の搭乗員たちの死体は、水戸市内の陸軍衛戍病院に収容された後、水戸市に近い友部にある筑波海軍航空隊の軍医長・大道広軍医少佐が、死体確認のために派遣されたことがあった。

それから二日後のことであったが、各新聞紙上に、大きく一式陸攻の写真が掲載されていた。〝海軍の新鋭機、一式陸上攻撃機発表される……〟という大字入りだった。

漂着遺体のふしぎ

昭和二十年の春、南方戦線で鹵獲したものだという米空軍の〝航空医学〟と題する映写用のフィルムが、横空にもたらされた。当時としてはまだ非常にめずらしいカラーフィルムで、米国映画界の先進性を物語るものであった。さっそく水上機格納庫が臨時の映画館となって、隊員に公開されたのである。

某大尉の流暢な通訳とともに、約一時間半にわたって、米空軍パイロットたちのすばらしくめぐまれた環境での基礎教育と飛行訓練、特殊勤務にたいする栄養学をもとにした食事、余裕たっぷりの休養など、至れり尽くせりの施設と環境の中で、きわめて陽気に活気あふれた様子で、楽しげに飛行作業に従事しているのが、きわめて印象的であった。

航空機パイロットとしての使命感から〝まなじりを決して〟などという悲壮感はまったくなく、のびのびとしたその環境と、余裕。彼我の国力の差、米国のもつ偉大な底力を、まざまざと見せつけられたフィルムであった。

日本海軍でも、航空医学の重要性はすでに充分に認識されてはいたが、やはり米国に比較した場合、相当たちおくれていたことは明らかだった。わずかにSK式真空消毒機などを転用して、犬やウサギによる低圧実験などといった程度で、まだまだ初歩の段階でしかなかった。

昭和十八年ごろ、航空医学の一環として、勝沼晴雄軍医大尉と川島菊夫軍医大尉が、航空医学の開始のため飛行学生として発令され、横須賀航空隊飛行隊付兼医務科付として赴任してきた。

そして勝沼軍医大尉は艦爆隊に、川島軍医大尉は戦闘機隊に、それぞれ配属された。少壮軍医官の主務を飛行学生として飛行隊においたことは、航空医学に新しい分野を開拓しよう、という構想によって生まれたものであろう。

さて、米空軍の〝航空医学〟のフィルムに刺激されたものか、わが海軍も、〝航空医学〟と題する映画を作製することになった。舞台としては、名実ともに海軍航空のメッカとも言うべき、横須賀航空隊が当然のことであろう。

まもなく、大日本ニュース株式会社から、映画製作班が監督の山中虎男氏を先頭にして、航空隊に入ってきた。製作班の一行は主として病室を本拠に、隊内のあちこちで撮影をはじめたものである。

その中の一駒として、高々度飛行による気圧変化、とくに低圧が搭乗員におよぼす生理的影響などについての撮影には、佐野軍医少佐が主役となって診断をおこない、私は助手としてフィルムにおさまったものだが、その照明用ライトの熱さには閉口した。

この日本海軍の〝航空医学〟撮影班は、戦局がますます悪化してきた昭和二十年の初夏、いつの間にか航空隊を去っていった。そのフィルム〝航空医学〟は、完成したのか、それとも未完成のままに終わってしまったのか、知ることができなかった。

当時の航空隊における医務科の任務は、隊員の健康管理と保健衛生、飛行機の遭難事故にたいする救助活動などが主であって、予防医学的な航空医学の分野については、まだまだきわめて初歩的なものでしかなかった。

勝沼、川島両軍医大尉の飛行隊勤務は、その航空医学に新しい研究と開拓の第一歩を、踏み出した画期的なものであった。

二月十九日には、米軍がついに硫黄島に上陸をはじめた。八幡空襲部隊などの空軍総引き上げ後の、飛行機をもたない攻防戦は、すでに先の見える悲惨なものであろう。三月十日は陸軍記念日である。米軍はこの日をねらったのか、三月九日の夜、B29の大編隊で東京を空襲し、その大部分を焦土としてしまった。

それから数日後、朝早く海岸番兵から頻繁に電話が入ってきた。夏島の海岸に四人の民間人の遺体が漂着しているが、どうしたらよいだろうか、という問い合わせである。生存者であれば一刻をあらそうが、死体ならば一般診察をおえてから死体検案にいけばいい。検案は午後にしよう。

「午後、見にいくから、それまで、死体がふたたび波にさらわれないようにしておいてくれ」

午後一時、梅谷軍医中尉とともに、夏島海岸に出向いていった。二人の衛生兵が後につづいてくる。

当惑顔で待ちかねていた番兵の案内で、砂浜に引き上げられている死体四体の検案をはじめた。カーキ色の布地に黒の襟をとった警防団の制服に、巻脚絆の中年の男性一人、カスリの木綿でつくったモンペ姿に、きちんと身をつつみ、防空頭巾をかぶった女性三人である。四体の顔を見て、私は思わず梅谷軍医中尉と顔を見合わせた。被服も防空頭巾もあまり汚れていないが、顔はきれいな骸骨となって、肉片の一切れもない骨格標本となっている。光沢もつややかな真珠色である。

大きく開いた眼窩の空洞のなかには、小さな巻貝が宿っていた。むき出しの両手も骨格標本となっていたが、関節をつなぐピンクの靭帯はゆるみなく、指骨を連結している。この顔と手を骨格標本としてさらに真珠色の光沢に磨き上げたのは、魚と貝の口唇によるものである。この被害者の皮肉はいうまでもなく、東京湾の魚貝の腹を太らせたものであろう。どの被服にも、点々と焼け焦げの痕跡があって、三月十日、東京大空襲の被害がいかに大きなものであったかを示していた。

五十歳前後と思われる男性の警防団服のポケットはまったくカラッポで、チリ紙一枚入っていない。したがって、身許を確認できるものはまったくなく、氏名年齢などいっさい不明だった。

モンペ姿で防空頭巾の女性三体のうち、一人の防空頭巾には、小さな花模様の縫い取りがしてあって、生前の優しい心根がしのばれるものだった。

顎の下にしっかり結んだ紐をといて頭巾をとると、つややかな黒髪がパラリと顔をおおった。死者の霊が骸骨となった顔の醜さを恥じて、黒髪で顔をかくすのにも似て、なんとも痛いたしい。

衣服をぬがして見ると、着衣の部分はまったく生前そのままで、二十歳前後と見られる若い女性の肉体に思わず息をのんだ。

四体とも所持品はまったくなかった。襟裏につくられた小さなポケットにも、なにひとつなく、衣服に普通縫いつけられている記名もはぎとられていた。

三月九日の夜の大空襲の被害者は、東京の河川を流れて、東京湾を漂流しながら、潮流に乗って夏島の海岸に漂着したものであろう。その六、七日の漂流中に露出部はすっかり魚貝類の餌となってしまったのである。

氏名不詳、身許不詳の死体検案書、死体検案記録を大急ぎでつくり上げると、横須賀市に通報して引きとってもらった。市では無縁仏として処理するという。

なんとかして氏名と住所を調べて、遺体を遺族の手に渡したいと思ったが、手帳ひとつない状態では手のうちようがなかった。

しかし、この考えは甘かった。東京大空襲の被害は大きく、東京はほとんど焼け野原となり、死者は何万人にも達するという。これでは問題にならない。

翌朝もまた、夏島の海岸に五人の漂着死体があるという。いずれも女性の死体ばかりです、という番兵の通報であった。潮流の関係で、夜の間に潮がもってきては、引き潮とともにおいていくらしい。

連続四日間、死体の漂着がつづいた。漂着した死体は十七体、男性は最初の一人のみで、あとは全部女性であった。三、四歳の女児もまじっている。可哀想なことだった。

どの死体にも共通していたことは、露出部(顔と手)がまったく魚貝類の食害にあって、きれいな骨格標本そのものとなっていたことと、もう一つ不思議にも所持品がまったくないことであった。これは一つの謎だった。

彼らはいまもそのまま、横須賀市内の寺に、無縁仏として訪れる人もなく眠っていることであろう。

B29の空襲は、もはや日常の業務とも思えるようになっていた。ある日の午後、夏島海岸にこんどは二人の外国人の死体が漂着したというので、さっそく検案に出向いていった。お

日本本土を空襲するB29の編隊。大被害を出した3月10日の東京空襲のときには、犠牲者と思える遺体が横須賀に漂着した。

そらく、撃墜されたB29の搭乗員ではないか、ということであった。死体は新しく、一昨夜もしくは昨夜ぐらいのものと思った。魚害などは全然なく、外傷もない。

まず第一に奇異に思ったことは、二体ともパンツ一枚ということであった。外国人の年齢はなかなかわかりにくいが、二人ともおそらく二十四、五歳ではないだろうか。しかし、なぜパンツ一枚の裸同然の姿なのだろう。軍服や腕時計はおろか、認識票さえつけていない。これには驚いた。まったく不思議なことである。

私はこのとき、先ごろ東京大空襲後の漂着死体が十七体もありながら、なにひとつ所持品のなかったことを思い出した。

――これは、ことによると他でもない、こうした漂流死体の貴重品を剝ぎとる、海賊行為同様のことが行なわれているのを暗示しているのではないだろうか。

漂流死体から貴重品いっさいを抜きとって、死体をふたたび海に投げ込んで、知らぬ顔の半兵衛を決めこんでいるやつがいるのかもしれない。ことにこの米軍の搭乗員にたいしては、パンツ一枚を残して、あとは全部はぎとってしまっている。

こんな非道な、無惨な所業は、絶対に許されるべきではない。すぐに天罰をくわえるべきだ、と思った。

予備学生もまた

三月、春はまだ浅く、鉈切山の遅い梅が咲き、ほのかにあたりに芳香をまきちらしていた。周囲の他の樹木の芽はまだかたい。その鉈切山の地下には新しい大病室建設が、ちゃくちゃくと進行中で、医務科がこの地下施設に移るのも、そう遠くない。

そんな三月の下旬、立教大学における海軍予備学生の採用試験に、佐野忠正軍医少佐が徴募軍医官として出張することになった。私は徴募軍医官付の衛生兵曹として、山口定夫衛生兵長、橘田志郎上等衛生兵をともない、佐野少佐に随行した。

三月十日の東京大空襲による被害は、新聞報道をはるかに上まわる惨状で、山手線の車窓にうつる風景は累々と果てしない瓦礫の荒野であった。これからの東京は、いったいどうなっていくのであろう。

午後も遅く、池袋駅のホームに降り立った。駅舎は瓦礫の荒野にポツンと立っている。西部劇の荒野の駅に立っていて、駅のホームには拍車に拳銃の流れ者が立ち、瓦礫の向こうからインディアンが馬で襲ってきても、不思議ではない、といった風景である。

被災をまぬがれた立教大学の校舎が、ホームから見える。駅と大学のあいだに、建物はまったくない。駅の横に幸運にも焼け残った民家の一区画数戸が建っていた。徴募官付の主計兵曹の手配によるわれわれの宿舎は、その中のたった一つの旅館であった。

木造二階建ての小さな旅館には、ほかに宿泊者は一人もなく、われわれ徴募関係者の専用旅館のようだった。佐野軍医少佐は千駄ヶ谷の佐野医院から通うという。佐野医院は父君の経営する医院で、幸いにも戦災をまぬがれていた。

瓦礫のかさなった街をゆきかう人影は少ない。ところどころにポツンと焼け残って建っているのは、白壁がはげおち、土肌をむき出しにした土蔵である。その瓦礫の谷間に焼けトタンが地にはうように寄せてあるのは、焼け出された人びとの住居であった。仮住居とはいいながらあれでは土間に焼けトタンを差しかけただけのものであろう。

とにかく、想像以上のやられ方である。東京は果たして復興することができるだろうか。こんな状況では永久にその日はこないのではないか。そんな思いがする風景の池袋であった。

旅館には電気も水道も復旧していて、不便ではなかったが、夕食の膳についたところで、ガック

3月10日の大空襲により、東京は焦土と化した。一望千里の焼け野原がどこまでもつづいた。写真は日暮里駅の周辺である。

りした。食糧不足の折りから、旅館ではだいぶ苦労して用意してくれたものであろう。しかし、飯は灰色にくすんだ焼米でこげくさく、わずかではあるが苦味もあった。申し訳ないことだが、とても咽喉を通らない。おそらく、焼けた食糧倉庫などから掘り出されたものであろう。副食物は魚肉の缶詰であった。

翌朝から採用試験がはじまる。朝早く立教大学に入っていった。立教大学はあの三月十日のすさまじい爆撃に、よく残ったものである。

すでに諸大学の学生から提出されている海軍予備学生の志願者五百名ほどを、一日約七十名ほどに振り分けて、向こう一週間のあいだ、立教大学の講堂を試験場として行なうのである。

試験は、徴募官である某海軍大佐の挨拶ではじめられ、はじめに学科試験をおこなって、ただちに採点する。学科試験の合格者を発表すると身体検査をして、その日のうちに予備学生合格者の決定と発表という段どりで、試験は混乱もなく、きわめて順調に行なわれていた。たまたま、三日目と四日目の両日、身体検査の最中に空襲警報となったので、検査を一時中止して、大学の地下室に受験生を避難させたことがあった。このときは立川の中島飛行機工場が爆撃されたが、その爆撃の振動は立教大学の地下室まで強くひびいてきた。よほど大型の爆弾を投下したものであろう。

二日、三日と経過するにつれて、旅館の相も変わらぬ焼米と魚肉の缶詰の食事には、ほとほと閉口してしまった。まだあと五日間は、この旅館に滞在しなければならない。なにか食糧対策をと考えた私は、橋田衛生兵を本隊に派遣して、食糧品の補給をしてくるように、明日の夕方までに帰ってくればよいから、と出発させたのである。

翌日の夕方、待ちかねたわれわれは、橘田上衛の調達してきた食糧品で、久しぶりの食事にありついたのであった。

一週間にわたる海軍予備学生の採用試験で、この間の合格者は三百五十名前後に達する多数であった。

昭和十八年、十九年、二十年の春と、この間に陸海軍の間では、消耗いちじるしい兵員を補充するため、熾烈な人員争奪戦が暗黙のうちに行なわれていた。とくに大量の動員計画を立案してみても、これにともなう人員が充足できない。

徴兵令の改正により、徴兵年齢を二度にわたって引き下げ、満十八歳にするとか、学徒動員によって学生全員を戦線に引っ張り出すなどの手段を講じては見たものの、それでも思うような充足ができなかった。とくに徴兵検査については、陸軍が主導しているので、海軍側はまったく手が出ない。

いかにして若い有為な青年を確保することができるか。陸軍は自分のところへ押さえておいて、海軍には渡したくない。海軍は陸軍に先手をうって、なにか青少年や学生たちの目を海軍に向けさせる策はないものか、と考えた末の対策が、海軍では海軍予備学生制度であり、また後世きびしい批判をうけることになった海軍特年兵制度などであった。

一方、陸軍では、甲種特別幹部候補生制度などである。まさに陸、海軍できそう青少年の呼び込み合戦といった状態であった。

これにたいして、片や学生や青少年たちは、この国家存亡の危機に〝乃公出《だいこう》でずんば〟という決心に変わりはない。国民皆兵のこのとき、兵役に服するのは、日本男子としては当然である、と考えていた。

しかし、同じ兵役に服すにしても、徴兵によって軍務につく前に、自己の選択によって、陸軍の制度と海軍の制度を比較検討、あれこれ取捨選択したうえで、自分の希望するところに入ることができれば幸いだ、という風潮が出てくるのは、当然のことであった。

さて今回、立教大学においての予備学生合格者三百五十名は、主計などの特科部門をのぞいて、そのほとんどの者が基礎教育の終了とともに、第一線に送り出され、空と海の特攻隊要員となってゆくのであろう。

短剣と紺の軍服をちらつかせて、多感な学生を多量に募集するなど、海軍もなかなか味で、巧妙な呼び込み方法を考えたものである。

予科練の高熱病

米軍は四月一日を期して、ついに沖縄に上陸を開始した。日本本土上陸も、こうなればもう時間の問題となってきたようだった。

すでに連合艦隊は壊滅して、わずかに残った艦艇の一隻である巨大戦艦「大和」は、瀬戸内海にかくれていた。南方戦線にちらばって苦戦に苦戦をかさねている陸海軍の将兵たち、とくに離島の部隊では、いまに連合艦隊が救援にきてくれると、待ちあぐねていたものである。

その期待もむなしく、「大和」が残って敵の手にわたることになっては困るなどという考えがあったものか、四月七日、戦艦「大和」が、沖縄の戦線に海上特攻をかけて出撃し、敵機にむざむざとやられ海没してしまった。

なんとバカなことをするのだろう。海軍上層部は、うちつづく敗戦にくるってきたのだとしか考えられない。まったく狂気の沙汰とは、こういうことを言うのだろうと思った。

護衛の飛行機もなく、のこのこと沖縄に出ていかせるとは驚いたものだ。これでは自殺行為などというより、海軍のメンツのために沈められに行け、というようなものだった。

海軍は巨額な戦費をつかって、あんな巨艦をつくりながら、少しも役に立たないじゃないか、などと国民や陸軍の批判を受けたら困る。そんな打算の上に行なわれたものであろう。「大和」の乗組員こそ迷惑なことで、死んでも死にきれぬ思いだったろう。

大艦巨砲の夢は消えて、「大和」は空しく数千名の柩となって沈んでいったのである。

四月七日には、鈴木貫太郎大将が総理大臣の大命をうけ、海軍大臣は米内光政大将が留任するという。日本はこの老軍人を担ぎ出して、挙国一致、最後の決戦にそなえようというのであろうか。

甲種飛行予科練習生五十名ほどが、練習航空隊の相模原航空隊で基礎教育を終え、転勤してきた。

さっそく内科室において身体検査となったが、驚いたことに、全員が栄養失調だった。老人のように艶のうせ青黒くひからびた顔、瘦せた胸腹部とその皮膚の色、精気のない瞳、けだるそうで力のない一挙一動、これが予科練とは驚いた。

練習航空隊では、そんなに食糧不足となっているのだろうか。予科練の基礎教育の課程ですでに栄養失調とは、先ざきが思いやられる。いや、噂によると、日本国民の全部が飢餓状態だというが、それは本当だろうか。

それに、この予科練たちは、なんで横空に転勤して来たのだろう。

「明日から航空隊の防空用地下室作業に従事する」のが、彼らの任務であるという。

すでに、赤トンボとよぶ練習機にあてる燃料などはゼロという現状から、予科練として入隊はしたものの飛行訓練などは夢のまた夢と消えて、基礎教育をおえた練習生たちは、各地の実施部隊に分散派遣され、さまざまな作業要員にするという。

横空にきた予科練五十名は、目下、施設部の手で昼夜兼行でおこなわれている地下施設の建設作業に従事するためだ。

平たくいえば、穴掘りの作業員である。かわいそうに彼らは、予科練として海軍に入りながら栄養失調のうえ、今度は穴掘り作業だ。

内科の主任医である佐野軍医少佐は、ただちに全員を栄養失調と診断し、とりあえず、軽業患者として、さらに特別加給食の処方を出したのであった。

若い彼らの回復は早いから、そんなに時間はかからないであろう。しかし、その間は軽業患者として、内科の観察下において見まもってやろうという配慮であった。

若い予科練たちの回復は早く、数週間後には、彼らは回復して活気をとりもどしてきた。

たくましくなった彼らは、連日、地下にもぐってツルハシやスコップを握っては、その若さを岩盤や土にぶつけていた。

五月には人事異動があって、昇任や転勤など定例とはいいながら、繁雑であわただしい日がつづいた。

医務科も人事異動がおこなわれ、医務科分隊長の佐野忠正軍医少佐は、軍艦「大淀」の軍医長として赴任していった。焼津分遣隊に出ていた遠藤始軍医大尉は軍医少佐に昇進するとともに、新設される秋水部隊の軍医長となった。

元看護長の鈴木右治太衛生大尉は衛生少佐に昇進、ふたたび鎮守府付から航空隊勤務として医務科にもどってくる。看護長の倉田利治衛生大尉は野比海軍病院の総務にいき、後任は霞ヶ浦海軍病院から藤田栄助衛生中尉が赴任する。

先任下士官の木村好男上等衛生兵曹は准士官となって、准士官教育のために出ていった。その後任としては、前線の艦隊司令部付として外地に出ていた山下武夫上等衛生兵曹が転勤してくるなど、大幅に異動が行なわれていた。

私も、五月一日付で上等衛生兵曹に進級した。

そんなあわただしい中へ、予科練の生徒二十名ほどが、高熱をうったえて受診にきた。全員が四十度近い高熱だが、血便や下痢症状はない。

多数の高熱患者発生ということから、受診患者全員を隔離病棟に収容のうえ、予科練たちの居住区の消毒などの防疫措置をとった。

病理試験室では、患者と予科練全員の採便と培養試験などに懸命であった。

翌日もまた、新たな高熱患者十数名が内科にきた。さあ内科はテンヤワンヤの大あわてである。いままでほとんど使っていなかった隔離病室は、予科練の専用となってしまった。鈴木軍医長の指示によって、若手の軍医官数名が、この高熱患者にたいする専任医療班を編成して、原因の究明と治療方法の確立、予防措置などについて、あらゆる角度からこの高熱症の対策に取り組むことになった。

三日目、最初の受診患者二十名はまったく平熱で、なにもかも平常と変わりがない。第二陣の昨日の患者も、ほとんど平熱となってきた。

四日目、第一陣の患者が全員、全治退室すると、待ちかねたように新たな第三陣の受診である。これで予科練全員が高熱におかされたことになった。第三陣の十数名は隔離病棟に収容、ふたたび内科と病理試験室は、その対策に追われる。

専任班の軍医たちは、カルテとデータ用紙を持って臨床に、採血にとあわただしい。試験室は培養基づくりや採便培養、シャーレ洗いなどで、ごった返している。

患者はほとんど四十度前後の高熱を出すが、一日二日でけろりと回復してしまう。予科練たち五十名の患者は、全員が四日間ずつ隔離病棟に入って休養し、退室していった。

専任医療班の軍医官たちによる懸命な探索にもかかわらず、結局この高熱患者発生の原因は、つきとめることができなかった。

やがて予科練たちの従事していた地下の掘削作業は終わり、あとは施設部の専門の職人たちの手によって坑内の造作がおこなわれるだけとなったところで、彼らはふたたび他の部隊へと転勤していった。いずれかの隊で、またまた穴掘り作業でもさせられるのであろう。

予科練たちは航空隊を出ていった。彼らの上に起こった高熱病さわぎも、いつしかわれわれの脳裏から消えていった。

ある日、私は隊内の理髪所で、顔見知りの大村工作兵曹と顔を合わせた。彼は、かつて予科練たちが穴掘り作業の期間中、班長となって作業を指導していたことがあった。

久しぶりの対面で雑談をかわしているうちに、例の予科練全員が発熱した問題に、いつしか話がうつっていった。

そのとき、ざっくばらんな彼は、いとも簡単にコトの真相を打ち明けた。

「醤油ですよ、醤油。むかし日露戦争のときに、高級官僚の息子や町家の若主人などが、いかにして戦地にいくのをまぬがれることができるか、いろいろ苦心したものだそうだが、そのときに暗に行なわれていたのが、生醤油を飲むことだった。徴兵検査や召集をうけたときに、朝一番で生醤油を一合ぐらい飲んで、検査場へいけば、途中でもう高熱が出て、一発で不合格になったという話ですよ。いまでもそんなことが、秘かに行なわれているらしい。

だいたい、考えてもみなさい。憧れの予科練に採用されて、七つボタンに桜に錨と、喜びいさんで入隊してみたら、甲種飛行予科練習生とは名ばかりで、ごまかし同然、飛行機などにはさわることもできない。おまけに練習航空隊では栄養失調、あげくのはて、天下の横須賀航空隊にきてみれば、仕事はなんと穴掘り作業だ。

これじゃあだれだって、厭になって当たり前、熱も出りゃあ頭も痛くなる。彼らは心身ともに疲れきっていたんだ……」

大村兵曹は、一気に胸中の憶いをぶつけてきた。

なるほどそうか。その気持がわからないでもない。あの発熱さわぎは予科練たちの、ささやかなレジスタンスというわけだが、それにしても、振りまわされたのはわれわれ医務科である。

日進月歩の近代医学の世に、だれが非近代的な、醬油発熱法（?）など知るものか。いささか腹の虫がおさまらない。

「大村兵曹、君はそれを黙って見ていたのか」

「いや、全然知らなかった。あのときは、おれたちにも伝染するものと、真剣になったものだ」

さらりとかわされたが、大村兵曹はとぼけているなと思えた。

まあ最初の患者のときはわからないとしても、身近にいる班長として二回、三回となれば、醬油の入手、空瓶の処分、予科練の挙動など、不自然なことが眼につかないはずはない。

彼もはじめはわからなかったのだろう。中途で、これは……と気づいても、すでに騒ぎは大きく、医務科の大がかりな防疫対策を見るにつけても、これを明らかにすれば、練習生の中から犠牲者を出さなければならないだろう。

それが彼を沈黙させたのだ。それに、大村兵曹は、彼ら予科練たちにたいして、たいへん同情的な態度である。

日露戦争時代の醬油発熱などということには、善意にみちた軍医官たちは、知ることもなく、疑いも持たなかったであろう。

考えてみると、彼ら予科練たちの団結ぶりはみごとであった。おたがいの信頼と、かたい友情によって結ばれていた。

そのためか、この醤油事件も彼らの口からは、一言ももれてこなかったのであろう。

その彼らの上に起こった一つの悲しい事故を、私は思い出した。

野島の地下室掘削工事中に、大きな落盤事故が起こって、工事にあたっていた予科練たち数人が、生き埋めとなったことがあった。ほとんどの者が自力で脱出したが、二人の予科練は不運にも犠牲となり、二人は七、八名の同僚たちの手によって、近くにあるまだ荒掘りのままだった鉈切山の地下病室に、運びこまれてきた。

私はちょうどそのとき、地下病室の建設作業を見にきていたので、ただちに地下外科室に収容して、衛生兵に人工呼吸をさせ、強心剤注射など応急処置をしながら、たまたま他の地下病室の建築状況を見にきていた鈴木軍医長のところへ、衛生兵を走らせて急を報告させた。なんとか二人を蘇生させたい、と私は努力したが、しかし二人はすでに死亡と断定するよりほかにない状態であった。

鈴木軍医長も報告を聞いて駆けつけてくると、私の処置の報告をうけながら、救急手段を尽くしていた。だが、二人はついに呼吸を回復することができなかった。

地下通路に息をのんで立ち尽くしている予科練たちに、二人の死亡をつげるのは辛かった。許されて外科室に入り、二人の屍にとりすがって悲嘆号泣する予科練の姿に、私はしばらくこのままにしてやろう、と見まもっていたが、しかし、いつまでもこのままにしておくわけにはいかない、と思った。

「さあ、もういいだろう。練習生たちは、こちらに集まれ」

鈴木軍医長は声をかけながら通路に出ていくと、予科練生たちを前に、静かに何事かを諄々と教えさとしていた。

その姿は、父親が自分の息子たちにたいする姿であった。

とにかく、この醬油発熱の話は、ショックだった。しかし、これは黙っていよう、すでに彼らは転勤していった後なのだ。いちど実際に自分で醬油を飲んで実験してみようか。そんな気持がふとわいた。

第八章　空襲警報のもと

病室も大地下壕へ

横須賀航空隊はいよいよ本土決戦にそなえて、まず航空兵力を温存するために、米軍機の来襲にたいしてもいっさい迎撃に出ることなく、警戒警報とともに、実用機は全部、地下や掩体壕に退避させることになった。

また、審査部の一部をもって三沢分遣体を編成し、試作機の連山というB29に似た四発の大型爆撃機などとともに、三沢航空基地に移っていった。

私は飛行場の片隅に試運転で出ている連山の後部に立って見ていたことがあった。そのとき、とつぜん四基の発動機がフル回転したため、フキ飛ばされそうになったことがある。

医務科からも三沢に大沼正彦軍医大尉、嘱託歯科医の佐藤杢栄医師が派遣された。搭乗員の中には、かつて渡洋爆撃に勇名をはせて、中攻隊の神様といわれた歴戦の雨宮英雄大尉などもいた。

さて、なにやかやと忙しいところへ見習尉官十五名が、横空に入ってきた。海軍に入り、短期間の基礎教育をうけたのみで、あとは実施部隊の医務科で、実施教育をうけるのだという。

大学をいずれも繰り上げ卒業となって、学生たちはそのほとんどが軍隊に吸収されていった。医学部の卒業生たちも、海軍の戦時特令の新制度〈海軍軍医科見習尉官〉に多数採用されたのである。

さっそく鈴木軍医長の手によって、彼ら見習尉官の教育を担当する医務科の教官陣が編成され、発表された。教官は鈴木軍医長を先頭とする軍医官四名と、衛生下士官である私の計五名であった。

私はじっさい驚いた。これは具合が悪い。先任下士官をさしおいての教官、それになにを担当するのかも聞いていない。彼らは戦時下の学生で繰り上げ卒業とは言っても、医務の卵だ。

さっそく鈴木右治太衛生少佐のところへいくと、少佐は、温顔をむけて駄々っ子をさとすように、

「軍医長の命令で、君にきまったのだ。君の担当するのは、海軍医務制規を教育することだ。いいか、神田兵曹、教えるということは大変なことで、自分の勉強と思って、しっかりやりなさい」と、激励とともに変更の余地のないことを、はっきりと言った。

「わかりました。一生懸命やります」

私は引き下がらざるを得なかった。

やがて、軍医科見習尉官たちにたいする軍医長の訓辞と、教官陣の紹介があった。見習尉官たちは、いずれも私とほとんど同年配の人たちばかりである。まあ医務制規なら大丈夫だ。

いっしょに勉強するつもりで頑張っていこうと思った。

いずれは本土決戦ということになるのだろうから、それにそなえての対策は、急がなければならない。

昼夜兼行で行なわれていた鉈切山の地下大病室は、レントゲン室などの一部を残すのみで、他はほとんど完成してきた。そこでレントゲン室と、緊急の場合にそなえていままでの外科室を戦時治療室として残し、他の施設はすべて地下病室に移転した。

それとともに、地下施設のみでは、大量の戦死傷者などが出た場合は心もとないから、地下病室前の空地に、木造平屋建てのトタン葺き、床は土間というバラック一棟を建てて、これを応急戦時治療室としたのであった。七ヵ所あるこの地下大病室の出入口には、厚さ一メートルもある鉄筋コンクリートの掩体がガードしており、縦横に走る通路は広く高く、戦闘にさいして主計科員などをもって編成される戦時担架隊が、そのまま駆け歩いても支障がないようになっていた。

地下の医療品倉庫には、二万人の部隊にたいする約二年分という薬品や治療品が収納された。これで、この施設によれば、わが横空は、十年戦争にも堪えぬくことができるであろう。

鈴木衛生少佐。著者は見習尉官の教官に決定し、激励された。

執拗なるグラマン

昭和二十年の五月も末に近く、どんよりとした空に警戒警報が鳴りひびいた。隊内放送のスピーカーは、ラジオをそのまま隊内に流して情報を伝える。B29の大編隊は海上から静岡県に入ると、浜松の上空を通過して、本土を横断するかのように北上している、という。さて、どこへ行こうというのだろう。

やがて、大編隊は富山市の上空に達した。今日は富山を爆撃しようというのか。日常茶飯事となったB29の空襲には、馴れきっているから、昨日はどこがやられた、今日はどこが目標になったと、べつに驚くこともない。

B29の大編隊は富山市を爆撃することもなく、富山市の上空でUターンすると、京浜地方に向かったという。おかしな行動をとっている。

B29はこのまま爆撃もしないで、帰路につこうというのだろうか。今日のこの大編隊の目的は、日本にたいする示威行為なのだろうか。

つづいて、京浜地区に空襲警報が発令された。B29の大編隊は、横浜上空に達しつつありという。敵機はこのまま横浜の上空を通過して、サイパンに帰ろうというのか。

外科室で待機している私のところへ、橘田志郎衛生兵があわただしく跳びこんできた。

「外科室長、すごいB29の大編隊ですよ。あんな大編隊は見たこともありません。外に出て見ませんか」

「よし、行こう」

橘田上衛とともに広場に出ると、空を仰いでおどろいた。空いっぱいにひろがって、ゆうゆう飛翔するB29の大群、高度は約一万メートルぐらい。先頭はすでに横浜上空に入っているが、機影は後から陸続とあらわれて曇り空をおおっていく。

「おい、山に登ってみよう」

鉈切山にすばやく登って、さらに驚きはました。文字どおり空をおおうB29の大群、これほどの飛行機の大群は、後にも先にも見たことはない。四百機、いや五百機にはなるだろう。すべて銀翼四発の大型機であるから、圧巻だった。空中の大観艦式……いや、大観閲式とでもいうような展開である。

これでは四、五十機の戦闘機が立ち向かったところで、龍車に向かう蟷螂と同様、とても歯の立つものではない。ウーン、さすがにアメリカは凄い。私たちは鉈切山の山腹に立ちつくしていた。対空砲火もあきらめたか、撃ち上げる気配もない。

とつぜん、横浜の市内中央部あたりから、黒煙がムクムクと立ちのぼった。彼らの空襲目標は、横浜だったのだ。ただの示威運動ではなかったのである。黒煙はたちまちのうちに太く広範囲となって、大入道のように横浜の上空に立ちはだかり、ついに横浜をおおってしまった。

陸続とつづくB29の大編隊は、先頭機はすでに太平洋上に出ているのであろう。やっとそのころ、後尾のB29が姿をあらわしてきた。

見よ！　その最後尾のB29二機に、小さな黒点が三つ四つとまとわりつき、食いついているものがある。右に左に飛びまわりながら、ときどきキラリ、キラリと光っている。戦闘機だ。日本の戦闘機だ。B29に必死の攻撃をかけている果敢な姿であった。どこの航空隊の戦闘機か知らないが、頼むぞ、頑張ってくれ。

とつぜん、最後尾のB29が、グラグラッと傾いた。やったぞー、ついにやった、と見ていると、急にググーッと高度がさがり、機首が下がったと思うと、東京湾に突っ込んでいった。つづいてまた一機が、グラッと揺れたと思うと、スーッと高度を下げていった。よし、これで二機目だぞと見ていると、四、五千メートルの高度のところで、機体を立てなおすと水平飛行にもどって、大編隊の後を追って太平洋上へ出ていった。

さて、B29など大型機による京浜地区への空襲は、一段落したものと見えて、その数日後からはグラマンなどの艦載機による銃撃が多くなってきた。

しかし、横空などのひかえる横須賀軍港や、その周辺地区にたいしては、敵もさすがに敬遠したものか、なかなか襲ってくる気配がなかった。

国内はすでに、極端な物資の欠乏になやみぬいていた。なかでも、ガソリンの一滴は血の一滴とまでいわれ、とくに航空燃料は枯渇していた。軍ではその代替燃料として、山に入って松根油などの採集に苦心していたのであったが、そんなものは、きわめてわずかな効果しか上げていなかった。

横須賀航空隊などの実施部隊は、来るべき本土決戦のために、貴重な航空燃料の確保と、飛行機温存のために、とにかく忍の一字をもってあたっていた。

空襲警報とともに、飛行機は地下の掩体壕へとひそみ、近隣の都市空襲にたいしても、迎撃戦に出ることはなくなった。百戦練磨の搭乗員たちは、切歯扼腕しながらも、ただただ本土決戦にそなえて、隠忍自重の日を送っていた。

そして、日本海軍の新鋭戦闘機である紫電や雷電、紫電改、零戦などが、迎撃に出て来ない、ということを米軍は察知したものか、艦載機グラマンは、いよいよその矛先を、横須賀軍港に向けてきたのである。

六月早々のことであった。私は診療の終わった外科室で、衛生兵たちの診療の後片づけや、包帯材料の再生などを見ていた。診療施設をはじめ医務科の各部門は、ほとんど地下病室にうつっていたので、終日、地下にもぐっていても、万事に支障なくすごすことができるようになっていた。

ガーゼや包帯の再生をしている衛生兵に、消毒を確実にするように、と私は注意した。この間のことであった。火傷患者の包帯交換のさいに、患者がさかんに傷がかゆくてたまらない、と訴えるので、リバノールガーゼを剝しながら、よく見ると傷の軟部に、小さなウジが三つばかり食いこんで、わずかに尻を出しているのがあった。これでは患者が痛がゆいというのは当然のことである。

これは、再生ガーゼの消毒が不完全なためである。こんなことでは衛生科員の恥である。しっかり正確にやれ、と衛生兵たちにハッパをかけたのである。

とつぜん、空襲警報、空襲警報――一足とびの空襲警報である。しかし、警報なれしている航空隊員は馬耳東風、今日はいずこをやるのやら……ぐらいの気分で聞いている。

つづいて第二声、だいぶ緊迫したようすだ。

「対空戦闘用意！ 対空戦闘用意！ 敵艦載機数機、当航空隊に向かいつつあり！」

おやっ、今日はうちだぞ、いよいよ来た。

「よし、各科の下士官および衛生兵は、全員、外科室に集合！」

集まった衛生科員を分散配置につけるとともに、負傷者の収容準備をととのえて待機するように指示すると、私は外に出て見た。

軍医科士官室に引き上げていた軍医官たちも、ふたたび各科に入って待機する。そこへ主計兵数名が主計兵曹に引率され、担架隊として医務科の傘下に入ってきた。

治療室の準備は終わった。ふたたびスピーカーが叫ぶ。

「対空戦闘！ 対空戦闘！」

その声につづいて、ひときわ音階の高い戦闘ラッパが、高く低く余韻をひいて、隊内を流れていく。

私はジュラルミン製の分厚く重い特製のヘルメットをかぶり、地下の大通路から第二出入口にいくと、掩体の横に立って、飛行場方面を眺めてみた。付近一帯は一段高くなっているうえに、航空隊内の旧木造建築物はほとんど撤去されているので、見晴らしはいたってよい。

航空隊周辺の夏島、野島、鉈切山などの山頂にある防空部隊から、いっせいに対空砲が撃ち上げられ、けたたましい高射機銃の音が、あたりを圧していた。

「来たっ、来たっ！」

東の空、夏島の上空あたりから、薄曇りの空を背にして、艦載機三機が猛然と航空隊めざして突っ込んでくる。その独特の翼、グラマンだ。

グラマンは飛行場の上空で、サッと散開すると、中央の一機はまっすぐこちらに向かって来た。地上の対空砲火はいよいよ激しく、数百、数千の太鼓をうちならすかのように響きわたるが、効果はさっぱり上がらない。

突如、こちらに向かって来るグラマンが、グラッと傾いた。エンジンも止まったようだった。グラマンはそのまま、左右にグラリ、グラリと大揺れにゆれながら、墜ちてくる。

「やった！　やったぞ！」

いつの間にか私の周囲に集まっていた兵員たちの中から、歓声が上がった。

グラマンが地上に激突するぞ、と息をのんで見まもる瞬間、突如グラマンは息を吹き返した。エンジンを全開し、機首をグッと引き起こして体勢を立てなおすと、機銃掃射の雨をあびせながら、航空隊の上空を飛びまわり、ふたたび海上に去っていった。

いや、驚いたのなんの。〝木の葉返しの空中戦法〟は、日本軍得意の戦術と思っていたのに、それを米軍パイロットが、これほど鮮やかにやってのける、とは思わなかった。対空戦闘員たちも、よし、やっつけたぞ！　と喜んだのも束の間、おそらく呆っ気にとられていることであろう。

グラマンが一暴れして海上に去った後は、警戒配備となり、周辺山頂の対空砲火陣は沈黙して、ふたたび静かな初夏の日にもどった。

さて、はじめてグラマン三機による空襲の洗礼をうけたわが航空隊の被害状況は、現在のところはまだわからないが、あれだけ暴れていったからには、死傷者の出ていることには間違いないだろう。

さあ、来る、来る。死傷者は、同僚の背や肩でぞくぞくと地下病室に運びこまれてくる。医務科の出番である。

各治療室には、それぞれ軍医官や衛生科員が、手ぐすね引いて待機しているので、待った、はない。私は中央大通路の入口に、衛生兵三名とともに立った。そうして運び込まれてくる負傷者の症状を一瞥して、外科室に入れる者、手術室に入れる者、または内科室でもいい者、しばらく大通路の脇にすわらせておいて、治療の順番を遅らせてもよい者、などに分別して、治療室の混乱をさけるようにした。

ときにはそのまま、前庭の仮治療室にもうけてある死体安置室に運び込む、などの指示をすることもあった。

遺体のなかには、頭頂部から機銃弾が顎の下にぬけている兵員などがあった。もの言わぬ瀕死の重傷者、大声でうめき騒ぐ負傷者、などが入りまじって、ごった返しの騒ぎである。とにかく負傷者を落ちつかせ、順序だって各治療室の診療の促進に協力していかなければならない。

息をつく暇もなく五十名くらいをさばき入れると、やっと途切れてきた。もうこれで終わりかな、と思ったとき、悲痛な叫びをあげ大声で泣き叫ぶ負傷者が、四人がかりの肩で運び込まれてきた。あまりの大袈裟な騒ぎに、通路に座り込んで治療の順番を待っている負傷者も、一瞬、黙り込んでしまった。

私が近寄ると、いちだんと大声をあげる。

「しっかりしろ、もう大丈夫だ」と呼びかけ、通路の担架にその負傷者を横にさせた。彼は兵員ではなかった。航空隊の拡張工事にきている労務者であった。右の大腿部に貫通銃創をうけていたが、すでに出血はわずかでしかない。骨折もない。しかしその号泣たるやすさまじい。

これでは治療の邪魔になり、負傷者も気落ちしてくる。そこで、黙らせ、元気づけるために、頭に一発ゴツンとやって、大声で叱りつける。

「だらしがないぞ、なんだ、こんな傷、擦り傷じゃないか！」

本人は、いまにも死ぬのではないかと思い込んでいる。こうした負傷者には、いたわりの言葉よりも、傷は浅いのにだらしがないぞ、と怒鳴りつけてやるのがいちばんの薬である。

まだまだ各治療室の中はいっぱいで、軽傷者たちは通路にひかえて順番を待っている。運び込まれてくる負傷者は、この労務者が最後であった。そこで、いまは声を立てずに、うめいている労務者を担架を治療台として、応急処置をほどこした。ズボンを切りさき、創口にリバノールガーゼを当てて圧迫包帯をすませると、彼は安心したものか、苦痛を堪《こら》えながらも、はじめて私の顔を見てうなずいた。

この日のグラマンによる死者は四名、重軽傷者は約五十名にのぼった。三機のグラマンにしては、やられ方が大きかった。

その原因は、隊員たちの油断と、空襲警報なれはしているが、いままで実際に銃撃などをうけた経験のない者が、〝物見高いは江戸の恥〟とかなんとかいいながら、地下壕からのこのこと見物に出たところを撃たれた者がほとんどであった。

四名の戦死者のうち、実際に戦闘要員として活躍中に戦死したのは、本部伝令の上等水兵一名で、他の三名は、つまらないことで銃撃の目標となっている。某一等整備兵は、はじめてのグラマン来襲に好奇心を起こして、地下壕から頭をつきだして見物中を、弾は頭から顎に貫通していった。他の戦死者や重軽傷者たちの被弾のさいの状況も、ほとんど似たりよったりであったらしい。油断は大敵、敵をあなどるな、ということを、強烈に知らされた一日であった。

翌日もまた、グラマンが襲ってきた。対空戦闘員によって撃ち上げる高射機銃弾の大量消費にもかかわらず、効果はまったくあがらない。グラマンは迎撃機の飛ばない航空隊の空を、傍若無人に飛びまわると、銃撃をくわえたのち、立ち去っていった。

二日目の空襲には、さすがに全員が前日の教訓を肝に銘じていたためか、隊員の負傷者は三名にすぎず、それもきわめて軽傷であった。とにかく、戦闘要員以外の者はすみやかに地下に退避することが、最良の防御であるのを如実に示している。

さらにその翌日も、グラマンはまたまた侵入してきた。定期便のように、三日間連続の攻撃である。三日目ともなれば隊員の方も心得たもので、対空戦闘の発令とともに、さっさと地下にもぐりこんで、これを避けるようになった。グラマンはいつものように隊内に銃撃をくわえると、さっと引き上げていった。

外科室に待機していた私は、隊員たちがみな要領がわかってきたから、おそらく今日は、一人の負傷者もないのではないか。そう思いながらも、治療準備の終わった室内を再点検していた。

そこへ電話がきた。

終戦後、米軍が横空で発見したＦ６Ｆ。日の丸と横空の部隊マークが見られる。おそらく不時着したのを捕獲したのだろう。

「本部の伝令が負傷しているので、至急、当直室に来てもらいたい」

外科室に待機中の衛生兵に、

「おい、本部当直室に負傷者だ。だれか二人、おれについて来い」と言うと、自転車を引っ張り出して、私は当直室に向かった。二人の衛生兵も、自転車で後を追ってくる。

本部当直室に跳びこんだ。伝令で働いている上等水兵の後頭部の一部を、機銃弾がえぐりとっていた。とられた部分は鳩の卵ぐらいの大きさである。出血が少なかったために、本人はまったく気がついていなかったものを、先任衛兵伍長が見つけたのだという。

本人は創も見えず、出血もほとんどないので、いまだに平気だったが、もう少し弾が横にずれていたら、重大な転機をもたらす傷となったであろう。

しかし、幸運なことに、わずかに弾はそれていた。当直室では治療に具合がわるい。壊し残してある旧外科室は、いまは応急戦時治療室となって、すぐそこにある。そこに入って応急措置をすませるやいなや、ふたたび、

「対空戦闘、対空戦闘！」の号令と、高鳴る戦闘ラッパ。またまたグラマンだ。

地下室ははるかに遠く、グラマンの爆音は近い。これには参った。

とにかく退避しよう。近くに旧式な防空壕がある。いまはまったく使用されていないが、ここよりは安全だ。それに逃げ込むことにしよう。

「準備はいいか、みんな。では行くぞ」

外科室を飛び出すと一目散に、その小さな防空壕にとびこんだ。壕の奥に四人ひとかたまりとなって身をひそめ、丸太材の壁にピッタリと背を張りつけてすわり込んだ。

グラマンの爆音と機銃音が交錯して壕内に響く。ときおり、ひときわ爆音が大きくなって壕を振動させるのは、グラマンが急降下をくりかえしているためであろう。

壕の入口付近で炸裂する機銃弾、その砂埃りが、パーッパーッと壕内に飛び込んでくる。これはたまらない、状況が悪い。グラマンは俺たちが、この壕に入るのを見ていたのだろうか……そんな疑問に襲われてくる。

そうか、わかった。グラマンの目標はあの艦上爆撃機なんだ。われわれのいる防空壕から六、七メートル先に、無蓋のまま周囲を土塁でかためた掩体壕があって、その内にオトリ機が入っている。オトリとは知らないグラマンは、そのベニヤ板の模型の艦爆をねらって、二

度、三度と反復攻撃をくり返しているのだ。

丸太材で囲い、土でおおってあるとは言いながら、こんなチャチな防空壕では、はなはだ心細い。鉄兜ひとつが頼りの壕の中である。鉄兜はものすごく重く、かぶったままで頭を下げると、上げるのがいささか苦痛といった代物で、あまり好きではなかった。

しかし、このときばかりは頼もしかった。もっと庇が大きくて、両肩まで鉄兜の下に入るようになっていればよいのに、などと勝手なことを考えていた。

――しかし、なんてまたしつこいグラマンだろう。いいかげんに帰ってくれないか。

息を殺して、ただただ逼塞していた。やがてグラマンは、やっと諦めたらしく、ようやく海上へと去っていった。ベニヤ製の艦爆では、いくら機銃を撃ち込んでも、炎上させることは不可能であったろう。

だが、防空壕内のわれわれには、おそろしく長い恐怖の時間であった。

偽病薬イタミン

六月のなかばすぎ、本部当直室から電話があった。

「野島の山中に横須賀航空隊の兵隊の首吊り死体がある、という通報が、追浜憲兵分隊から入ってきた。よろしく頼みます」

私は、兵隊の首吊り死体とは、よくよく命を粗末にするやつがいたものだ、何科の兵隊だろう、つまらないことに手をかけさせる、と思った。

それでも、午後のことでもあり比較的ヒマだった。よし、これから収容してこよう、と心をきめた。

「おい、これから屋島に首吊り死体を収容にいく。だれでもよいから、三人きてくれ」と声をかけて、救急車に入った。つづいて衛生兵三名も乗りこんできた。

まず本部当直室に立ち寄って、憲兵隊から通報のあった死体の場所の細かい説明をうけた。先任衛兵伍長は野島の地図を示して、このあたりに遺体はあるが、背丈以上の野笹の中だということだから、よく探してもらいたい、と言う。

野島はむかしは離れ島であったが、いまでは埋め立てられて陸続きの出島である。とにかく救急車の入るところまで車を突っ込むと、あとは徒歩で山中に分け入った。

ケモノ道のような小径をたどって、山の奥へと登っていく。周囲の雑木の若葉は、初夏の風にさらさらと鳴り、陽光は緑の葉をとおして、四人に緑の淡い光をなげかける。

木立の下に茂る野笹の密集には、まったく閉口してしまう。その中をくねくねと登る小径、昔の八幡の藪知らずとはこんなところだったろう。やっとそこを抜けると、小高い稜線の上の小丘に出た。

本部当直室で聞いた遺体のある場所は、確かにこのあたりである。

「死体はこのあたりにあるらしいから、よく探すように」と、四方に分かれて野笹の中に分け入った。あちこちでバリバリと野笹を踏み折る音が聞こえてくる。

「ありました！　ここにあります」

田中春雄上等衛生兵の声である。

「よし、みんな田中のところへ集まれ」

野笹の群生する中の雑木の下に、笹の中から頭だけ出している兵隊の姿が見える。遠目には地蔵さまが小首をかしげて、木の下に立っているようだ。

周囲に密生する笹をふみたおして、遺体をおろす足場をつくり、溢死の状況、死体の現況などをざっと調べて、山下喜八郎衛長に記録させた。これは、死体検案記録に必要なものだ。

遺体を真っ黒におおう黒アリに大群は、周囲の笹を倒されて、右往左往の大騒ぎである。とにかくアリまたアリの大群は、顔も被服も埋めつくしている。

「アリを全部ハタキ落としてしまえ、この気色の悪いアリを。それがすんだところで、紐を切るから三人で死体をささえろ」

すでに死後硬直などはとうに失せて、腐敗のはじまっている遺体は、細い紐をハサミで切ると、グスグスッと衛生兵たちの手にくずれ込んできた。死後すでに五、六日はへているであろう。

稜線の少しひらけた平坦部に移して、細かく調べると、胸のポケットから一枚の紙が出てきた。大学ノートの一部をひきさいたものに、鉛筆でなにか走り書きがしてある。

「私はもともと身体が悪くて、とても軍隊生活には堪えられない。このごろはとくに具合が悪いので、病室で診療をうけていたが、もうなおったから、明日から来なくてよいといわれた。私は本当に身体が悪いのに残念だ」

ハハー、この兵隊は、内科の患者だったのか。しかし、この紙は具合が悪い。このメモは困る。悪いけれども、これは破り棄てることにしよう。

死体の主は航空隊整備科の二等整備兵であった。四十歳前の貧弱な身体の兵隊で、おそらく第二国民兵の召集者であろう。故郷には家庭があって、家族もあるだろうに、こんなところで自殺するとは、浅慮といわざるをえまい。

死者に鞭うつようであるが、死んで花実が咲くものか。死ぬことはいつでもできるが、死からの復活は、釈迦かキリストだけの話である。自殺などということは最低の愚であって、死者の栄光は永遠にない。

軍部は国民兵という名のもとに、彼らのような軍務未経験の中年の者を召集して軍隊に入れ、員数だけそろえれば事足りる、と考えているようだ。むしろ、彼らのような人は民間において、職場をまもってこそ、国家のためになるのではないか。

噂によると、陸海軍ともども国民兵まで召集して、人員はなんとか掻き集めはしたものの、持つべき兵器がまったくなく、明治三十七、八年の日露戦争時代の主力兵器であった三八式歩兵銃にも事欠く状態で、召集した兵隊たちに竹槍をつくらせて持たせ、それが唯一の武器といった部隊もあるという。

下部の実情を知らない陸海軍の、めちゃくちゃな動員計画におどらされる彼ら国民兵こそ、迷惑千万のことであろう。彼らは民間において、生産労働に従事していることが、より国力の伸長に寄与するであろう、と思った。

実戦部門の国内各地への配備にともなって、横空本隊では実験部門の飛行作業が主となってきたので、飛行作業は少なくなってきた。それとともに、このころは飛行事故もめっきり減ってきた。

兵員の構成も、だいぶ変わってきている。搭乗員はべつとして他科の兵員たちは、若い現役兵が少なくなり、その穴を第二国民兵たちが埋めているのに気がつく。

体力の低下した兵員の受診患者は増加するのが当然のことだったが、この中に二つのタイプがあることに気がついた。

一つは、身体の具合が悪くなっても、このくらいのことではと、ぎりぎりまで我慢に我慢をしていて、いよいよどうにもならない限界に達してから、受診にくる。これは、若年兵や下級兵に多い。

いま一つは、全身倦怠、頭痛がする、胸が痛む、神経痛だ、やれリューマチの持病が再発した、などという患者である。この中には、明らかにあやしい、これは偽病ではないか、と思う患者もいる。こうした患者はえてして、海軍の飯を長く食った古参兵や、応召の上級老兵に多かった。

内科では、明らかに偽病患者とわかる者の撃退に、なかなかしゃれた方法を考案していた。

ある日、内科の桜田軍医大尉が雑談中に、

「神田兵曹、内科ではな、偽病の専門薬をつくってあるんだ。外科で必要なときは、いつでもまわすから言ってくれ。イタミンという名をつけてある」

「イタミン、ビタミンと間違えそうですね」

「そう、イタミン、イタミンだ。内容は滅菌蒸留水だよ。これを〇・五CCぐらい皮内注射してやるんだ。患者は激痛のために悲鳴をあげるくらい痛い。しかも無害で、怠惰な患者にはきつい刺激となるよ。おまけに、いたって吸収が悪いから、二日間ぐらいは注射部にさわることもできない。偽病患者には覿面《てきめん》に効果があるよ」

「外科に偽病でくることはむずかしいでしょうが、そのときは分けて下さい」

それから数日後、鼻下に髭をたくわえた古参兵長が受診にきた。応召兵で若い兵員たちに睨みをきかせている顔役的な存在であった。彼はいままでも何回かリューマチだ、神経痛だといって受診にきていたが、私はかねがね怪しいと思っていた。今度も持病が再発して、股関節が痛むという。

さっそくイタミン注射をおこない、明日も注射にくるように、と言って帰した。

さて、翌日から、その古参兵長はパッタリと病室に姿を見せない。イタミンの効果覿面ということなのだろうか。

それからまた二日後であった。隊内の通路で偶然、その患者と出会った。そこで、リューマチの具合は、とたずねると、彼いわく、

「おかげですっかりよくなりました。あの注射はよく効いて、まだ注射の後が痛いですよ」

ぎりぎりまで無理をかさねて我慢している若年兵、老獪な古ダヌキの古年兵と、種々さまざまな人間模様である。

医療部門と患者との相関関係は、なかなかむずかしい。

めずらしく体格の優秀な若い整備兵が、多数、入隊してきた。このころ中年の身体の貧弱な国民兵役者の入隊を主として見ていたわれわれの目に、まだこんな優秀なたくましく頼も

しい少年が、日本にいたんだ、これは頼もしい連中が入ってきたぞ、と思わせるに充分であった。

身体歴を見ると、全員が本籍は朝鮮である。ああ、いよいよ彼らも志願兵として入隊してくるようになったのだ。彼らを見ていると、一昨年の暮れ、川崎中学校でおこなった海軍志願兵の徴募試験を思い出して、感無量であった。

不合格となって泣く泣く帰っていったあの一人の中学生、彼はその後どうしたろう。

さて、彼ら二等整備兵のうちから、一人の重い肺炎患者が出た。彼はただちに地下内科病室に収容されたが、重症のために彼らの同僚が、交代で二十四時間、付き添っていた。

私はたまたま当直の夜、各病室を巡回して最後に彼の個室に入っていった。

その部屋には、ちょうど彼らの班長である一等整備兵曹が、患者の見舞いにきていた。うるわしい師弟の姿だと思いながら、立ち去ろうとしていると、その班長は付き添いの整備兵に、

「よし、軍人勅諭五ヵ条を言ってみろ」とやりはじめた。

「ハイッ。一ッ軍人は忠節を尽くすを……」

なにかと思ったら、班長は付き添いの兵隊に気合を入れていたのである。患者はだいぶ回復に向かっているとはいえ、非常識な話である。これは班長教育が必要だ。私はふたたび病室にもどると、

「班長、患者の見舞いはけっこうなことだが、その枕もとで付き添いの兵隊に気合を入れるなんて、とんでもない。そういうことは病室内では許さん。やりたかったら外でやってく

れ」

ともあれ、この患者は、幸い健康を回復して、数日後、元気に勤務にもどっていった。

犬塚大尉、秋水に殉ず

秋水、秋水――という声が隊内に流れ出してから、すでに久しくなった。秋水さえ完成したならば、この重大な戦局も大きく転換するのではないだろうか。現在、日本の空をわが物顔に飛びかっているB29の大編隊も、撃破することができるだろう、という。

〝三尺の秋水日本刀〟のごとく、この海軍航空の研究の精華ともいうべき、新世紀の航空機秋水は、この難局をバッサリと一刀両断して、日本に勝利をもたらすもととなるだろう。いわば、日本海軍航空最後の切り札であった。

この秋水を主力とする作戦部隊である第三一二航空隊、通称〝秋水部隊〟は、この年の春、横空隊内で編成された。そして、秋水部隊の司令に柴田武雄大佐、副長に国定謙男中佐、軍医長には横空医務科付の遠藤始軍医少佐がそれぞれ就任し、本部はそのまま横須賀航空隊内におかれた。

夏のはじめ、試作機秋水は航空技術廠で最後の仕上げ作業に入っている。それが完了しだい、いよいよ実験飛行が行なわれるという。

昭和二十年七月のはじめ、秋水部隊の遠藤軍医長がやってきて、

「神田兵曹、鈴木軍医長にお願いして、了解を得ているから、秋水の実験飛行には君もいっ

しょに立ち会ってくれ」

「いよいよ実験ですか、是非お願いします。それで、実験は何日の予定ですか」

「いまのところ、五日になる予定だ」

「わかりました。衛生兵を二人ばかりつれて行きましょう」

前まえから秋水の実験飛行は、ぜひ見たいと思っていた私は、願ってもない幸いだと喜んだ。

七月五日、秋水の調整がまだ未完了ということで、実験飛行は二日ばかり延期されるという。

七月七日、いよいよ今日は待望の、ロケット機秋水の実験飛行がおこなわれることになった。空はよく晴れ、すがすがしい夏の朝である。

実験は九時から実施されるというので、私は外科室の診療準備その他については、いっさい次長の佐藤貞男衛生兵曹にまかせ、外科の衛生兵二名とともに、遠藤軍医少佐につづいて救急車に乗りこんだ。

九時十五分前に飛行場に入ると、片隅に救急車をとめて待機していた。いつもであれば、飛行機の爆音にピリピリと共鳴してひびきわたる飛行場も、今日の秋水の試飛行にそなえて、他の飛行作業はすべてが中止されているため、静まりかえった飛行場には緑の芝生にカゲロウが燃えていた。

飛行場の西側、滑走路の脇にはテントが張られ、すでに海軍省や航空技術廠の首脳部たちが詰めているのが見える。飛行場一帯は静寂なうちにも、緊張した空気が流れ、すべてのものが、いっせいに今日の実験成功を祈っているかのようであった。

日本海軍の航空科学、航空工学の粋を結集した秋水は、特殊燃料によるロケット噴射によって推進飛行する有人機であり、約三分間の推進によって高度一万メートル以上に達することができるという。この性能を利して、B29の来襲に空襲警報とともに離陸すると、その快速によってB29の上空に出る。そこで特殊爆弾を投下して、B29の大群をいっきょに粉砕してしまうという想定である。

その反面、この秋水にも泣きどころがあった。それは、着陸である。ロケット噴射による飛行後の着陸方法は、まだ開発されておらず、それはこれからの宿題である。

現在の着陸方法として、秋水は離陸とともに車輪がはずれるので着陸は空中滑走と胴体着陸によって行なうという。そのため秋水の搭乗員たちは、春ごろから霞ケ浦航空基地において、グライダーを使って着陸訓練をしているということであった。

はたして秋水は、今次大戦における海軍航空最後の切り札となり得るであろうか……。

だが、素人として言わせてもらえば、秋水はドイツのV1号、V2号のような攻撃兵器ではなくて、防御のための局地戦闘機であった、と言えるのではないだろうか。

さて、午前九時を少しまわったところで、秋水が滑走路に搬入されてきた。本日の主役が、いよいよ花道から晴れの舞台にと上がってきたのである。実験機特有の濃いダイダイ色の塗装に、流線型の機体、斜め後方にのびた翼など、見るからにすべてが画期的な機型であった。

飛行を前にして滑走路上で、入念な点検、慎重な整備がはじめられた。航空技術廠の技術員たちが、機体をとりかこんで忙しげであった。

秋水の搭乗訓練を行なう犬塚豊彦大尉。昭和20年７月７日の実験飛行のため著者は現場にたちあい、悲劇の瞬間を目撃した。

入念な点検と整備が六十分くらいもつづいたところで、秋水のかたわらに待機していた搭乗員が秋水の風防をひらいて操縦席に入った。

秋水のテストパイロット、犬塚豊彦大尉である。犬塚大尉は淡々とした様子で操縦席につくと、機外の技術員や整備員たちと、なにやら話し合いながら、さらに綿密な機内調整と点検が行なわれた。

ものの三十分もすぎたとき、秋水の周囲がにわかにあわただしくなってきた。工具類の片づけをする者、機体の周囲を走りまわる者など、切迫した空気となってきた。

いよいよ実験開始の時刻が迫ってきたことが、ヒシヒシとわかる。緊張した空気が流れる。私は救急車のエンジンをかけて、最好調をたもつように運転員にいった。この救急車は、ときどきエンジントラブルを起こして、困ることがあった。

秋水の周囲にいた技術員たちが、パーッと機体をはなれると、操縦席の犬塚大尉は、飛行帽に右手をあてて、周囲の人たちに挨拶をした後、おもむろに風防を閉めた。

さあ、いよいよ世紀の実験がはじまるぞ！　ロケットのエンジンが、シューッと始動をはじめた。緊張、まさに緊張の一瞬である。

機首がググーッとあげられ、秋水は約四十五度の角度をもって、斜めに東京湾の上空をさしてきた。つづいて一段と高いロケット噴射の轟音が、空気をさいて飛行場をビリビリとふるわす。

飛ぶぞ！　秋水が飛ぶぞ！　秋水は四十五度の角度そのままに、ロケット噴射の尾を大地にたたきつけると、アッという間に大空へ飛翔していった。地上に打ち捨てられた車輪は、むなしく主を失って空転している。

秋水は離陸に成功した。興奮した場内から、いっせいに大きな拍手が起こり、歓声が上がった。

秋水は一瞬のうちに高度三、四百メートルに達し、すでに東京湾上に出ていた。そこでロケット噴射が停まると、水平飛行にうつった。ふたたび拍手と歓声の波がわき起こった。

秋水は海上で右に大きく旋回すると、ふたたび航空隊の上空をグルッと半周した。そのとき、少しばかり秋水の浮力が落ちたように、地上の者の目に映った。と、秋水は浮力を増すためであろう、ふたたびロケット噴射をこころみたようであったが、この噴射はタンタンという単調な短いもので停まってしまった。

滑空している秋水は高度も下がり、速力がだいぶ落ちてきた。飛行場の南西の上空で、右に旋回するような格好になると、右翼が大きく傾いた。すでに秋水は浮力を失ったのである。

パイロット犬塚大尉の必死の修正作業にも神は力をかさず、事態は重大な局面を迎えることになってしまった。

アア……。地上で見まもる全員の祈りもむなしく、秋水は右翼をさげたままの姿勢で、飛行場の西方に墜落してしまった。居並ぶ者の祈りは、悲痛の声と変わって流れていく。

秋水の墜落地点は、航空隊の大拡張工事の現場であった。付近には海軍施設部の建物が散在していたが、秋水は、その中の労務者用宿舎の屋根に激突したのである。さいわいにも、宿舎の屋根がトタンぶきのバラック建てであったために、それが緩衝材となって、地上に激突、機体飛散などという悲惨な事態はまぬがれたのである。

犬塚大尉はただちに地下手術室に収容されたが、きわめて重篤な状態であった。強心剤の空アンプルはみるみるたまってゆくけれども、憂慮すべき容態に変化は見られなかった。

時をおかずに、秋水部隊の柴田司令と国定副長が病室に駆けつけてきた。二人の秋水部隊首脳部は、遠藤軍医少佐の犬塚大尉にたいする症状と容態についての説明を受けると、手術室に入って犬塚大尉の枕頭に立ちつくしていた。司令や副長の表情は暗くて重く、沈痛なものであった。

秋水部隊の首脳部は、そのまま犬塚大尉の枕頭につめっきりで、その容態を見まもっていた。

昼すぎもだいぶ遅くなったころである。何を思ったか、司令と副長は、秋水部隊の先任衛生伍長をやっている兵科の上等兵曹と、その部下の水兵長を病室に呼んだのである。

そして、司令と副長の前に姿勢を正して起立している二人に、国定副長から命令が出た。

「本日の秋水実験について、先任下士官は正使としてまた先任兵長は副使となって、これからただちに大獄山に参拝のうえ、大獄山からその御神託をお伺いしてこい」

私は聞いていて驚いた。現在の世の中に大獄山の御神託など、考えもつかないことであった。この突飛な発想は、司令から出たものか、それとも副長からであろうか。失礼ながら、いずれにしても正常ではない。

正、副の軍使を命じられた二人は、軍装に威儀を正して、大獄山の御神託をうけたまわるために出発していった。

秋水部隊の国定副長は、かつて横須賀航空隊の飛行隊長であった。私たちの初任下士官教育のさいには、教官として壇上に立ち、『航空機の未来』というような題で、熱気あふれる講演をするとともに、さらに大艦巨砲主義に言及して、卓見を示していた。あの国定中佐が、なぜか大獄山の御神託ということになってきたのであろう、と考えさせられた。

——いよいよ切羽つまっての神頼みとなった近代科学戦か……。いやいや、そんなことを考えてはいけない。みんなで全力をつくしているんだ。

大獄山に派遣された軍使は、夜遅くなってもどってきた。そして、いぜん容態の変わらない犬塚大尉の枕頭に、沈痛な面持ちでつめている司令と副長に、大獄山の御神託を報告した。

「国を憂《うれ》い、国を思う至誠は真に尊い。しかし、まだ機体に研究改良するところが多くある。これを正し誠を尽くせば、かならず成功すること疑いなし」

静かに軍使の読み上げる大獄山の御神託を、起立してじっと聞いている柴田司令、国定副長の顔は、きょう一日でもって、げっそりと憔悴していた。

犬塚豊彦大尉は、翌日八日の早朝、静かに永遠の眠りについた。テストパイロットの宿命とはいえ、痛ましいことであった。

不可解なる雰囲気

七月二十六日、連合国によってポツダム宣言が発表され、連合軍は日本に対して無条件降伏をせまってきたのである。しかし、鈴木貫太郎首相は、徹底抗戦をとなえて、これを無視した。

わが横須賀航空隊の飛行作業は、めっきり少なくなってきた。とにかく航空機温存の措置にもとづいて、時がくるまで、ただただ忍の一字である。

双発の夜間戦闘機〝月光〟が事故を起こして、ベテラン搭乗員の樋貝詮三中尉が殉職した。日華事変、ハワイ作戦など歴戦の強者である。事故の原因は飛行実験中の月光が、離陸の瞬間、左エンジンがとつぜん停止したためで、機体は猛烈な推進力で左にまわり、コンクリート製の掩体に激突してしまった、という。エンジンの整備不良のためか、航空燃料の粗悪化のためか、そのあたりの事情は知るべくもなかったが、本当に残念なことである。

八月六日、広島に原爆攻撃が行なわれた。新聞その他の報道機関は、国民の士気阻喪を恐れたものか、発表も小さく、新型爆弾か？　しかし、恐れることはない、などと隠蔽報道がおこなわれていた。

八月九日、今度は長崎に原爆である。まだこのときの発表は、広島に投下された新型爆弾と同型の爆弾であろう、ぐらいのものであった。

同じ日に、ソ連は一方的に日ソ不可侵条約を破棄した。ソ連は大軍をもって、満州に怒濤のように侵攻してきた。すでに南方戦線に主力を移されてしまった幻の関東軍は、対抗する手段もなく蹂躙されていった。

日ソ不可侵条約などを締結して、得々としていた当時の外務大臣・松岡洋右の識見のなさを、いまさらなげいても詮なきことではあるが、彼もヒトラーのナチス・ドイツに眩惑された一人である。

八月十四日、午前十一時ごろ、私は地下の外科室を出て、久しぶりに外に出てみた。このころは、モグラのように終日、地下にもぐっていて、夕方、外に出ることが多かった。地下病室は快適であったために、夏バテなどということはまったく忘れていたのである。太陽を全身に浴びながら、青空の下に背いっぱいに伸びをすると、静かな空を見上げる。近ごろ飛行作業がめっきり少なくなったために、航空隊は静かな日が多くなった。飛行機の爆音の聞こえなくなった航空隊は、なにか侘しく、心淋しいものである。とくにこの三、四日というものは、ソ連参戦という重大な局面を迎えたためか、なにか一種、言うにいわれぬ不可解な気配が、隊内に流れているのが感じられた。重苦しいようでもあり、気のぬけたようなものでもあり、不思議な気分である。

今日は午後一時に各科の少佐以上は、全員、司令官室に集合せよ、ということである。沖縄は完全に米軍が占領し、広島、長崎への原爆投下、ソ連参戦などで、戦局はいよいよ重大な局面を迎えた。このような重大な事態にたいして、司令官から特別な話でもあるのだろうか。

そんなことをいろいろ考えながら、私は両腕を軽くふって海軍体操をすると、深呼吸とともに青空を見上げた。

——今日は妙に静かな航空隊だ……とにかく、なにか変だ。

とたんに『空襲警報』が隊内に流れた。つづいてかすかに、爆音が聞こえてくる。なんだ、敵機はもうすぐそこまで来ているのだ。双発機が一機、大船方面の上空から、こちらに向かってくる。不意をうたれたような空襲警報だ。高度は六、七千メートルというところだろう。

敵機は横空の上空を、きれいな飛行雲を大空にえがきながら、東の海上に消えていった。迎撃機の飛ばないことがわかりきった上での行動とはいいながら、わが航空隊の上をゆうゆうと飛ぶとは、ずいぶんなめきったものである。爆撃する気配もなく、双発機一機の飛行の目的は、空中からの写真撮影かなにかだったのだろう、と思った。

航空隊の周辺に配備されている対空部隊や陸軍の高射砲部隊などは、まったく沈黙したままであった。もっとも、高々度から侵入してくる敵機には、チャチな対空砲火では、とても歯がたつ代物ではない、と諦めているのであろう。

この返礼は、本土決戦までお預けである。そのときこそ、日本海軍のほこるわが航空隊の精鋭搭乗員たちが、タップリと利息をつけてお返しすることになるだろう。

敵の双発機が立ち去った後、間もなく隊内のあちこちに、伝単と呼ぶ小さなチラシがひらひらと舞い落ちてきた。さきほどの米軍機がまいていったものである。これで、わが航空隊の上を飛んだ理由がわかった。

通りかかった整備兵がひろって持っていたので、私はそれをうけとって見た。十五センチ幅で長さ二十センチぐらいのザラ紙に、黒インクで印刷した粗末なものである。

「日本政府はポツダム宣言を受諾した。戦争は終わったのです。戦闘は一両日中に終わり、兵士諸君は、それぞれ……」

とっさに疑問がわいた。実際に日本はポツダム宣言を受諾したのだろうか。この前の鈴木貫太郎首相の声明にも、そんな気配はぜんぜん感じられなかった。これは米軍の巧妙な後方攪乱戦術ではないだろうか？

しばらくして、本部当直室の隊内放送があった。

「敵機の宣伝ビラをひろった者は、かならず本部当直室に届け出ること」

隊内の動揺を防ぐためであろうが、こんな一枚のビラで、だれが動揺するものか。本部もなにかととりこし苦労をして、つまらない神経をつかっている。

しかし、なんとなく、この戦争は大きな転機を迎えようとしている感じである。ことによると、戦争は日本のポツダム宣言受諾によって、本当に終わるのではないか。そんな予感がするのを、押さえようがなかった。

その日の夕方、鈴木慶一郎軍医長から、明八月十五日正午、天皇の重大放送が行なわれるので、総員集合がかけられる、という指示があった。

今日の午後おこなわれた司令官室の少佐以上の会議に、軍医長は出席している。明日の天皇の放送も、これに関連しているものであるにちがいないと思った。

本部当直室の隊内放送も、再三、再四、明十五日正午の総員集合を伝達していた。

――天皇は、この重大な戦局、連合軍を迎えて本土上陸の阻止のために、全国民が一億特攻となり、自分とともに死んでくれ、と言われるのだろうか。それとも、ポツダム宣言受諾を、国民にお告げになるのだろうか……いずれにしても、事は重大である。

ここ三、四日のわが横須賀航空隊の動きも、考えれば不思議というか不可解である。日本の降伏か、そんな予感が強まってきた。

第九章　伝統消ゆ

八月十五日の衝撃

八月十五日の早朝にひろげた新聞は、本日正午に行なわれる天皇のラジオ放送を、大きく報道していた。今日も相変わらずの快晴である。病室内の各科の診療を、てきぱきと平常どおりにおえると、全員、三種軍装に着替え、ひたすら正午を待って待機していた。

隊内の飛行作業もまったく中止されていて、搭乗員たちも飛行服をぬぎ、三種軍装に身をかためていた。嵐の前の静けさか、兵員たちのかわす言葉もいつになく、心なしか声が小さい。十一時四十五分、隊内放送は、

「総員集合、十五分前」を告げる。

各科の分隊長の指揮のもとに、いっせいに本部庁舎前広場へと動き出した。たちまち広場は各分隊長の号令と、兵員の砂利をふむ靴音で、ひとしきり騒然としていたが、間もなく整列が終わり、静まり返った広場となった。やがて、ふたたび、

「総員集合、五分前」の号令によって、当直将校から副長の小林淑人大佐に、総員集合の完了したことが報告され、副長はこれを司令官の松田千秋少将に報告する。整然と隊列を組ん

だ広場は咳ひとつなく、孫子のいう〝静かなること林の如し〟で、隊員はひたすら正午を待った。

三秒前、二秒前、一秒前、正午……時鐘番兵の打つ正午の八点鐘が、カンカンカンカン……と、寂然と整列している隊員たちの頭上を流れていった。

荘重なる国歌〝君が代〟の吹奏が、隊内を流れ、前奏を奏でるとやがて終わった。

放送がはじまった。一オクターブ高い声が拡声器をとおして、聞こえてくる。ああ、このお声が天皇の声かと耳をすます。しかし、天皇の放送は、ラジオの感度が悪いためか、よく聞きとることができなかった。

だが、沈痛あふれる言葉のなかに、ところどころ、「ポツダム宣言を受諾し」「堪え難きを堪え……」「世界平和のために……」などという言葉は、はっきりと聞きとれた。

天皇は戦争の終結を、ポツダム宣言を受諾することを、全国民に告げられているのだ。戦争は終わったのだ。身心の緊張がとけ、身体から空気がぬけてしぼんでいくような感じであった。

――とにかく、戦争は終わった。われわれは敗れたのだ。

昭和六年の満州事変にはじまり、日華事変をへて今次大戦と、戦争につぐ戦争、その間についやされた膨大な国費と、多数の戦没者、とくに、今次大戦において捨て身とも、自殺行為としか言いようのない神風特攻、これらの尊い戦没者、報国の士たちの死は、すべて無意義のものとなってしまった――という思いが、胸に迫ってくる。

いったい、彼らの死は、何の意義があった、と言うのだろう……。

天皇の放送は終わった。つづいて鈴木貫太郎首相の声が、ラジオから流れてきた。この老宰相の声は、さらによく聞こえないが、もうわれわれには鈴木総理の放送など、どうでもよかった。

突然、前の方に整列していた飛行隊の中から、一飛行分隊が分隊長の指揮号令とともに隊列からはなれると、居並ぶ航空隊首脳部を尻目に、駆け足で広場から出ていってしまった。一瞬、他の隊員たちの間がザワザワと動揺したかに見えたが、すぐにまた落ち着いてきた。鈴木総理大臣の放送は、こうしたこともあったために、なにがなにやらわからないままに終わった。司令官の松田千秋少将が号令台に立つと、

「ただいま陛下のご放送を承ったとおり、日本はポツダム宣言を受諾した。隊員各自は、自重自戒して軽挙妄動することなく、軍規を厳正にたもって待機しながら、つぎの命令を待つように……」という趣旨の訓辞が行なわれた。

そして総員集合は解散となった。居住区に引き上げる隊員の足どりは重く、その表情は暗かった。

十五日午後の航空隊は、まったくの呆然自失のありさまとなり、隊も隊員も虚脱状態となって、先日までの天下の横須賀航空隊の姿は、ガラガラと崩れ去った感じで、支えを失った隊員におよぼす心理的影響がいかに大きいかを考えさせられるものであった。

私は、地下病室の事務所に同僚の下士官たちともどった。そこへ若手の軍医科士官たちもくわわってきたので、話題は今後の問題についての討議となり、議論は白熱していった。

占領軍の占領政策は、まったくわからない。無条件降伏だから、われわれは暗中模索の状態であるが、いったい日本はこれからどうなって行くのであろう。日本にはもう食糧がほとんどないそうだ。

8月15日、伝統に輝く横空も潰えた。幾多の混乱も復員作業の進捗と共に静まっていった。写真は格納庫内に残された銀河。

そして、話は鈴木総理の放送中に飛び出していった飛行分隊の噂になった。彼らは、吉田秀穂少佐を隊長とする第六飛行隊員約四十名であるという。すでに航空隊内に秩序はなくなったのだろうか。

長かった十五日の午後もやがて暮れ、夕食時になると、隊内放送は特別加給食を支給するので、各分隊とも主計烹炊所で受け取るように……という。

地下病室にも大量の酒類、肴類がはこびこまれてきた。飲むほどに、その夜の宴はやがて無礼講となり、延々とつづくうちに、果ては大荒れに荒れてくる。若い現役兵たちの悲憤慷慨、応召の老下級兵たちの家庭への復員の想い、軍隊の階級差別に堪えしのんで今日までできた者の鬱憤などが、一度にふき出した感じで、室内は騒然たるものとなってきた。

そんな喧噪の中に、黙然とテーブルの隅に神妙にひかえている中年の二等衛生兵が、十名ばかりいるのに私は気がついた。

おや、あの連中は、いままで見たことはない。はじめて見た顔だ。なんだろう。体格も悪い。おそらく国民兵からの召集兵であろうが……と不思議に思って聞いてみた。

「おい、君たちをはじめて見るんだが……」

「はいっ、きょう戸塚衛生学校から転勤して参りました」

「なに！　きょう転勤して来たって、そんな……」

人事部か衛生学校の人事だか知らないが、血迷った人事異動があったものだ。彼らは召集とともに、衛生学校で数週間の新兵教育をうけた老兵たちであるという。今日の今日、航空隊に送り込んでくるとは何事だろう。

彼らは正午の放送を追浜の駅前で聞き、そのまま入隊してきたのだという。無計画な動員計画にふりまわされる老兵たちである。

「そうか、わかった。そんなに固くならんで、みんなといっしょに飲めよ」

まだまだ酒席は、いつ果てるともなくつづいているが、夜も更けてきたので、私はそっと抜け出して寝ることにした。

「神田兵曹、大変です。起きて下さい。堀兵曹が日本刀を持って、軍医長室に乗り込んでいきました。すぐお願いします……」

あわてたようすの衛生兵たちに、私は叩き起こされた。軍服に袖を通しながら、

「なに、堀兵曹が。よし、すぐ行く」と、軍服に袖を通しながら、悪酔いしたな！　と思った。

堀謙三郎衛生兵曹は、竹内竹千代衛生兵曹の後をついで甲板下士官となり、医務科の鉈切山への地下移転には専任となって、だいぶ苦労してきたのであった。その地下施設を、むざむざと無血解放しなければならない無念さが、厳格な軍医長にたいする反動となったのであろう。

地下大通路に出て、軍医長室への通路に出たところで、向こうから五、六名の衛生兵に押しつつまれるようにして、堀兵曹がもどって来るところであった。甲板係の橘田志郎衛生兵長が、

「堀兵曹、落ちついて下さい」と言いながら、彼の右胸を押さえたまま、こちらへもどってくる。

堀兵曹も一時の興奮から冷めて、冷静さをとりもどしたようであった。ああこの様子なら、もう大丈夫だと思った。

十六日の夜明けとともに、あわただしく自殺者の死体がはこび込まれてきた。外科室に収容したが、すでに死後四、五時間を経過している。本部当直室の衛兵伍長を勤めていた兵科の上等兵曹であった。

日本刀で腹部を一文字にかききり、臓腑の一部が飛び出している。そのうえ鋭利な西洋剃刀で右の頸動脈を、ものの見ごとに切断していた。横須賀航空隊の飛行事故による殉職者を

まつる横空神社の前で、覚悟の自殺を遂げたものであった。

軽挙妄動は絶対につつしむべきである。なぜ、彼は死を選んだのか、その真意をはかることはできない。ただ言えることは、死者の復活は永久にない、ということである。

復員命令が出た。航空隊は総員一万数千名のうち、残留要員六百名を残して、他は明十日から復員を開始し、十九日までには完全におえるという。

さあ復員だ。残留要員六百名のうち、医務科は鈴木慶一郎軍医長のほかに、軍医官二名として梅谷敬之軍医大尉、脇義寛軍医少尉、衛生下士官一名として私、衛生兵五名には若い志願兵のうちから希望者をつのって、小沢甲子男衛生兵長ら五名に決定した。

他の軍医官と歯科医者、衛生士官は適宜に二、三日中に、衛生下士官以下七十一名は十七、十八の両日に分けて復員、ということになった。

事務室勤務の岩村寿俊衛生兵長が、さっそく復員者名簿、残留要員名簿を作成して、本部の副官部に提出した。さらに衛生部員名簿をつくり、これを謄写版で刷り上げると、七十七名の衛生部員に配布するなど、手際よくやっていた。

復員命令とともに、その日の午後の病室内は、玩具箱をひっくり返したような騒ぎの中で、みな準備におおわらわとなっていた。

復員命令の発表とともに、私は軍医長から、君は残留要員として残ってくれ、と言われていたので、あわただしく復員準備をはじめている者たちを横目に、のんびりとしていた。

昼すぎに、今度は主計兵が火傷を負ってはこび込まれてきた。さいわい、生命には別状ないようだ。彼は主計科主管の数々ある横穴式地下倉庫のなかの、一つの倉庫主任であった。その担任する倉庫にガソリンをまいて、放火するとともに、自殺をはかったのだという。応急治療の後、横須賀海軍病院に送った。

そこへひょっこりと、栃木県下に海軍志願兵の採用試験のため出張していた梅谷敬之軍医大尉、高村秀郎衛生兵曹、長谷川平治衛生兵長がもどってきた。

彼らは栃木県下の辺鄙な試験場で戦争終結を知り、徴募班を解散してはみたものの、とにかく本隊の様子がまったくわからない。風聞によれば、横須賀はすでに米軍の占領下に入っている……などという声も聞こえてくる。

しかし、なにはともあれ、様子を見ようということになり、交通の便もない片田舎から二時間あまり歩いて、やっと宇都宮駅に辿りついた。

宇都宮市内の流言もはなはだ悲観的なものであったが、とにかく行けるところまで行ってみようと、列車を乗りつぎながら、追浜駅についた。とりあえず航空隊の様子を見ようと隊門に来てみると、番兵も前のままの日本兵である。番兵に様子を聞くと、航空隊は明日から復員がはじまり、三日間で終了の予定である。それを聞いた三人は、安心して隊内に入ってきたのだという。

最後の勝機を航空決戦にかける作戦方針のためか、すべてに航空優先の措置がとられており、横須賀航空隊はとくに本土決戦のさきがけとなる関係から、あらゆる物資が蓄積されていた。

医務科も医療品の膨大な備蓄をかかえ、さらに非常糧食の備蓄倉庫まで、鉈切山中の洞穴に所有している状況であった。

この膨大な物資を、航空隊解隊とともに、いかに処分するかが問題となった。基本方針は海軍省などから指令が出ていたのであろう。鈴木軍医からは、

「民間の医療機関は、極端な治療品の欠乏に苦しんでいる。医務科の所管している治療品は、すべて国民の血税によるものであるから、占領軍に鹵獲される前に近在の公共病院に渡して役に立てたい」

という指示があった。

事務室では軍医長の指示にもとづいて、横須賀や横浜、鎌倉などの各官公共立病院に電話を入れ、医薬品や包帯材料、医療器具などを配布するので、希望する病院はトラックなどの運搬具を持って、医務科に来られたい、と通報した。通知をうけた近在の病院は、大喜びであったという。

夕暮れどき、看護長の藤田栄助衛生大尉が、短軀に三種軍装、皮の半長靴という搭乗員のような服装で、そのゴツイ顔を妙にニコヤカにしながら、たずねてきた。

私は、看護長はなんで俺を探してきたんだろう、なんの用事か知らんが、珍しいこともあるもんだ、と思った。

「神田兵曹、じつは、横空は徹底抗戦の方針と決まった。アルプスに立てこもっても、絶対に降伏しない。それで、医務科からは俺が先発隊として行くことになった。神田兵曹、頼みがあるんだが、治療品を少し持っていきたいと思うんだが、どうだろう……」

遠慮がちにいう藤田看護長の顔を見ながら、私は思っていた。

——おや、看護長、変なことを言ってきたぞ。当隊は明日から残留要員六百名を残して、他は全部復員するのだというのに、子供だましのことを言っている。復員するのに治療品を少し持って行きたい……と、なぜザックバランに言わないのだろう。それでもまあ、軍医長の方針による治療品の国内分散と考えればよいだろう。

「アルプスで徹底抗戦ですか。看護長、先発隊ご苦労さまですね。もちろん、治療品は持っていった方がよいでしょう……」いくぶん皮肉のこもった返事をすると、藤田看護長はニヤリとして、

「あとから君がきても、困らないようにしておくからな。工作科に木箱を頼んでくるよ。では神田兵曹、お願いするよ」

豪放な看護長に似合わない、えらく丁寧な言葉であった。

日も暮れるころになって、看護長は工作科の木工班から、頑丈な大きな木箱二十個を積み込んだトラックを誘導してきた。

「神田兵曹、この木箱だけどなあ。ちょっと多すぎたかな」

「いえ看護長、やはり、先発隊で出るとすると、これくらいは持って行った方がよいでしょう。大丈夫ですよ」

私はすでに復員準備をおえて、ぶらぶらしている衛生兵二十名ばかりを集めると、二十個の木箱に治療品をつめさせて、ふたたびトラックに積み込ませておいた。

看護長の藤田衛生大尉は、この夜半、トラックとともに病室から姿を消していた。アルプ

スへの先発隊、ご苦労さまです……ぐらいの別れの挨拶をかわしたかったのに。

終戦第二夜も、昨夜と同様の酒宴となった。前線部隊や、物資欠乏の民間にたいしては申し訳ないことであったが、本土決戦にかけて張りつめてきた緊張の糸の、プッツリと切れた反動もあった。

宴は梅谷軍医大尉ほか三、四名の若い軍医官たちも参加してなごやかなものとなり、昨夜のような悲憤慷慨といった姿はなかった。

なかでも、いよいよ明日の復員を前にした老年の国民兵からの召集による兵員たちの顔は、喜びに輝いている。

四十歳前後にもなるのに、下級兵として二十歳前後の若僧現役兵たちに、朝に夕に気合をかけられ、追い立てられてきた兵員たち、本当にご苦労さま、今夜は充分に飲んで、明日は家族の待つ故郷に帰って行ってくれ、という思いだった。

終戦という大きな衝撃をうけて、呆然自失といった多くの兵員たちも、二日目ともなると、冷静さをとりもどしていた。

私も酔ってきた。

宴は、いつ果てるともなく、えんえんとつづいている。とても終わりまでは付き合いきれない。忙しかった昼の疲れも出てきたのか、とにかく眠い。

「おれは寝るからな。なにかあったら起こしてくれ」

当直衛生兵にそう告げると、私は寝室に入った。もう十一時すぎである。残留要員として残る身では、なにもあわてることはない。

陸軍機遭難の周辺

八月十六日の夜半、いつ終わるともわからない宴席を抜け出して、ベッドにもぐり込んだ私は、眠りばなを当直衛生兵にゆり起こされた。

「神田兵曹、起きて下さい。第一救助隊整列です」

「なに……第一救助隊？」

飛行作業は昨日からまったくないはずだ。なにがいまごろ救助隊出動だ、変だぞ、と思ったが、放っておくわけにはいかない。なにかが起こったのであろう。

「すぐ当直軍医官の脇少尉にとどけ、高本兵曹と当直衛生兵の二人でいっしょに行ってくれ。いま何時になる」

「午前零時二十分になります。では、救助隊で行って来ます」

「頼む。なにか重要なことであったら、いつでも俺を起こしてくれ」

第一救助隊の出動命令であるが、飛行作業のない現在、大したことではないだろうと、私はふたたび眠りこんでしまった。

十七日の朝、早ばやと目がさめた私は、夜半に出ていった救助隊は、どうしただろう、あれから起こされることもなかったが？　と気がかりになった。

いちおう高本時勝衛生兵曹にようすを聞いて見ようと彼を探すと、彼は兵員室の二段ベッドにもぐり込んで、熟睡していた。この様子では、救助隊の帰ってきたのはだいぶ遅かったのであろう。

「おい高本兵曹、ゆうべの救助隊はどうなった」

ゆり動かして目をさまさせ、聞いてみると、遺体を前庭の仮病棟に収容してある、と言う。仮病棟は地下病室前にある木造平屋建ての粗末なバラックで、床は土間のままであり、緊急の場合に、死体収容などに使用していた。

私は仮病棟に入っていった。飛行服に身をかためた三人の遺体が、土間に木製の長椅子を二脚ずつならべて、その上に寝かしてある。

——あれっ、これは陸軍の飛行服だ。陸軍の軍人用の行李が、おまけに五個もおいてある。

そこへ高本兵曹が、まだ眠りたりない顔をして、追って入ってきた。報告はあとでもよかったのに、気の毒なことをしてしまった。彼はあまり眠っていないのだ。

『昨夜十二時ごろ、陸軍の大型双発機がうちの航空隊の上空に入ってきて、着陸許可をもとめてきた。ただちに着陸許可が出され、飛行止めの滑走路は解除となり、誘導の照明が点灯され、受け入れ態勢がととのった。陸軍機は着陸体勢をとり、うまく滑走路に入ってきたように見えたが、操縦技術の未熟か、それとも操縦の誤りか、アッと息をのむまもなく、そのまま防波堤を飛び越えて、海に突っ込んでしまった。

第一救助隊は、ランチで海上に出て、捜索にあたったた。しかし、夜の海上は暗く、もとめる機影はすでに沈んで、姿はなかった。ランチで海上を走りまわっているうちに、夏の夜明けの早いのが幸いして、海上に漂流している三体の遺体と五個の行李を見つけ、これを収容してもどってきた。

飛行隊員らの推定によれば、あの陸軍の双発機であれば、十数名が乗れるのだから、他の十名前後の者は機体とともに海中に沈んでしまったらしい』

高本兵曹の報告は長かった。

「それはご苦労さんだった。高本兵曹、もういいからもどって少し眠った方がいいぞ」

とにかく海という怪物は、貪欲で無情だ。巨大ともいえるその無限の食欲、艦船を、飛行機を、そして多数の人びとを、飽きることなく呑み込んでいながら、今日もまだ不足顔で、のたりのたりと波打ち騒いでいるやつだ。

「神田兵曹、この死体はどうします」

「朝食後に死体検案をやってもらってから考えよう。それからだ」

朝食をすませたところで、今日の復員組五十名ほどが、ぞくぞくと別れの挨拶にやって来る。その後、それぞれの衣嚢を肩に、手荷物を片手にして、足どりも軽く出ていった。

十七、十八日の両日に分けてその復員作業だったが、科によっては、十七日中に全員が復員するところもあって、ひとしきり復員者の出ていった後の航空隊は、ガランと穴のあいたような静けさとなった。

さて、三名の死体検案をはじめることにした。入室中の重症患者は、すでに海軍病院に送り、軽症者は退室復員していったので、今朝から診療業務はまったくない。

検死は梅谷敬之軍医大尉、脇義寛軍医少尉に依頼して、仮病棟でやってもらった。

飛行服をぬがすと、下は陸軍の軍服で、陸軍軍曹と陸軍特別幹部候補生の襟章をつけていた。飛行服から軍服、下着類、飛行服にいたるまで、すべてが新品といういでたちで、名前を書いてない。手帳もメモ的なものも、全然なかった。財布があったので開いて見ると、現金が二百円前後入れてあるが、ほかには何もない。これでは氏名確認はおろか、所属部隊名や本籍も判明しない。

死因は、墜落時の衝撃による頭蓋底骨折と推定された。

さて、氏名不詳ではこまる。残る手がかりは、死体とともに海上から収容してきた五つの行李である。あの水になにか手がかりとなるものがあるだろうと、開いて見た。将校用の大型行李である。軍服、外套、長靴、雨衣から下着類、さらに海軍の軍服まで入っている。これがまた全部、新品ばかりで、よく揃えたものだと思うくらい、ぎっしりと詰め込んである。

しかし、知りたいと思う氏名や部隊名などを記したものは、なにひとつとして入っていない。察するところ、だれのかれのを問わずに、手当たりしだいに新品をつめこんで持ってきたのであろう。五つの大型行李が、まったく同じような内容である。

これではどうしようもない。三名とも氏名不詳。推定年齢二十四、五歳。陸軍軍人。頭蓋底骨折による死亡として、死体検案書をつくり上げた。死体検案記録は飛行事故だから、これは省略することにした。

つぎの問題は、これらの遺体の処理をどうするかである。横須賀市に引き渡して、無縁仏として葬ってもらおうか。いやまてよ、彼らはどこから飛んできたのか知らないが、真夜中に横須賀航空隊に到着したのだから、内地の航空隊ではない。とすると台湾か朝鮮、満州かも知れない。せっかく内地まで来ながら、氏名不詳の無縁仏として、ヤミに葬られるのもかわいそうだ。終戦さわぎで混乱しているとはいえ、氏名確認さえできれば、彼らの遺族に死体なり遺骨なりを、引き渡してやりたい。

――なにか、身許を調べる方法は、ないものだろうか。

そうだ、よい考えが浮かんだ。憲兵隊だ。追浜に憲兵分遣隊がある。あそこに死体と遺品を渡して、氏名確認と身許を調査してもらおう。それが一番よい。

憲兵の手をかりて調べれば、彼ら三名は家に帰ることができるだろう。憲兵は軍警察であるし、また死体となっているとはいえ、同じ陸軍の仲間同士ではないか。よし、早い方がよい。

そう考えた私は、さっそく追浜の憲兵分遣隊長に電話を入れて、三名の遺体の引き取りと、氏名確認その他について交渉した。

分遣隊長は、たぶんに迷惑そうなようすで、はじめはなかなかよい返事をしなかったが、こんなときこそ憲兵が働くべきではないか、とか、当方から救急車で送りとどけるから、などと言って、やっと引き取りを受諾させた。

分遣隊長は部下を引き取りに差し向けるから、それまでしばらく医務科においてもらいたい、と言う。私が、長くては困る、今日、明日ぐらいに引き取ってくれ、と念を押すと、分遣隊長はよくわかっています、かならず行きます、と言う。

やれやれ、これで一件落着である……私は電話を切ると、軍医長室に行って、報告した。

昼近くになって、鈴木軍医長が事務室に入ってくると、

「神田兵曹、副長に報告したところ、副長も、なにか身許確認の方法がないものだろうか、よく調べてみてくれ、と言われた。のちほど副長も見に来られるそうだ」

それはよかった。副長の小林淑人大佐なら、各航空部隊の動向や配備についてくわしいだろうから、憲兵の調査と併行して、あんがい早く彼らの身許が判明するのではないか。それとともに、海没した陸軍機の中に入っているであろう他の十数名の氏名も、手がかりが得られるということになるかもしれない。

さっそく、いつ副長が来られてもよいようにと、周囲を清掃、整頓させていると、気のきいた衛生兵が、近くの花壇からたくさんの花を切ってきて、花瓶にいけると、死者に手向けていた。

昼すぎになって、副長の小林大佐から、多忙のために病室にいくことができなくなった、という知らせがきた。これで、副長に望みを託していた線は切れた。残るは憲兵の方だけである。早く引き取りにきてくれないものか。

あれやこれやで忙しいときに、今度は横須賀軍港に停泊中の病院船氷川丸から、航空隊医務科に電話が入ってきた。

「航空隊の搭乗員を一名収容しているので、至急、引き取ってもらいたい」

電話をうけた当直衛生兵に、氷川丸の当直下士官は強引で、有無をいわせない口調であったという。

氷川丸も、おかしなことを言ってきたものだ。横須賀航空隊では、この三日間、飛行機は一機も飛んでいないのに……。

しかし、第六飛行隊のように、徹底抗戦を叫んで騒然としていた一部の飛行隊もあるから、その搭乗員たちが、なにか事件を起こしたのだろうか。それとも、飛行服をきて投身自殺でもはかった搭乗員があったのだろうか。とにかく、わが横空の者に違いないのだろう。

「よし、大沢衛長と田中衛長、二人で氷川丸にいって患者を引き取ってこい。救急車で桟橋にいき、そこからランチで行けばよい。ランチの手配は当直室に頼んでおく……」

私は、彼らが患者を引き取ってきたならば、すでに入室の施設もない病室であるから、すぐに海軍病院に送ろう、と思った。やがて四、五十分もたったころ、救急車は地下病室の前庭にもどってきた。私は表に出て、

「患者を車からおろさないで、そのまま、そのまま」と声をかけながら、救急車に乗りこんだ。大沢登美雄衛長がカルテを差し出し、

「ひどい患者です。強心剤を打ちながらきました。これが氷川丸からのカルテです」

左手でカルテを受け取りながら、私は右手で頸部の脈をさぐると、かすかな頼りない脈がふれた。

氷川丸から引き取ってきた患者は、昨夜、収容した三名の遺体とまったく同様で、一見しただけで、陸軍の軍人とわかる服装であった。氷川丸はひどいことをする。この患者はすでに危篤状態ではないか、と思いながら私はカルテを見た。氏名欄もなにもがすべて空白、処置欄にビタカンファー注射の記入が羅列してあるのみの代物だ。

氷川丸では今朝の夜明け方、海上を漂流していたこの搭乗員を発見して、収容したものだというが、一見しただけでわかる危篤状態の陸軍の軍人を、処置に困ってか、それとも面倒

くさくなってか、知らぬ顔をして、横須賀航空隊に押しつけてきたものとしか考えられない。ひどい連中だ。

氷川丸の連中は、終戦とともに病院船の使命を忘れてしまったのか。これでは患者を見殺しにしたも同然だ。非情きわまる、なんと無情な病院船だろう。

そうだ。この患者は陸軍病院に送ってやろう。私は陸軍双発機の搭乗員中の一人とわかったので、海軍病院に送ろうと思っていた考えを変えた。

陸軍病院がよい。あそこならば患者の襟章の番号などで所属部隊がわかり、氏名もわかるかもしれない。死亡するようなことがあっても、無縁仏とならないですむだろう。

横須賀市のはずれ、中里の高台に、陸軍の衛戍病院がある。そこへ行こう。とにかく一刻をあらそう患者であるが、もう少し我慢してもらおう。

「よし、このまま陸軍病院にいくぞ。君たちは脈をみながら、強心剤をつづけてくれ」

私は助手席に腰をおろして言った。

「陸軍病院にいく道は、おれが知っている。とにかく市内に急いでいってくれ」

救急車は終戦のショックで死んだような街をぬけると、閑静な中里に入り、横須賀陸軍衛戍病院に到着した。黒松にかこまれた古くて黒っぽい汚れた木造平屋建ての、粗末な病院であった。

受付で番兵に名刺を渡して、当直軍医か、週番軍医か、陸軍のことはよくわからないが、至急、責任者に会いたい、と申し入れると、一人の上等兵が渡された名刺をもって、飛び出していった。

待つ間もなく、陸軍軍医中尉の襟章をつけた長身の軍医が、私の渡した名刺をもって出てくると、自分が本日の責任者です、と言う。

私は氷川丸からのカルテを渡し、実情を説明するとともに、すでに患者は危篤状態であることをつげた。すると、軍医中尉は、とにかく病院で手を尽くしてみましょうという。患者は救急車から移送用の手押し車に移され、病院内に運ばれていった。その間に、患者の脈をみるその軍医中尉の顔は、くもってきた。私は、なんとなしに軍医中尉の襟章を見ながら、赤を主体とした襟章の金線に、軍医を示す青線が細く入っているのが、なかなかよいものだ……などと思っていた。

「ご苦労さまでした。ちょっとお茶でも……」という軍医中尉の言葉を辞退して、ふたたび救急車に乗り、帰路についた。

やれやれ。重荷をおろしたような感じであった。あの患者が奇蹟的に生命をとりとめることができれば、すでに死体となっている三名はもとより、海没した他の者たちの氏名も、判明することになる。

しかし、あの状態では、まず神様でもむずかしいことであろう。

氷川丸でわが航空隊などに押しつけないで、そのまま治療をつづけていたならば、あれほど重篤症状にならずにすんだのではないだろうか。とにかく、病院船氷川丸のとった措置は、無責任で非情で、疑問がのこった。

それとともに、私のとった独断の措置は、あれでよかったのだろうか。もっとよい方法が、別にあったろうか……。

残留要員の憂鬱

終戦という重い扉をしめた鈴木貫太郎内閣は総辞職となり、後継に皇族の東久邇宮が総理大臣となり、この混乱時の政局を担当するということである。

八月十八日の午前中に残りの復員者が出ていくと、隊内はきわめて閑散静寂となり、残るのは残留要員六百名だけとなった。この広い航空隊内に六百名の人員では、どこにひそんでいるのだろうと思うくらいで、人影もない。それにしても、いろいろと小事件の輻湊した忙しい三日間であった。

昼すぎに、整備科の残留要員である内田上等整備兵曹が、ひょっこりと私をたずねてきて、

「隊内を案内するから、いっしょに回ってみないか」とさそった。

彼とつれだって閑散とした隊内を、過去の栄光をしのびながら、まず、横空神社に参拝し、日本海軍航空発展の礎となった英霊にたいし、黙禱をささげた。それがすんでから、水上機発着所から波止場、桟橋へと向かった。水上機格納庫の床に、機関砲、機銃、小銃などが、ズラリと並べてあるのが目についた。

数年前の日華事変当時の新聞紙上に、兵器をずらりと並べた報道写真がのせてあって、その見出しに、

『わが軍に鹵獲された○○軍の膨大な兵器』とあったのを、いまでも覚えている。それがいまは、立場がまったく逆に変わっている。

奢れる日本の悲劇、敵の国力をあなどった無謀な戦争の終末を、眼前に見る思いであった。
海岸線づたいに、夏島の海岸に出てみる。その一角に、明治憲法の記念碑が建っている。
大日本帝国憲法草案之地——いつも見なれた記念碑であったが、敗戦という時点に立って見なおすとき、この明治憲法の持つ弱点、『統帥権』問題を思った。

この統帥権の文字が、軍部の独走と専横をゆるした根本であった。国家総力戦の時代において、内閣総理大臣の統裁力が、参謀本部や軍令部におよばない、という結果をもたらしてしまった。

夏島の近くに大型機の格納庫があるが、その横の空地に、一式陸攻が出してあった。その特徴のある万年筆型の機体から翼まで、淡いブルー一色にきれいにぬりかえ、長い間なじんできた真紅の日の丸の標識は消されて、そこに大きく緑十字が書いてあった。

私がけげんな顔をして、その一式陸攻を眺めていると、内田兵曹が、

「あの一式陸攻は、日本の降伏軍使がマニラに飛ぶために準備されているものだ。緑十字機は横須

マニラへ降伏使節を運んだ一式陸攻。機体を淡いブルー一色にぬりかえ、緑十字が大きく書かれているのを著者は目撃した。

賀から木更津にいって軍使を乗せ、それからマニラに飛ぶらしい」

ほとんど無人同様の隊内をまわりながら、あれやこれやと想いをめぐらせる。

この伝統と栄光をほこった航空隊、海軍航空のメッカともいうべき航空隊も、いよいよ三十年の歴史をとじるのだ。私も三年間、なじみぶかい航空隊である。終戦、そして解隊、なにかガラガラと崩れ落ちた感じである。


それはそうと、陸軍特別幹部候補生たちの死体を引き取りにくるはずの憲兵は、やがて日も暮れようというのに、いっこうに姿を見せない。真夏の二日間をトタン屋根の下においた遺体は、すでに変化しはじめている。衛生兵にいって、憲兵分遣隊に、督促の電話を入れさせると、

「かならず引き取りに行きます。都合があるので、もう少し待ってもらいたい」という返事であった。仕方がない。もう少し待つことにしよう。


航空隊内はいよいよ残留要員六百名のみとなった。医務科は鈴木軍医長以下九名の小世帯となり、広い地下病室は深閑として、ものさびしいところとなってしまった。鈴木軍医長は依然として軍医長室にとじこもったままで、ときおり司令官室に出向く程度であった。


夕食時には、梅谷、脇の両軍医官もくわわって、八名のささやかな小宴を開いた。若い者同士の気の合った八名の残留要員であるから、小人数ながら楽しい夕食だった。

八月十九日には朝食をすませると、私は、ぶらりと表に出て、隊内をあちこち散策した。

驚いたことに、いつの間にか、隊内の要所要所に横須賀海兵団から派遣された保安隊が、銃剣をもって立哨勤務についていた。

これは、厚木航空隊の徹底抗戦組に呼応する飛行隊が、横須賀航空隊から出ないようにしよう、という配慮からでもあろうか。

風聞するところによると、横須賀海兵団の施設は、すでに占領軍の宿舎にあてるため、数千の寝台がはこびこまれ、その寝台にはすべてピンクの蚊帳がつってあり、占領軍の上陸にそなえて、万全の準備がされているという。

さらに横須賀鎮守府では、経験のある特殊接客婦を募集して、鎮守府に収容したうえで、すでに社交ダンスのレッスンを受けさせているが、その数は一千名とも二千名とも、言われている。

横須賀市内の若い未婚女性は、至急に縁故をたよるなどの手段をこうじて、横須賀をはなれるようにという通知が、警察から出たという。とはいえ、他県に縁故者も知人もいない家庭の娘などは、復員する兵員にたのみこんで、いっしょに山形へ、秋田へと避難していった者も数多かった。

なお、近いうちに横須賀軍港に占領軍の入港、上陸ということになるが、当日は各店舗、家庭とも、扉や雨戸はすべて締め切って、家族は内部にひそむこと、外出などの行為は絶対に禁止する、といった警告が出されたために、かえって市民に不安と動揺をあたえていた。

仮病室に収容中の陸軍軍人三名の遺体が、気になって仕方がない。すでに満三日を経過してしまった。窓を開け放って風とおしをよくするなど、いろいろの手段をこうじてはいるものの、すでに腐敗がはじまっている。

憲兵分遣隊に運んでいって、強引に押しつけるわけにもいかない。向こうは引き取りを承諾しているのだから、いまさら変更もできないし、困ったことだ。

よし、今日はなにがなんでも決着をつけよう。そう思った私は、今日はおれが電話する、と分遣隊に電話を入れた。

電話に出たのは、おりよく憲兵分遣隊長であった。私は腹立ちまぎれに、分遣隊長の違約をさんざんになじった。分遣隊長はだいぶ恐縮したようすで、

「まことに申し訳ないことをしました。じつは内うちの恥を申しますが、分遣隊は終戦とともにガタガタとなり、この三日間のうちに部下の憲兵全員が逃散してしまって、残ったのは私ひとりという恥ずかしい有様になりました。約束を違えて申し訳ないが、幹部候補生たちの氏名確認もできない状況ですので、いまになって申し訳ないが、彼らのことは貴殿の手で適当に処理して下さい……」

無責任なことだと思ったが、部下がみんな逃げてしまった分遣隊長の苦悩もわかる。こうなれば、もう仕方がないから、氏名不詳の無縁仏として、市役所に引き渡すよりほかに手はない。

憲兵隊の全国組織によって、この死体の三名、陸軍病院に送った危篤患者、飛行機とともに海中に沈んだと思われる十名ばかりの氏名も、身許も判明するのではないか、と考えていた当方の期待は、これでむなしく消えてしまった。

横須賀市役所に連絡すると、昼すぎにトラックで引き取りにきた。三体の死体検案書、五個の遺品引渡証をそえて市の係員に渡すと、私はホッと一息ついた。とはいえ、これで今回の処理はよかったのだろうか、これで万全の処置をとったと言えるだろうかと、考えたが、なにか心の底に、すっきりとしないものがあった。

病室前の広場では、残留要員たちの手によって、復員者の残していった不要品や、病室内の不要な雑品を焼却する炎が、えんえんと燃えさかっていた。私はカルテ、統計表、諸通達などの書類も全部焼却するように言っておいた。

そこへ事務室から、各種診断書や死体検案書および記録などの、膨大な書類をもってきた衛生兵が、これはどうします、といった。

私は受け取った。この中には、自分のつくった書類も数多く入っている。そうだ、これはどうしよう。約五百名分をこえる書類で、この中には海軍航空発展の礎となった尊い殉職者の死体検案書や検案記録が入っている。

ただ懸念するのは、この中に気になる死体検案書と検案記録が、いくつか入っていることだ。

それは、B29搭乗員と思われる外国人数名のものであった。これは具合が悪い。よし、おれの責任で焼却する、と燃えさかる火中に投じた。

占領軍が日本上陸とともに、占領政策としておこなうものと思われる、陸海軍の解隊、戦争犯罪人などについて、いろいろな噂がとりざたされている。いわく――『陸海軍の少佐以上の軍人はすべて処刑』『戦争犯罪人は徹底的に追及して厳重な処罰を行なう――』こんな噂が流れているときに、なにかと問題のタネになるようなものを、残しておいてはいけないと考えたのであった。

索漠たる焼け野原

八月二十日、あわただしかった終戦後の五日間がすぎて、やっと平穏な日常となった。六百名の残留要員は、あちこちの地下施設に居住して、残務整理などにその無聊をまぎらしていた。陸上施設には、依然として保安隊が立哨している。

命令が出た。残留要員六百名は、東京築地の海軍経理学校に移って、そこで待機する。移動日は二十五日だという。

疑問がいろいろと湧いてくる。いったい、何のために、六百名もの残留要員が必要なのであろう。それも東京に移って待機するなんて、不思議なことである。東京などに移らないで、ここに留まってこそ、残留要員というのではないだろうか。

医務科は即時移動する、と言われても困らないように、病室内外の整理整頓はほとんど終わっている。また十五日以来、頻繁にきていた近在の官公立病院からの、治療品搬出のトラックも、昨日あたりから来なくなった。

主計科から出される毎日の食事も、生鮮食品は姿を消して、米飯と魚や肉の缶詰が主となってきた。

八月二十四日、ここ数日間というもの、まったく無聊で退屈しごくの日々がつづいた。明日はいよいよ東京に移動するのだ、と思うと、なにか名残り惜しく、心ひかれるものがあり、この地下病室に限りない愛着を感じる。

午前中に残留の衛生兵を動かして、地下病室の清掃と整頓をした。室内にはまだまだ大量の医薬品や衛生材料が残り、医療施設もそのままで、占領軍が航空隊に入ってきても、すぐに医療機関として使用可能の状態にしておこう。

彼らが見ても恥ずかしくないように、横須賀航空隊医務科の面目にかけて、きちんとしておかなければならない……忠臣蔵の浅野家、赤穂城明け渡しの心境であった。

去りぎわをきれいにしておこう。いくつかの花瓶に花をいけて、要所要所の机の上に飾っておいた。

――そうだ、まだ鳥小舎が残っている。彼らを解放してやらなければならない。長い間、入室患者の慰安用として、役目を果たしてきた鳥たちの使命も終わった。

大きなものでは孔雀が三羽いる。孔雀は大沢衛生兵長が料理して、栄養補給のために食卓にのせたという。それもよかろう。みんな孔雀を食べた男たちということになるか。

さっそく、鳥小舎の扉をあけてやる。鳥や鳩がとまどった様子で出てくると、二、三度、翼の力をためすかのように羽ばたくと、大空高く上っていった。つづいてカナリヤ、インコ、雀などの小鳥が、同居の小舎を後に、それぞれ空に散っていく。

最後に鶏が四羽出てくる。小さな雛が六羽、チョコチョコと鶏のあとを追って出てきた。この六羽は、孔雀の雛であった。これは鶏の温めていた卵を、孔雀の卵とすりかえておいたものが、孵化したのである。雛たちは育ての親の後を懸命についていく。

鶏はこの雛たちを羽根の下にかばい、餌をついばんで与えたりしている。生みの親の孔雀は、これまたまったくわれ関せずの、知らぬ顔の半兵衛をきめ込んでいたのも面白かった。鳥の世界にも〝生みの親より育ての親〟があった。

飯塚芳郎衛生兵長が、近所の本多さんの家に鶏と孔雀の雛を持っていき、飼育をお願いしてくるという。そうだ、それが良い。このままだと、飢えた犬猫にやられてしまう。餌もいっしょに持って行くがよい。

今日の昼食には、孔雀料理も出る。そこは大沢料理人の胸の見せどころだ。

残留要員用として東京に持っていく治療品を、最小限度用意する。これは、救急車につんで行けばよい。

さて移動となると、困るのは私物であった。ガラクタは処分するとしても、三年間も同一部隊にいると、なにやかやでけっこう量が多い。東京への移動に、それから最終的な復員にも、身軽でゆきたいが、さてどうしたものかと思案していると、勝亦茂信衛生兵長が、私にまかせてくれと、手ぎわよく六、七個の梱包につくり、これを救急車で田浦の国鉄駅にはこび、私の郷里に配送の手続きをすませてきてくれた。

これは、大助かりであった。あとは現在着用している三種軍装と、白衣や下着類、洗面用具などをつめた小さなトランク一つという軽装である。

二十五日は、朝から小雨模様であった。築地の経理学校に移動する日である。各科の残留要員たちは、朝から青春の夢を託した懐かしの航空隊を後にして、東京に向かっていった。鈴木軍医長は、航空隊の首脳部とともに出発し、梅谷、脇の両軍医官は、杉田の下宿先である望月邸に立ち寄って、挨拶をしていくという。

望月邸というのは杉田駅の西方の丘陵上にある豪壮な邸宅で、私も山内一磨飛曹長に紹介され、下宿としていた。その後、梅谷、伊藤（節郎）、脇の三人の軍医官に、下宿として世話したのである。

あとに残った私たちは、午後になって、救急車で東京に向かって出発した。その時刻には、航空隊内には保安隊だけしか残っていなかった。

横浜市内の焼け野原を左右に見ながら、凹凸だらけの国道をガタガタと進む車の速度は、はなはだしく遅い。やがて川崎の瓦礫の街をぬけ、やっと日暮れどき築地に到着した。

銀座界隈は、まったくの瓦礫の山の廃墟と化していて、昔の面影をしのぶよしもなかった。その瓦礫の中に、ポツンと歌舞伎座がわびしげに建っている。救急車は歌舞伎座の前から、橋を渡って

著者ら残留要員も、8月25日、青春の夢を託した横空をあとにした。写真は静まり返った横空の掩体壕前に並ぶ彗星と彩雲。

築地に入ったのであるが、驚いたことに、川一筋をへだてたこの築地一帯は、まったく戦火の被害をうけていない。

海軍軍医学校、海軍経理学校をはじめ、築地小学校や聖路加病院などはもちろんのこと、一般民家、商店などそのままで、川一筋が重要な防災施設の役目を果たしていると思った。隊門にはまだ海軍経理学校の看板がかかげられていたが、学校はすでに解散して、生徒の姿も職員の影もなく、残留要員六百名は、その夜からここに起居することとなった。

医務科員九名は病室に入ったが、医療器具も治療品も、ほとんど残っていない。まあ軽症患者は持ってきた治療品で充分であるが、重症患者には無理だ。

重症者はすぐそこの海軍軍医学校か、目黒の雅叙園にある海軍病院分院に送ればよい。そこが無理なら、聖路加病院に委託治療をすればいいだろう。もうあの大型救急車も、必要ないから、さっそく運輸班に返却の手続きをとろうと思った。

経理学校における第一夜の夢は、執拗な南京虫の攻撃でしばしばやぶられ、みんな大騒ぎしながら夜を明かした。

前任者である経理学校の人たちは、こんなところでよく寝られたものだ。それとも、気にならないほど免疫になっていたのか。不快な痛痒さと肌についた二つの赤い噛まれ跡、あの不快な南京虫の姿は、考えただけでも寒けがしてくる。

この南京虫の予防対策に、いろいろ知恵をしぼってみたが、結局、原始的な方法だが、烹炊所から食事ごとに出される缶詰を食べおわったところで、その空缶に水を入れて、ベッドの脚にそれぞれはかせることにした。その効果は上々であった。

わが横空との決別

八月二十七日には、連合軍のアメリカ艦隊が相模湾に入り、横須賀軍港にも入港してくるという。横須賀市内は先に出された警告によって、街は外出禁止、家々は雨戸を厳重にしめきって、ひっそりと閉じこもっていることであろう。

二十八日には、アメリカの先遣部隊を乗せた大型機が、陸続と厚木航空基地に入ってきた。二十九日には、連合軍総司令官マッカーサー元帥が愛機バターン号で厚木に到着した。いよいよ占領政策が開始されることであろう。

三十、三十一日の両日は、朝から終日、米軍の大型トラックが、兵員や物資を満載して東京に入ってくると、築地の経理学校前を東の月島へと向かっている。数知れない大型トラック、大きなタイヤの群れ、身軽な兵装の兵員の肩にあるのは連発銃、どれもこれも驚きの対象であった。

これでは負けるに決まっている。精神力でなにができるというのだ。

占領軍は、東京に入ってきたのだ。とにかくこの二日間で、相当な部隊と物資が入ってきたようだ。彼らは月島東部の草原に、キャンプを張っているのだという。これから本格的な占領政策が施行されていくのであろう。

横須賀航空隊から築地に移ってきて、すでに十日間がすぎた。九月五日である。焼け野原の銀座は相変わらずの瓦礫の山で、復興などというのは遠い未来のことであろう。

毎日毎日の無聊に退屈して、銀座を歩いて見ても、索漠たる風景のみである。歌舞伎座から数寄屋橋方面にかけて、散策する米軍兵士の群れが見られるようになり、心なしか一日一日と、銀座を歩く市民の姿が多くなり、その動きも活発になってきたような感じがした。

残留要員はいつまで残るのか、その任務は、などといろいろ取り沙汰しているが、いずれも正確なものはない。また、烹炊所から出される毎日の食事も、米飯と缶詰ばかりになって、贅沢なことだが飽きあきしてくる。

日本の食糧問題は重大な危機に直面していて、政府の推定によると、これからの日本国内における餓死者は、二千万人から三千万人に達するのではないかという。まことに暗い話が伝わってきた。贅沢なことを言ってはいけない。

さて、さっぱり目的の判明しない残留要員であったが、日をへるにつれて、その任務の性格がわかってきた。

中華民国の蔣介石総統から、日本海軍の新鋭機を中国にほしい、という強い要請が日本政府にあった。この要請に応えるために、飛行機を中国に空輸する搭乗員と、これにたいする要員の確保のためのものであると。

六百名の残留要員のなかに、搭乗員が何名ふくまれているか知らないが、そうとう多量な飛行機を要望してきたのであろう。

とにかく、だらだらとつづく退屈しごくの待機と、すでに終戦後であるという心理作用も影響して、精神的緊張感はなくなってくる。必然的に軍紀のゆるんでくるのは、防ぎようがなかった。

他の部署の残留要員の中からは、無断で自己復員と称して、姿を消す者が出てくるので、その対策に苦慮しているという。

盗難も出てきた。私は小雨にぬれた三種軍装を、衛生兵にたのんで病室の裏手にある物干場に出しておいたところ、ものの二十分もたたないうちに、忽然と消えてしまった。まったく油断も隙もない。

他の軍服類は、いっさい郷里に送ってしまっていたので、現在もっているのは、この一着のみだから、さあ困った。隊内では診療用の白衣と下着でもすむが、外に出るときは、これではどうにもならない。裸で道中なるかいな……これにはほとほと参った。

それを知った脇軍医少尉が、私と身体つきがよく似ているから、少尉の三種軍装を着るようにと、親切に持ってきてくれた。恐縮しながら着てみると、ピッタリである。

終戦時の著者。海軍上等衛生兵曹。復員は９月の15日だった。

軍医少尉の襟章では困るので、階級章をつけかえようとしているところへ、鈴木軍医長がきた。けげんな顔をしているので、実情を説明すると、微笑した軍医長は、

「襟章はそのままにして、その軍服を着て僕の部屋に来たまえ……」

言われるままに、脇軍医少尉からもらった三種軍装を着て、軍医少尉の姿のままで、私は軍医長室に入っていった。

「うむ。よし、今日からこの短剣をつけるように。僕からの贈り物だ」

軍医長は椅子から立ち上がると、壁にかけてあった短剣を剣帯ごと私に渡した。

「その短剣はね、僕が軍医少尉に任官したときのものだ」

とまどいながら立ち尽くしている私に軍医長はなにも言わせず。

「わかったな！　もどってよろしい」

残留要員の任務の性格は判明してきたものの、実際にいつ中国への飛行機空輸作業がはじめられるのか、かいもく見当がつかない。

占領軍総司令部の意向や、中国の国内情勢の微妙な変化、わけても毛沢東のひきいる中共軍の攻勢、変転きわまりない国際情勢の動向、などを見ながら、日本政府はまだ決定することができないでいるのではないか。

海軍の飛行機を中国に引き渡すことの可否については、最終的には総司令官マッカーサー元帥の裁決をうけなければならないのではないだろうか。

この様子では、まだまだ築地で待機という状態がつづきそうである。それならば、われわれも長期待機の対策を講じていかなければならない。

そこで、緊急患者の発生とか、雅叙園の海軍病院への打ち合わせにいくとか、適当な理由をつけては、当直室から本部用の乗用車を借り出して、軍医官たちと都内見物などに出ていったのである。

ある日の午後、千駄ヶ谷にある軍艦「大淀」の軍医長となった佐野忠正軍医少佐の留守宅、佐野医院を訪ねた。佐野医院は少佐の厳父である老先生が、耳鼻咽喉科を開業していて、医は仁なりを文字どおり実践されているので有名だった。

私は招じられるままに、広い縁側にすえられた籐椅子によって、奥さまの心づくしの果物をいただきながら、老先生と、終戦談義を長ながとかわした。老先生は最後に、

「戦争は御聖断によって終わりました。前線も銃後も区別なく、国民の犠牲は大きいものがあります。しかし、ここで挫けてはならない。これから新しい日本を建設するのですよ。それには十年かかるか、二十年かかるかわからないが、日本人は絶対にやりますよ。とくに若い人たちには、頑張ってもらわなければなりませんな」と結ばれた。

ここ千駄ヶ谷の佐野医院付近一帯は、幸いにも戦災をうけていなかった。庭先の木立の中から、涼風がサーッと吹きぬけていくと、草むらの中からキリギリスが鳴き出してきた。

九月中旬のある日、私は鈴木軍医長に呼ばれて、軍医長室に入っていくと、

「残留要員の任務がとかれて解散することになった。あとはごく少人数の残務整理員を残すが、医務科からは衛生兵一名を残して、他の者は十五日までに復員してよろしい。

残務整理員として残す一名は、希望者があれば、その者を残したらよいだろう。希望者がない場合は、君から指名して残すようにしてくれ。

私は明朝復員するが、神田君、君はよくやってくれた。長い間ご苦労だった」

中国への飛行機の引き渡しは、ついにとり止めとなったのだ。今度こそ復員だ。

翌日の朝食後、隊門を出ていく軍医長を、私は衛生兵をともなって見送った。軍医長は茨

城県の土浦市に復員するという。

さて、今後の処置をどうするかについて、梅谷、脇の両軍医官と打ち合わせた。残務整理員には、小沢甲子男衛生兵が希望したので、彼に残ってもらうことにした。

そして、他の者は十五日に全員そろって復員することにきめた。

梅谷、脇の両軍医官は、二人とも九州出身であったが、長野県の浅間温泉に一週間ばかり滞在し、戦塵を洗い落として九州に帰る予定だという。

「神田兵曹、君もいっしょに浅間にいかないか」

梅谷軍医大尉がしきりにさそい、脇軍医少尉もかたわらからすすめてくれた。私は中央線の途中、甲府駅で下車するので、できれば用事をすませたうえで、ふたたび中央線で浅間温泉に向かうことにしたいと答えた。

九月十五日、天気快晴である。

最後の朝食をみんなですませると、私はトランク一つを下げ、脇軍医少尉からもらった軍服を着て、残務整理員で一人のこる小沢甲子男衛生兵に送られて、築地海軍経理学校の門を出た。

梅谷敬之、脇義寛の両軍医官は、長野県に復員する白沢一吉、田中春雄の両衛生兵とともに、午後の便にするという。

海軍生活七年のうち、後半の三年間をすごし、さまざまな貴重な体験をした海軍航空のメッカ、横須賀海軍航空隊と、私を教育し、つちかってくれた医務科との、永遠の決別であった。

空はよく晴れわたり、ぬけるような初秋の青空であった。

あとがき

横須賀海軍航空隊……なんと懐かしい名前であろう。その航空隊が消滅して、すでに半世紀以上をへた現在でも、目を閉じればありありと当時のことが思い出されてくる。

昭和五十五年の春、元横須賀航空隊医務科員の集いである八紅会の一同で、旧航空隊を訪ね、日産自動車工場となっているところや、市立公園と変わっている旧横空神社のあたりを探索して歩いたことがあった。昔日の栄光に輝いた航空隊の面影はまったく消滅し、横空神社もまたその境内にあった零戦のテストパイロット下川万兵衛少佐の胸像も、ともに痕跡もとどめていなかった。わずかに海軍航空発祥の地を示す記念碑が、木陰に忘れ去られたように建っていた。

当時、横須賀航空隊は海軍航空の中核であり、メッカであった。

航空科学の粋を結集した幾多の名機である零戦、雷電、紫電、紫電改、彩雲、月光、天山、一式陸攻から、四発の連山、終戦まぎわのロケット機・秋水などの開発は、搭乗員たちの心血を注いだテスト、テストまたテストの累積で完成されたものであり、その精華が結実したものであった。

外地に、また国内各地に分遣隊として出動、実戦に明け暮れる実施飛行隊の搭乗員や、テスト、テストに明け暮れる実験飛行隊の搭乗員たち、それを扶助する地上勤務員たち、すべての航空隊員がひとしく天下の横須賀航空隊員であることを誇り自負して、日夜の勤務に精励していたのであった。

その陰にはじつに数多くの搭乗員の殉職者があり、海軍航空の精華はこれらの尊く痛ましい人たちの犠牲の上に築かれたものであった。

悲愴な海軍葬儀の「海行かば」が、「鎮魂曲」が、いまでも脳裏にうかんで来る。

私は海軍生活七年のうち、前半の四年間はほとんどが教育につぐ教育で明け暮れ、後半の三年間をこの横須賀航空隊勤務ですごすことができたのは、何といっても幸せなことであった。

もともと海軍では、一年か一年半で転勤になるのが普通であり、常識であった。とくに下士官以上は転勤は宿命であり、まぬがれることは不可能であった。それが三年間も転勤なしで航空隊にいられたということは不思議であり、また私自身が謎であった。

人事部は私のことを忘れたんだろうか、などと考えたこともあったが、これには隠れた話があって、実際には昭和十九年の夏と秋にかけて、転勤の内命が二度ほど鈴木軍医長のもとに来たという。

しかし、軍医長・鈴木慶一郎軍医中佐は、「神田の転勤は困る」と強硬に人事部に申し入れ、さらに看護長・倉田利治衛生大尉を二度とも人事部に派遣して、転勤取り消しの措置をされたものだという。

人事部に軍医長の命によって赴く倉田看護長に随行した橘田志郎衛生兵の打ち明け話によると、倉田看護長は、

「軍医長からも電話で話したとおり、神田の転勤は困る。いまここで神田をとられたら、横空は闇だ、絶対に困る……」

居並ぶ人事部のお偉方を前に、熱弁をふるって帰って来たという話であった。

そのためか、とにかくその後は忘れ去られたように、私にたいする転勤命令はパッタリと来なくなった。

横須賀航空隊三年の間に、軍医長は三回交代し、分隊長もおなじく三回、看護長はなんと五人変わった。その他、軍医官や衛生下士官の交代は数知れず、という状態であった。そのために私は、いつしか病室（医務科）の主みたいな存在になってしまった。その間、搭乗員たちや整備員たちの知己を得て、階級をこえた友情で結ばれた人たちも多くなった。

とくに軍医長の鈴木慶一郎中佐、分隊長から軍艦「大淀」の軍医長になられた佐野忠正軍医少佐、秋水部隊軍医長になられた遠藤始軍医少佐、看護長であった鈴木右治太衛生少佐、倉田利治衛生大尉には非常にお世話になり、熱意のある教導をしていただいたものである。

佐野分隊長から梅谷敬之軍医大尉に、それから私にと貸していただいた吉川英治のベストセラー『宮本武蔵』の文中にある「大慈悲心」には感銘したものであった。

戦後三十数年後のことであったが、千駄ヶ谷に佐野内科を開業されている佐野先生や、日本勧業角丸証券株式会社の岩村寿俊社長などを囲んだ一夕の席で、たまたま私の航空隊三年間転勤なしの〝てんまつ〟を披露したところ、佐野先生は笑いながら、
「それはなー神田君、君はきっとタネ馬として残されたんだよ」
「ところが先生、私は不勉強なもので、タネ馬の主旨にそうことができずじまいで残念でした」などと冗談を言いながら、横空医務科時代をみんなで偲んだものであった。

非常に残念なのは、終戦処理とともに、尊く痛ましい殉職者たちの膨大な死体検案書や検案記録の類を焼却してしまったことである。

また、戦時中、緊急事態に際してのこととは言いながら、多分に「医師法」違反をおかしたことも少なからずあったろうし、独断専行もあったことと思うが、よき上司に恵まれて大過なく勤務できたことを感謝する次第である。

神田恭一

単行本　昭和六十二年七月　光人社刊

NF文庫

横須賀海軍航空隊始末記　新装版

二〇二〇年九月二十日　第一刷発行

著　者　神田恭一
発行者　皆川豪志
発行所　株式会社　潮書房光人新社
〒100-8077　東京都千代田区大手町一-七-二
電話／〇三-六二八一-九八九一代
印刷・製本　凸版印刷株式会社
定価はカバーに表示してあります
乱丁・落丁のものはお取りかえ致します。本文は中性紙を使用

ISBN978-4-7698-3184-6　C0195
http://www.kojinsha.co.jp

NF文庫

刊行のことば

第二次世界大戦の戦火が熄《や》んで五〇年――その間、小社は夥しい数の戦争の記録を渉猟し、発掘し、常に公正なる立場を貫いて書誌とし、大方の絶讃を博して今日に及ぶが、その源は、散華された世代への熱き思い入れであり、同時に、その記録を誌して平和の礎とし、後世に伝えんとするにある。

小社の出版物は、戦記、伝記、文学、エッセイ、写真集、その他、すでに一、〇〇〇点を越え、加えて戦後五〇年になんなんとするを契機として、「光人社ＮＦ（ノンフィクション）文庫」を創刊して、読者諸賢の熱烈要望におこたえする次第である。人生のバイブルとして、心弱きときの活性の糧《かて》として、散華の世代からの感動の肉声に、あなたもぜひ、耳を傾けて下さい。